U0579304

图书在版编目（ＣＩＰ）数据

朱成坠文选 / 朱成坠著 . -- 北京 : 中国民族文化
出版社有限公司 , 2023.9
ISBN 978-7-5122-1752-2

Ⅰ . ①朱… Ⅱ . ①朱… Ⅲ . ①散文集－中国－当代
Ⅳ . ① I267

中国国家版本馆 CIP 数据核字 (2023) 第 194029 号

朱成坠文选
ZHU CHENG ZHUI WENXUAN

| 作　　者 | 朱成坠 |
| --- | --- |
| 责任编辑 | 张　宇 |
| 责任校对 | 李文学 |
| 出 版 者 | 中国民族文化出版社　　地址：北京市东城区和平里北街 14 号 |
| | 邮编：100013　　联系电话：010-84250639　64211754（传真） |
| 印　　装 | 四川科德彩色数码科技有限公司 |
| 开　　本 | 889mm×1194mm　32 开 |
| 印　　张 | 7.5 |
| 字　　数 | 188 千 |
| 版　　次 | 2023 年 9 月第 1 版第 1 次印刷 |
| 标准书号 | ISBN 978-7-5122-1752-2 |
| 定　　价 | 78.00 元 |

# 目录

## 冬之情

朱成坠

文选

## 寒之悠

朱成坠

文选

# 冬之情

## 冬始

立冬之日，我发了《秋系列文后记》，当晚 9 时 47 分，大学同学归青发来微信回复，归青建议："期待冬日、冬阳、冬寒、冬暖、冬旅、冬望……"我于子夜 0 时 35 分，看到了这则微信。立即发出"谢谢"二字。

归青，退休之前为华东师范大学中国语言文学系教授，博士生导师，专攻魏晋南北朝文学，著作等身。为我们同学中的佼佼者，素为我敬仰和崇拜。

归青的建言，不得不引起我的深思，秋系列文章告竣后，接下来究竟写些什么内容呢？在此之前，我的确没有想过。既然归教授提议如此写作，我定然是要执行的，何况他又是学有专攻的专家呢！

于是，我想了一想，还是从立冬写起吧，确定题目不是立冬，而是冬始。其实，本质意思上是完全一样的，只不过，为了避免文章题目与立冬二字撞车，遂改为冬始了。

立冬是二十四节气中的第十九个节气，也是冬季的第一个节气。当北斗七星的斗柄指向西北方向，太阳黄经达 225°，于每年 11 月 7 日至 8 日之间交节。我国古代民间习惯以立冬作为冬季的开始。最早立冬节气的由来，就是为了确立冬季的起始日期。后来，人们确立和习惯了二十四节气，到了立冬节气，便知道冬季到来了。

立冬与立春、立夏、立秋合称"四立"，在古代社会中，是个十分重要的季节类节日。这一天，皇帝会率领文武百官到京城的北郊设祭坛祭祀。即使是现在，人们在立冬之日，也要庆祝一下，准备进补食物，各地在吃的方面也是五花八门，丰富多样的。我国北方人大多在立冬这一天吃饺子，而在南方，立冬这一天，人们爱吃些鸡鸭鱼肉等。我家的习惯，就是吃饺子。昨晚，我与老伴两人就是吃饺子，作为立冬的晚餐。为什么立冬吃饺子呢？因为饺子是来源于"交子之时"的说法。大年三十是旧年与新年之交，立冬则是秋季与冬季之交，故"交子之时"的饺子是不能不吃的。现在的人们已经逐渐恢复了这一古老的民间习俗，立冬之日，各种馅料的饺子卖得很红火。

立冬与立秋一样，古人同样在这个季节用占卜的方法，来分析冬天的冷暖，如："立冬晴，一冬凌（寒冷）；立冬阴（阴雨），一冬暖（暖冬）。"

立冬，立，建始也，即开始。冬，终也，万物收藏也。"秋收冬藏"，万物在秋季收获，在冬季闭藏。立冬，意味着开始进入冬季了。

然而，由于我国幅员广阔，南北东西的气候相差很大，气象变化也不尽相同。在南方地区，从立冬至小雪之间，常会出现风和日丽、温暖舒适的"小阳春"天气，我国民间素有"十月小阳春"之说，真所谓"八月暖，九月温，十月还有小阳春"。南方初冬时节一般不会很冷，随着时间的推移，在冬至以后，北方的冷空气频繁南下，气温会逐渐下降。

立冬以后，北方大部分地区的初雪常在此时降临。东北和西北地区，这个时候已经是大雪纷飞的景象了，尤其是东北黑龙江地区，已经异常寒冷，这里早在立冬到来之前，就已经呈现冬天的景象。冷空气不断发力，也让北方地区陆续迎来供暖季。

立冬，冬始也。而在处于江南江河湖海之地的申城，气候温润适宜，浅冻少冰，冬季的气温难得低于 -8℃。加上厄尔尼诺现象，冬季更是温暖，几乎没有下雪的情形了。

历代诗人文士写有大量的关于立冬的诗歌。唐代大诗人李白写有一首六言《立冬》，诗曰："冻笔新诗懒写，寒炉美酒时温。醉看墨花月白，恍疑雪满前村。"

宋代诗人紫金霜写有一首七律《立冬》，诗曰："落水荷塘满眼枯，西风渐作北风呼。黄杨倔强尤一色，白桦优柔以半疏。门尽冷霜能醒骨，窗临残照好读书。拟约三九吟梅雪，还借自家小火炉。"

南宋诗人钱时写有一首《立冬前一日霜对菊有感》，诗曰："昨夜清霜冷絮裯，纷纷红叶满阶头。园林尽扫西风去，惟有黄花不负秋。"

南宋大诗人陆游写有一首五律《立冬日作》，诗曰：室小才容膝，墙低仅及肩。方过授衣月，又遇始裘天。寸积篝炉炭，铢称布被绵。平生师陋巷，随处一欣然。"

元代文学家、书法家仇远写有七绝《立冬即事二首》，其一诗曰："细雨生寒未有霜，庭前木叶半青黄。小春此去无多日，何处梅花一绽香。"其二诗曰："奇峰浩荡散茶烟，小雨霏微湿座毡。肯信今年寒信早，老夫布褐未装棉。"

明代诗人王稚登写有一首七绝《立冬》，诗曰："秋风吹尽旧庭柯，黄叶丹枫客里过。一点禅灯半轮月，今宵寒较昨宵多。"

明代诗人陶安写有一首五律《立冬》，诗曰："乍寒冬气应，此日电雷收。风力生东北，天兵溯上流。忆君亲沐雨，愧我已重裘。只待青天霁，聊宽下土忧。"

立冬，始冬也。故所本文题为《冬始》。按照节气排序，从昨天起，就算进入冬季了。哪怕上海气象学意义上的入冬，日平均温度连续五日在十度以下，尚有待时日。姑且按照时令节序的顺移，权把昨日当作入冬的开始。以应答归青教授的建言，完成第一篇冬文。

2022 年 11 月 8 日 10 时 40 分

# 冬云

毛泽东同志曾经写过一首《七律·冬云》，这首诗作于 1962 年 12 月 26 日，这一天正是他 69 岁的生日，似有自寿的意味。全诗曰："雪压冬云白絮飞，万花纷谢一时稀。高天滚滚寒流急，大地微微暖气吹。独有英雄驱虎豹，更无豪杰怕熊罴。梅花欢喜漫天雪，冻死苍蝇未足奇。"

当年，我尚在读小学五年级上学期，并没有在第一时间看到这首诗作。直到第二年的初夏时节，才在上海新华书店南京东路总店，见到《毛泽东诗词选》，购得一本，总算看到了这首诗。毛泽东一生作诗百余篇，诗词作品光耀人间，精邃卓越。

自从获得《毛泽东诗词选》后，我时常阅读，直到能够背诵全部诗词为止。从中，我获得了巨大的养分。毛泽东诗词陶冶着我的情操，振奋了我的精神世界。我一生都在竭诚地学习毛泽东诗词，并将毛泽东诗词与唐诗宋词元曲一样，学而时习之，温故而知新。以后，我走上文学的道路，并读完华东师范大学夜大学五年中文专业本科，获得教育部批准颁发的本科文凭和文学学士学位，与之不无关系。

此后，我走南闯北，跋山涉水，始终保持着昂扬的思想精神状态，豪情壮志满心怀，绝无丝毫的懈怠和松弛，也是在这些诗词的鼓舞和激励之下，才有着踔厉奋发的精神。

我记得，在井冈山黄洋界上，伟人曾经高歌一阙《西江月·井冈山》，那种"红旗不倒永向前，星星之火燎成原"的革命豪情壮志充盈着胸怀，鞭策着我奋发努力，不断进取。

我记得，在赣南的红土地上，红军战士斗顽敌，驱虎豹，血洒疆场，奋战到底。我曾经朗诵"万木霜天红烂漫，天兵怒气冲霄汉，雾满龙冈千嶂暗，齐声唤，前头捉了张辉瓒"。

我记得，在陕北的崇山峻岭之中，瞻仰杨家岭、枣园、宝塔山等著名景点，缅怀毛泽东同志挥动巨椽，书写雄文，指挥着千军万马，驰骋于血雨腥风，夺取了中国革命的胜利，创建了新中国。我会情不自禁地吟诵《清平乐·六盘山》，眼前重现出"六盘山上高峰，红旗漫卷西风"的革命情景。

我记得，在北戴河的海滨，迎着带有腥味的海风，畅游海水浴场，挥臂于此起彼伏的波浪之中，曾经边游边咏《浪淘沙·北戴河》："秦皇岛外打鱼船，一片汪洋都不见，知向谁边。"

我记得，"三年困难时期"，内困外逼，情势异常窘迫，粮食缺乏，那些个日子极其难过。但是，中国人民自力更生，奋发图强，咬紧牙关，坚持不懈，挺过了艰难困苦，迎来了恢复正常生活的时期，吃喝无虑，衣着无虞。我与亿万群众吟诵着毛泽东词作《满江红·和郭沫若同志》："四海翻腾云水怒，五洲震荡风雷激"，昂首阔步，走在大路上。

此刻，窗外的冬雨下个不停，淅淅沥沥，连绵不断。窗户的玻璃上，沾满了星星点点的雨迹，在灯光的照射下，显得格外明晰。雨水打在厨房之外的香樟树叶片上，发出潇潇飒飒的声响，然后，静静地淌下树干，洇入了潮湿的土壤。回想起昨天午后的一场暴雨，不知不觉之中，还有点不寒而栗。在冬季竟然还有如此的雷阵雨，且下得如此豪爽，落得如此磊落，真的有点出乎意外。据悉，今日上海的气温将骤降十多度，明日还可能下雪，这是不是将进入"雪压冬云白絮飞，万花纷谢一时稀"的时节？

2022 年 11 月 9 日 7 时 55 分

## 冬初

　　尽管，气象意义上的冬天，并没有真正地到来，但是，我却把晚秋当作冬初来对待了。这样，就能顺着冬令的脉络，撰写冬文了。

　　按理说，时届 10 月末、11 月初，应该是初冬了。但是，那是按照北温带季节习惯的划分方法。北温带的冬季是在 11 月到次年的二月之间，因此，中国大部分地区的冬季，大约在 11 月份起始，至于具体是哪一天，我也说不清楚。

　　秋末即四季中的第三个季节的末尾，冬初即冬季的开始。江南之地的上海，位于中纬度的地区范围，处于北纬 30° 到 53° 之间，符合中纬度 30° 到 60° 之间的定义。依照北温带的区域范围，应该算作入冬了。

　　而从气象意义上说，上海确实还没有真正入冬，必须连续五天的日平均温度在 10℃以下，方才算作入冬。而目前，气温尚未达到这一标准，还是秋末时节。而我却遵循气象学理论，参照中国北方的习惯，把冬季算在 10 月末到 11 月初。我今日撰文《冬初》，丝毫没有违逆冬季的实际状态，而是依照理论定义，确认时下正是冬初的时节。

　　偶而，兴之所至，外出至街面，虽然，看到梧桐树叶纷纷掉落，地面被环卫工人及时地打扫一净，几乎看不到落叶。但是，由于我外出的时间大都很早，还是能看到横七竖八地躺卧在上街沿、人行道，乃至车行道上的落叶，一阵寒风吹过，黄叶在地面上胡乱地飘曳，弄得街道蓬头垢面，不堪入目。自行车骑压过酥脆的黄叶，黄叶竟然被车轮碾成齑粉，没有了完整的片状模样。弄得环卫工人清扫起来的难度大大增加。尤其是掉入在灌木丛中的那些黄叶，乱七八糟地插在冬青的枝叶间，特别难以清除。当我看到来自淮北，或者苏北的大妈们用手一片一片地把它们捡取出来，再看到她们早餐时，席地坐在马路边的侧石上，啃着生硬的冷馒头，心中那种五味杂陈，更是涌上了心头，一时难以释怀。

一叶落而知秋，申城的冬初，虽然有着黄褐色的落叶树，预示冬天的到来，但是，街头更多的还是翠青色的绿叶树。除了梧桐、槭树、榉树那样的阔叶落叶树之外，很多街面种植的是冬季也不落叶的常青树种，如香樟、松柏等。即使是落叶树，也不是叶子全部落光了，树上大部分仍然是青枝绿叶。由此，点缀得上海街头绿意盎然，郁郁葱葱，并不见那种萧瑟寂寞的衰败。放眼望去，一片青翠欲滴的景象，跃入眼帘，给人以赏心悦目的感觉。

冬初，似乎还是依然生活在浓郁的秋时，根本看不到那种凋零肃杀的自然色调。上海这种温润的气候，非常适宜于老年人的生活。加之上海的优质医疗资源十分丰富，疾病的治疗和重症的抢救水平相当高，对于人口老龄化的上海，是不可多得的有利条件。上海60岁以上的老年人口占比为36.3%，排名全国第六位。但是，2021年上海的人均预期寿命却为全国第一位，达到了84.11岁。目前，全国各地不少年轻人前来上海，加入申城的建设发展大军，为上海增加了大量的新鲜血液，也大大地降低了上海老龄人口的占比。

冬初，在青葱掩映下的上海，依然生机勃勃。连续 4 年举办的中国国际进口博览会，今年继续举办，为上海打出了耀眼的品牌亮色，增加了上海在中国乃至世界的知名度和美誉度，使得上海在中外经济贸易文化交流方面始终走在全国的前列，为进一步的改革开放开拓了崭新局面。

望着眼前美不胜收的景致，让人觉得生活在上海确实幸福美满，做个上海人非常值得骄傲自豪。同时，每一个上海人也都应该为着上海的发展进步，尽量做些哪怕是微不足道的奉献，这也是相当好的。老年人虽然年老体弱，但也应该做好一个公民应该做到的遵纪守法，做一个有益于社会、有益于祖国的好公民、好老人。

最后，戏作一首打油诗，作为本文的结束：东风欲把冬送走，却留绿色在枝头。笑看严寒何所惧，迎来春光乐悠悠。

2022 年 11 月 9 日 12 时

# 冬藏

有句成语：秋收冬藏，意思是，秋天收割庄稼，冬天贮藏粮食。后来被喻为一年的农事。《汉书·卷六二·司马迁传》："夫春生夏长，秋收冬藏，此天道之大经也，弗顺则无以为天下纲纪，故曰'四时之大顺，不可失也。'"明代无名氏的戏剧《三化邯郸》第一折："这力田呵，春耕夏耨，秋收冬藏，无饥无忧，何为不乐。"这里需要解释的是"耨"（读音为 nòu）。"耨"，古代锄草的农具，形似"V"，两刃部有细锯齿，便于切割草的根茎。两翼满饰凹槽，有梯形穿孔，用于固定。装柄后，用于除草，便于在植株间来回运动，不至于伤及农作物。

春生夏长，秋收冬藏，说的是，秋季为农作物收获的季节，冬季则是贮藏果实的季节，如此，以待一年之需。泛指一年的农事。

"春生夏长,秋收冬藏"这一联语，最早出自《黄帝内经》"春三月，此谓发陈。天地俱生，万物以荣。""夏三月，此为蕃秀。天地气交，万物华实。""秋三月，此谓容平。天气以急，地气以明。""冬三月，此为闭藏。水冰地坼，无扰乎阳。"

《黄帝内经》还说："逆春气，则少阳不生，肝气内变。逆夏气，则太阳不长，心气内洞。逆秋气，则太阴不收,肺气焦满。逆冬气，则少阴不藏，肾气独沉。"

南北朝时，南朝大臣、史学家周兴嗣著有《千字文》，文曰："天地玄黄，宇宙洪荒。日月盈昃，辰宿列张。寒来暑去，秋收冬藏……"

冬藏，亦作冬藏。冬季，农家把收获之物贮藏起来。也指某些鸟兽冬季的迁徙或蛰伏。蛰伏，即冬眠。

冬藏，本质上，说的是人的冬季养生。冬季养生着眼于"藏"，何谓"藏"，即天人合一，藏而不露。冬天不"藏"，于身于心均不利。那么，冬藏到底藏什么呢？又怎样藏呢？

主要有四条。第一条是藏身体，保温暖。俗话说："三九四九，关门缩手。"俗话又说："三九四九，冻死狗。"冬季衣着过少、过薄或室温过低，容易消耗阳气，导致经络不畅，引起身体不适，甚至罹患疾病。中医认为，冬天应祛寒保暖，护藏阳气，尤其要护好五个关键部位：脚、颈、膝、肩膀、腹部。

第二条是藏肝肾，护阳气。肾为人体之元、先天之本,肾属水，肝属木，水生木，冬天养好肾，春天肝的功能就会得到滋养，才有良好的生发之力。藏肝肾，要做到：早睡晚起，顺应天时；

少喝酒；适度运动。

第三条是藏能量，打基底。中国历来有"补冬"的习俗，"冬季补一补，来春打老虎。"冬季应当少食咸货，多吃酸苦味的食物，少食生冷，有的放矢地食用一些较清淡温和且能扶助正气、补益元气的食物。有条件的话，可以适当地进补一些膏方，滋养身体，闭藏活力。

第四条是藏情绪，调心志。人在冬天，心志上也要潜藏，"内敛宁静"，不要轻易动肝火，防止情绪波动过大，影响人体内部的稳定和协调，使人体机制运行出现障碍，脏腑功能失常，甚至，导致出现机体阴阳失调、经血不畅等状况。同时，冬天寒冷，容易使人情绪低落，长期心志不畅，还可能导致严重的心理疾病。

冬藏，是一门科学，不能随心所欲，也不能胡作非为。而是要在医生的指导之下，正确地合理地适度地进行，以达到冬藏的目的和效果。

2022 年 11 月 10 日 4 时 25 分

# 冬瓜

在现代汉语中，方位字与瓜搭配的词语，有三个，一为南瓜，二为西瓜，三为北瓜。而没有"东瓜"，但是，却有与"东瓜"同音的"冬瓜"。我对之一直煞费脑筋，再三琢磨，却难以获解其缘由，不知道为何独独撇开了方位字"东"与"瓜"的搭配，而让"冬"与"瓜"组合在一起。

冬瓜，葫芦科冬瓜属，一年生蔓生或架生草本植物。茎有黄褐色硬毛及长柔毛，有棱沟，叶柄粗壮，有粗硬毛和长柔毛，雌雄同株，花单生，果实长圆柱状或近球状，大型，有硬毛和白霜，种子为卵形。

冬瓜，各地均有栽培。迄今，中国云南南部的西双版纳还有野生冬瓜，果实较小。澳大利亚东部及马达加斯加也有分布。

冬瓜果实除做蔬菜外，也可浸渍为各种酱果，果皮和种子可药用，有消炎、利尿、消肿的功效。

冬瓜有着不少别名，如：白瓜、广瓜、枕瓜、扁蒲、大瓠子、瓠子瓜、蒲瓜、葫芦瓜、瓠子、节瓜等。

冬瓜起源于中国和东印度，广泛分布于亚洲的热带、亚热带及温带地区。中国秦汉时期的《神农本草经》就有记载，3世纪初张揖撰写的《广雅·释草》中也有冬瓜的记述。《齐民要术》中，还记录了冬瓜的栽培及腌渍的方法。16世纪，印度有了冬瓜的文字记载，截至1988年，冬瓜种植已经遍及全印度。日本在9世纪有了冬瓜的记录。欧洲于16世纪开始栽培。19世纪冬瓜由法国传入美国。20世纪70年代以后，冬瓜由中国传入非洲。截至1988年，冬瓜栽培仍然以中国、东南亚和印度等地为主。

冬瓜包括果肉、瓤和籽，含有丰富的蛋白质、碳水化合物、维生素及矿质元素等营养成分。

冬瓜是一种很好的耐贮蔬菜，种植成本低，产量高，营养成分丰富，肉质洁白，脆爽多汁，储藏、运输方便，耐热性强，是适合现代化农产品加工的良好原料。冬瓜已经越来越广泛地用于各类新型食品及保健品的加工。这对于一种产量大、价格低的蔬菜不啻一种增值的好途径。因此，开展冬瓜的综合利用技术研究，对于全面提升冬瓜的价值，促进农民增收具有一定的现实意义。

因瓜熟之际，冬瓜瓜皮表面会蒙上一层白粉状的东西，很像冬天的白霜，因此，冬瓜也称之为"白瓜"。另外，因其外形为椭圆形，也酷似睡觉时所使用的枕头，故也有"枕瓜"的别名。

唐代诗人张祜写有一首《宫词》，诗曰："故国三千里，深宫二十年。一声何满子，双泪落君前。"据说，当时这首诗传遍市井朝堂，朝中伶人无一不会唱。张祜的小名就唤作冬瓜，因为他出生之时，张母梦见了冬瓜。与张祜同时期的钱塘酒徒诗人朱冲和，与张祜向来不和，故戏赠张祜一首《嘲张祜》，讥讽道："白在东都元已薨，兰台凤阁少人登。冬瓜堰下逢张祜，牛屎堆边说我能。"

在我的记忆中，小时候买冬瓜，除了偶尔整个购买，放在家中，慢慢地食用外，大都是切片购得，一圈二到三指宽的冬瓜片，包括瓤和籽。回家后，去除瓜瓤和籽，稍稍清洗一下，即可切块，入锅炒制，做成白烧或红烧冬瓜，或放入汤水，制成冬瓜汤，无论哪种做法，都是相当方便的。在困难时期，冬瓜确实是一种大众化的蔬菜，很受市民的欢迎。

最后，让我以南宋末期宰相、诗人郑清之的一首七绝《冬瓜》，作为本文的结束。诗曰："剪剪黄花秋后春，霜皮露叶护长身。生来笼统君休笑，腹里能容数百人。"

2022 年 11 月 11 日 6 时 5 分

## 冬云

毛泽东同志有一首诗，《七律·冬云》，诗曰："雪压冬云白絮飞，万花纷谢一时稀。高天滚滚寒流急，大地微微暖气吹。

独有英雄驱虎豹，更无豪杰怕熊罴。梅花欢喜漫天雪，冻死苍蝇未足奇。"

这首诗，毛泽东同志作于 1962 年 12 月 26 日，这天正是他 69 岁的生日。依我揣测，似含自寿之意。因此，诗中充盈着直面现实、坚持斗争的刚毅不屈的精神，体现了诗人昂首峻拔、挺霜傲雪的坚贞不渝的个性。

这一天，也是冬至之后的第四天。俗谚说："冬至大如年。"俗话又说："冬至一阳生。"所以毛泽东同志诗中说"大地微微暖气吹"，这里告诉了人们时虽已冬至，但是，大地并没有完全被寒流所笼罩，仍有微弱的地热暖气在浮和吹漾。"雪压冬云"，意思是，冬云压雪，指雪浓云低的样子。暖气，指地热。罴，指棕熊。冻死，是对经受不住考验者的蔑视。

1962 年冬，中国刚经历了"三年经济困难时期"。国外反动派纠合起来，拼命鼓噪着一片反华声器。但真正的革命者是不会被吓倒的，反而更加意气风发，斗志昂扬。冬天到了，春天还会远吗？毛泽东同志在 1962 年的生日写作此诗的内在含义就在这里。

冬，泛指冬季。冬，又含有最后、终的意思。表示时序终了，已进入了寒冷的季节。云，指云彩，也指说话，亦指高空、云中，或轻柔舒卷如云之物。

一年四季，天上都会有云彩。冬天如果高空出现散漫条状的白云，通常表示天晴。但是，当北风吹来，东北或者西北方向开始形成卷积云，并且，不断地在风中向眼前挪动时，预示着暴风雪可能即将来临。含有雪气和冰雹的云彩，往往会缓慢地移动，带着特殊的低垂的厚重感，让人感觉压抑和凝滞。当冬天的温度持续降低，不断有卷积云弥漫天空，并有一种灰亮的光泽时，意味着即将下雨或下雪。这就是冬天的云，给人以特殊的感觉，因为，冬云往往会伴随着飘飘洒洒的阴雨或纷纷扬扬的飞雪。

《诗经·小雅·信南山》有诗句曰："上天同云，雨雪雰雰。益之以霢霂。既优既渥，既沾既足，生我百谷。"这是周天子在冬至之时，写给上苍的一段祭祀文，意思是，感谢上苍降下丰沛的雨雪，保障来年土地会有好的收成。

当代流行歌曲演唱组合原子邦尼有一首《冬云》，歌词为："冬天的云如此清澈，我也应该要清醒了。忘记世界其实还有颜色，手机再次响起铃声。你的轮廓眼神，都在脑海生根。不要让心再痛了，让眼泪再流了。还是一次一次地走向了你，毫无选择。多希望能有一天，我忽然就痊愈了，时间再次将我们变成陌生人。痊愈了，被吹散了，不在乎了，都过去了，冬天的云被污染了。记忆却像纯白书本，只留下我们日常的景色。你就像风一样单纯。吹拂了就离开，注定无法永恒。不要让心再痛了，让眼泪再流了。还是一次一次的，走向了你，毫无选择，多希望能有一天，我忽然就痊愈了，时间再次将我们变成陌生人。痊愈了，被吹散了，不在乎了，都过去了。"

原子邦尼是中国台湾流行音乐男女双人组合，由女主唱查查（查家雯）与吉他手张羽承（NU）组成。2011 年，"原子邦尼"组合正式成立。2012 年，推出组合首张 EP《如果没有以后》。同年，推出组合首张音乐专辑《折桂令》。2013 年，推出组合第二张音乐 EP《花漾年华》。2015 年，获得独立音乐网站 StreetVoice 年度人气榜冠军。2016 年，参加 CCTV-3 原创音乐真人秀节目《中国好歌曲第三季》。同年，推出组合第二张音乐专辑《孤单会消失离开不见》，凭借该专辑入围第 28 届台湾金曲奖最佳演唱组合奖。2017 年，推出组合第三张音乐专辑《谢谢你曾经让我悲伤》，并凭借该专辑入围第 29 届台湾金曲奖最佳演唱组合奖。2018 年，推出组合第四张音乐专辑《我在宇宙的边缘》。

唐代诗人于季子有一首《咏云》，有诗句曰："瑞云千里映，祥辉四望新。"于季子的《咏云》，并没有指明是冬云，但是，用于冬云，也是十分确切的。此时此刻，本人以为用于当下之中国，也是恰到好处的。同样表示出新时代的中国老百姓的希望——国泰民安，国强民富，国运昌盛，民生丰稔。

2022 年 11 月 11 日 16 时 30 分

## 冬烘

年少时，曾经读过一本外国小说。里面塑造了一个老糊涂，个头不高，头上扣着一顶法兰绒帽，戴着一副玳瑁色圆框眼镜，说话总是云里雾里，不知所云。被作者说成"冬烘"先生。至今，这部小说里冬烘先生的形象依然栩栩如生地跃然在我的脑海里。

冬烘，意思是糊涂懵懂，迂腐浅陋。旧时指的多是塾师，常含讥诮其迂腐浅陋之意。出自唐代文人赵璘的文言笔记小说集《因话录》："主司头脑太冬烘，错认颜标作鲁公。"

五代王定保《唐摭言·误放》载：唐大中八年（854）甲戌科状元名为颜标。颜标之所以能中状元，应该归结于主考官郑薰的一次考试事故。当年，郑薰主持考试，误认考生颜标为鲁公（颜真卿）的后代，遂将他取为状元。当时有无名氏作诗嘲讽云："主司头脑太冬烘，错认颜标作鲁公。"

由此可见，冬烘一词的来源，确与颜真卿有关。这首诗句中所说的颜鲁公，即颜真卿。颜真卿是唐代杰出的书法家，后世人临摹的颜体即颜真卿的书法。"安史之乱"爆发时，颜真卿任平原太守，率先领导义军抵抗叛军，附近十七州同日响应，推真卿为盟主。后官至刑部尚书，被封为鲁郡开国公，所以时人称他为"颜鲁公"。后淮宁军节度使李希烈叛乱。颜真卿被朝廷任命为淮宁军宣慰使，前往劝谕。李希烈多次威胁利诱颜真卿做伪官，颜真卿坚决不从，并破口大骂叛贼，后被李希烈缢杀。颜真卿以其刚正不阿、忠君爱国的高风亮节，赢得了后人的无限敬仰。唐宣宗时候的礼部侍郎郑薰，品行方正、忠君意识浓厚，特别敬重颜真卿的为人。有一年他主持科举考试，有个考生名叫颜标，郑薰想当然地认为颜标是颜真卿的后代。其实颜标的文章并不怎么样，但出于对颜真卿的崇拜以及为了激励世风，弘扬忠烈，郑薰竟将颜标录取为头名状元。后来颜标向主司（即主考）谢恩时，郑薰问及他家庙院（古时候世代为官的名门望族祭祀先辈的祠堂）怎么样了，颜标回说："学生家境贫寒，并无庙院。"郑薰这才恍然大悟，知道办错了事，后悔不迭。但此时已经放榜，无法纠正了。以至于有人编了两句顺口溜嘲笑郑薰："主司头脑太冬烘，错认颜标作鲁公。"

以后，历朝历代有不少文人学士，曾经将冬烘用于诗词文章之中。南宋诗人范成大《冬日田园杂兴》之十曰："长官头脑冬烘甚，乞汝青钱买酒回。"金朝诗人王良臣《送任李二生赴举》，诗曰："主司不是冬烘物，五色迷人莫浪忧。"清代戏剧家李渔《巧团圆·伤离》曰："那一日舟中分别，是我自己头脑冬烘，不曾讲得实话，贻害不小。"清代文学家、诗人查慎行《残冬展假病榻消寒聊当呻吟语无伦次录存十六首》其七曰："惨澹风云怜入彀，冬烘头脑怕当场。"清代学者、诗人史震林《〈朱石溪诗〉序》中曰："赘率如村学究，寒酸如老冬烘。"现代文豪鲁迅先生《华盖集·并非闲话（三）》："三家村的冬烘先生，一年到头，一早到夜数村童。"当代著名作家巴金《春》："横竖在书房里跟着那个冬烘先生读书也得不到什么有益的知识。"

冬烘，顶多是迂腐愚蠢，糊里糊涂，但还不是居心叵测，窝藏祸心，贪赃枉法，残害忠良的奸佞邪恶之徒。这种人，还有教育的机会和改正的可能。怕就怕那种表面上衣冠楚楚，道貌岸然，伪装成正人君子，当面说得好，背后捅刀子的恶人。这种人说得冠冕堂皇，义正词严，干得却是杀人越货，草菅人命的勾当，那真的要命了，必须火烛小心，高度警惕了。

2022 年 11 月 11 日 18 时 25 分

# 冬青

冬天，凛冽的寒风不断地吹刮着大地，一片肃杀萧瑟的景象，然而，却有着一些常青树依然青枝翠叶，郁郁葱葱。让自然界保持着一份绿意，怡人眼目，舒悦身心。我对这些常青树抱有一种虔诚的敬意，非常感激它们傲霜挺雪，恬对严寒，为人类在严冬提供了赏心悦目的室外绿景。

在这些常青树中，有高大的乔木，如香樟、青松、翠柏等，另外还有冬青。冬青既有乔木形状，也有灌木形状。上海地区的冬青大都以灌木形状展示于人。在申城，通常，冬青是作为快慢车道分隔带上的灌木种植的，高不及人之半身。每当踱步于上街沿，朝快慢车道一瞥，就能看到一行行的冬青植于分隔带间，隔离了快慢车道，防止机动车和非机动车的混行，避免事故的发生。这样，既保证了道路安全，又保证了生命安全，还兼具了绿化功能，三得其美，相得益彰。这样的道路设计，不得不令人佩服，它将道路上机动车道、非机动车道和人行道作了明确的划分，确保了三者之间功能的最大化、最佳化的发挥，也确保各方的道路安全。

沪地，承续新中国成立前法租界的习惯做法，于上街沿和分隔带种植法国梧桐，法国梧桐相传为法国人引种自法兰西。这种法国梧桐实质上就是悬铃木。据说，早在晋代，此木就从陆路传入了我国，被当时人称为祛汗树、净土树。相传印度高僧鸠摩罗什前来我国宣扬佛教时就携入栽植。在陕西省西安市西南户县鸠摩罗什庙曾经有两株大树，直径达 3 米。20 世纪 50 年代尚有一株存活于世，其寿命已达一千六七百年（在原产地土耳其甚至有 4000 年的古树），该树种虽然传入我国较早，但长时间未能得到广泛的种植。而近代悬铃木（指一球悬铃木即美桐和二球悬铃木即英桐）大量传入我国约在 20 世纪初，主要由法国人种植于上海的法租界内，故称之为"法国梧桐"，简称"法桐"或"法梧"。其实，这种法国梧桐，既非法国原产亦非梧桐，实为悬铃木而已。我国目前普遍种植的是以杂种"英桐（即二球）"为最多。

现今，法国梧桐，已在国内普遍种植。我曾经在南京的大街上见到大量的法国梧桐，并不亚于上海的种植数量和规模。老干虬枝，枝叶繁茂，很有些年头了。法国梧桐为阔叶落叶树，每逢冬季，树叶就会全部凋落，光秃秃的，煞是难看。而冬青则弥补了法国梧桐的缺陷，在寒冬腊月里，仍然是碧绿绿的，改变了寒冬凋零衰败的街头景色。我真的感谢冬青的这种及时雨般的补位，使得冬季的申城依然保有一方绿色，怡人眼目哟。

人们认为冬青的花语是生命，寓意着生命的可贵，象征着珍惜生命。冬青的果子，到了冬季不会掉落，为鸟类提供了食物，维持着鸟类的繁衍，延续了它们的生命。

冬青还寓意着坚韧不拔，象征着顽强坚韧，且其寿命周期较长，充满了一种长寿的意蕴。故非常适合作为礼物赠送给老人，老人也乐意接受冬青这样的礼物，小辈们通过赠送冬青，深切地祈望老人心情愉快，健康长寿，寿比南山，福如东海。

冬青也寓意着朴素、正直。冬青的外相平凡，其貌不扬，不争奇斗艳，不炫耀显摆，却能默默无闻地生长在街头巷尾，角角落落，弥补着冬令外景的凋敝和萧索，点缀了街面的绿化风情，给人以愉悦和舒畅的惬意。

冬青示爱于世人，世人也青睐于冬青。让人与冬青和谐相处，组合成为人与自然融合协调的美好境界。

2022 年 11 月 12 日 5 时 10 分

## 冬笋

冬笋是立冬前后由毛竹（楠竹）的地下茎（竹鞭）侧芽发育而成的笋芽，因尚未出土，笋质幼嫩，是一道十分受人喜欢的菜肴。我国的主要产区为贵州赤水、四川宜宾、福建、江西、浙江、湖南、广西等地。其中，贵州赤水冬笋因土质和环境的原因，草酸含量低，可直接炒制，具有即使不焯水也不麻口的特点，从而蜚声遐迩。

虽然，采挖冬笋一定程度上会影响竹子的成长和繁殖，但合理采挖不仅可以保证竹子的正常生长和繁衍及分布，而且还可增加农民的经济收入，并能满足消费者的需求。

冬笋可以药用。冬笋味甘、性微寒，归胃、肺经；具有滋阴凉血、和中润肠、清热化痰、解渴除燥、利尿通便、解毒透疹、养肝明目、开胃消食的功效。还可以宽畅利膈、豁痰止咳、消油腻、解酒毒等。

冬笋还是一种富有营养价值并具有医药功能的美味食品。质嫩味鲜，清脆爽口，含有丰富的蛋白质和多种氨基酸、维生素、钙、磷、铁等微量元素及丰富的纤维素，能促进肠道蠕动，既有助于消化，又能够预防便秘和结肠癌的发生。冬笋是一种高蛋白、低淀粉食品。它所含的多糖物质，还具有一定的抗癌作用。冬笋含有较多草酸，与钙结合会形成草酸钙，患有尿道结石、肾炎的人不宜多食。食用冬笋还对冠心病、高血压、糖尿病等，具有一定的食疗作用。

采挖冬笋，一般从每年 10 月中旬开始，在孕育竹株的周围仔细观察，一般地表的泥块如有松动或出现裂缝处，脚踏即可感知松软的地下，可能有冬笋，遂后，用锄头开穴挖取。我曾经到过连襟先良的家乡浙江省台州市黄岩区北洋镇潮济村挖掘过冬笋，颇有斩获，一次就挖到了四五个大冬笋。先良每年回乡过年，返沪时，也会带上几个大冬笋，让我们品尝新鲜冬笋的美味。

我家食用冬笋，多数是用冬笋烹煮腌笃鲜，将冬笋切块，放进大砂锅，加入火腿片或咸肉块，再放入猪脚、蹄膀或鲜肉块，熬煮数小时，待砂锅笃笃滚时端上桌，供全家食用，实在是太好吃了，吃后，即使打耳光也不肯放下筷子。鲜味扑鼻，鲜得连眉毛也会落下来。有时，也会做成油焖冬笋来吃。据说当年袁世凯酷爱吃油焖冬笋，最后因此染病而去世。以冬笋为食材的主要菜谱有：干煸冬笋、油焖冬笋、冬笋爆鸡片、腐乳冬笋、腌笃鲜、炒双笋（冬笋加莴笋）等。

冬笋的别名有竹笋、竹萌、竹芽、生笋等。冬笋素有“金玉白玉，蔬中一绝”的美誉。每年的一、二月份，正是吃冬笋的最好时节，恰好为春节增添一道鲜嫩的美味。与春笋、夏笋相比，冬笋的品质最高。它含有丰富的胡萝卜素、维生素 B1 和 B2、维生素 C 等营养成分。其所含的蛋白质中，至少有 16 到 18 种不同的氨基酸。冬笋的吃法有很多，荤素皆宜。由于含有天冬酰胺，配合各种肉类烹饪，会更加鲜美。笋尖嫩，爽口清脆，适合与肉类同炒。笋衣薄，柔软滑口，适合与肉同蒸。笋片味甘肉厚，适合与肉炖食。另外，因为冬笋含有草酸，炖食容易与钙结合成草酸钙，所以吃前一定要用淡盐水煮 5~10 分钟，去除大部分的草酸和涩味。

清代词人朱祖谋写有一首词作《摸鱼子·冬笋》，词曰："怪尊前、食单寥落，蔬香谁侑秋箸。青笼缄恨槎风远，愁说太官宣取。消息误。怕江国、头番春已无寻处。诗馋最苦。任冻圃泥香，烟林雨足，望得燕来否。乡圆梦，咀嚼冰霜几度。樱厨风味输与。蟠胸千亩轮困甚，根节岁寒休负。苕岸路。问那得、明朝便脱春衫去。天涯寄语。待冰薛亲锄，玉纤细擘，还配鲚鱼煮。"诸位可从中得知古人对于冬笋的评价与赞美。

2022 年 11 月 12 日 9 时 45 分

## 冬衣

从类人猿进化到人类漫长的历史过程中，有着诸多因素发生了作用，其中，穿上衣服，遮蔽裸露的身体，乃是一个极为重要的环节。以至于，人类逐渐脱却了浓厚的毛发，衣覆全身，能够遮风避雨，抵御酷暑严寒，这一切都为人类的进化奠定了基础。

人类的衣服中，其中包括了冬衣。冬衣，乃人类冬天穿着的、用来御寒的服装。也可叫作冬装、寒衣。如棉衣、棉裤等。棉衣之中包括了羽绒服、呢、皮、棉大衣、棉袄等。

我国有一个传统祭祀节日叫作寒衣节。寒衣节为农历十月初一，此时大约在 11 月初或中旬。正是深秋初冬时节。古时，寒衣节这一天举家进行祭扫，纪念往生的亲人，也谓之送寒衣。中华民族是一个感恩的民族，崇尚祭祖，寒衣节，意味着不忘祭奠故去的亲人，关心或送寒衣给健在的亲人。

冬衣，是有出处的，历史颇为悠久。《后汉书·桓帝纪》："八月庚子，诏减虎贲、羽林住寺不任事者半奉，勿与冬衣；其公卿以下给冬衣之半。"唐代大诗人白居易《秋霁》，有诗句曰："冬衣殊未制，夏衣行将绽。"北宋宰相丁谓《丁晋公谈录》，有文曰："无了期，无了期，春衣纔了又冬衣。"（纔，读音与才同。意思一是：方、始、刚刚。二是：仅、只。）清代文学家曹雪芹《红楼梦》第一回："当下即命小童进去，速封五十两白银并两套冬衣。"现代文学杂志《当代》1983 年第 1 期："山坳、阴坡、屋脊已经积有白雪，一早一晚，街头行人多半穿上冬衣，年岁大的已披上皮裘。"

唐代诗人许浑《塞下曲》，诗曰："夜战桑乾北，秦兵半不归。朝来有乡信，犹自寄寒衣。"唐代诗人刘长卿《馀干旅舍》，诗曰："摇落暮天迥，青枫霜叶稀。孤城向水闭，独鸟背人飞。渡口月初上，邻家渔未归。乡心正欲绝，何处捣寒衣？"唐代诗人韦应物《郡斋卧病绝句》，诗曰："香炉宿火灭，兰灯宵影微。秋斋独卧病，谁与覆寒衣。"南宋大诗人陆游《塞上曲》，诗曰："将军许国不怀归，又见桑乾木叶飞。要识君王念征戍，新秋已报赐冬衣。"南宋诗人刘克庄《初冬》，诗曰："晴窗蚤觉爱朝曦，竹外秋声渐作威。命仆安排新暖阁，呼童熨帖旧寒衣。叶浮嫩

绿酒初熟，橙切香黄蟹正肥。蓉菊满园皆可羡，赏心从此莫相违。"元代诗人姚燧《凭栏人·寄征衣》，诗曰："欲寄君衣君不还，不寄君衣君又寒。寄与不寄间，妾身千万难。"清代著名词人纳兰性德《南乡子·捣衣》，词曰："鸳瓦已新霜，欲寄寒衣转自伤。见说征夫容易瘦，端相。梦里回时仔细量。支枕怯空房，且拭清砧就月光。已是深秋兼独夜，凄凉。月到西楼更断肠。"清代诗人蒋士铨《岁暮到家》，诗曰："爱子心无尽，归家喜及辰。寒衣针线密，家信墨痕新。见面怜清瘦，呼儿问苦辛。低徊愧人子，不敢叹风尘。"清代诗人蒋葆元《客中秋雨接家书寒衣二首·其一》，诗曰："珍重一函捧，未开心已愁。还将两行泪，并作十分秋。新恨传青鸟，浮生寄白鸥。凄风兼苦雨，点滴到胸头。"这些诗词中，除了一首没有出现寒衣二字，其他七首都有寒衣二字。即使没有出现寒衣二字的诗中，也有"衣"与"寒"字，意蕴与寒衣完全一致。

　　人生不易，愿有人与您立黄昏，有人问您粥可温，有人为您覆寒衣，有人与您共良宵。这才是冬衣时节，最为温馨深沉的感受。

2022 年 11 月 12 日 15 时 30 分

## 冬聚

　　冬，此字一般认为始见于商代甲骨文。其古字形像绳子两端有结的样子，意为终结、终端，是"终"的初字。冬季是一年之中最后的一个季节，故"冬"，还指冬季。后来，"冬"，又由一年的最后一季引申为专指农历的十一月。

"冬"也用作拟声词,用于形容敲鼓的声音,用作拟声词"冬"的繁体作"鼕",后"鼕"被简化为"冬"。

《说文解字》释读:"冬,四时尽也。""冬"是指四季的最后一个季节。作为季节名词,在文献中,常被使用和记载。例如《尚书·洪范》:"日月之行,则有冬有夏。"冬、夏同时列举,表示冬季和夏季。古汉语中"冬"与"终",还可以见到互相通用的情况。现代汉语中,"冬"常被用来表示时令,与冬季相关的事物也都可以冠以"冬"来描述,例如"冬雨""冬霜""冬雪""冬麦"等。

"冬冬"连用,则与"冬天"之义毫无关系,那是后起的象声词,如南宋大诗人陆游《二月二十四日作》,诗曰:"棠梨花开社酒浓,南村北村鼓冬冬。"可是,后来,人们又制造了一个上形"鼓"。下声"冬"的新形声字"鼕",表示敲鼓的声音,但是,由于笔画过多,书写不便,因此,在汉字简化时,就把"鼕鼕"废除了,仍然用"冬冬"作象声词。

11 月 7 日,正是立冬日,11 月 8 日,又是下元节。今天,正是农历十月二十,最高温度为 15.3℃,比昨天骤降 10℃,可以视为进冬也。冷风飕飕,寒意逼人。不少人的穿着已经由清凉改为厚实,加强了保温。

2022 年 11 月 12 日晚间到 13 日中午,我们华东师范大学夜大学中文专业 80 级 18 位同学及两位夫人,共计 20 人,前往位于共和新路 2750 号的锦荣国际大酒店,参加了同学会的年度聚会。这次活动跨两天,一顿早餐、两顿正餐,全部费用 250 元。这次活动被我称之为冬聚。

第一天晚餐,分坐两桌,举杯同饮,投箸搛菜,其乐融融,兴致勃勃。饭后,又集聚一桌,畅叙各自的情况。王俊敏同学娓娓道来他的感言,并赠送了他的第四部大作《脚步匆匆》。

陈涟华同学介绍了旅居加拿大 30 多年的概况。缪迅同学介绍了罹患重症的发现和治疗过程。张颖同学以简单的一句话"没事，就好"，鼓励所有同学，并转赠了不同届的同学祝君波的《祝君波再谈收藏》。我也简单地介绍了自 2018 年以来的写作情况：两部长篇小说、1542 篇散文随笔，大约 150 万字。

今日上午，部分同学游览了大宁灵石公园，暗云浓密的阴冷天气下，同学们依然开心地走游了公园。我因故没有参加游园活动，但从他们发回的照片看，同学们欢声笑语，容颜辗然。北海湖清水荡漾，沿湖堤青枝绿叶，碧波翠树妍花衬托着同学们的愉悦和快活。都已经是 70 来岁的古稀老人了，却嬉笑玩耍得像少年儿童，好像重回了童少时代，乐哉优哉。我的心底，几乎立时涌出了《让我们荡起双桨》的歌曲："让我们荡起双桨，小船儿推开波浪。……小船儿轻轻飘荡在水中，迎面吹来了凉爽的风。"这真是一群新时代的老小孩哟，晚年生活幸福着呢！

2022 年 11 月 13 日 20 时 05 分

## 冬醪

古时，冬季酿酒，叫作冬醪。冬季酿造的酒，也可叫作冬醪。那个时候，古人除了饮茶，就是酌酒，没有其他什么不良嗜好。这一说可得古籍的印证，北宋著名医家朱肱《酒经》曰："《语林》云：'抱瓮冬醪。言冬月酿酒，令人抱瓮速成而味好。'"

唐代大诗人杜甫《饮中八仙歌》曰："李白斗酒诗百篇，长安市上酒家眠。天子呼来不上船，自称臣是酒中仙。"唐代用的是小斗，一斗约合今天的两升，可折算为 4 斤。而景阳冈上的打虎英雄武松，行前喝了 18 碗，如果一碗折算为 4 两，也就是 7 斤 2 两。如果按照现在白酒 50 度酒精度数，放在今天，诗仙兼酒仙的李白不要说饮酒赋诗了，打虎的英雄武松不要说上山打虎了，就怕他们连路也走不稳了。

古人饮酒为什么能有如此海量，玄机盖在于那时的酒与今时的酒不一样。古人喝的酿造酒，是以大米、黍米、粟米等谷物为原料，经过发酵酿造而成。这种酒的过滤技术不够成熟，酒中含有不少杂质，会呈现浑浊状态。由于没有除菌的工艺，酒中含有不少微生物，颜色会出现白色或绿色，表面还会有一层漂浮物，故曰："蚁绿酒"，这种酒也被称之为浊酒。故而，唐代大诗人白居易写有一首《问刘十九》，诗中云："绿蚁新醅酒，红泥小火炉。晚来天欲雪，能饮一杯无？""蚁绿"与"绿蚁"完全是一个意思，只不过字序作了调整而已。既然酒质浑浊，还有微生物，因此，那时候，人们饮酒习惯煮后再喝，遂有了三国时期曹操与刘备煮酒论英雄的轶事。

冬醪，不仅仅说的是冬季的酿酒活动，也不仅仅说的是冬季所酿的酒，还包括人们的饮酒。白居易的诗，便是最好的例证。

唐朝以前的酒，更像是今天的醪糟、酒酿，酒精度不过 1 度左右。当时，经过过滤的酒叫作清酒，酒精度也不过 5 度左右。李白喝的酒，酒精度绝对不会超过 5 度，仅仅相当于今日的啤酒而已，斗酒也不会超过今日的 4 瓶啤酒。到了宋代，尽管酿酒技术有所提高，酒精度可能达到 10 度左右，武松喝的 18 大碗酒，大约相当于今日 50 度白酒的一斤，虽说厉害，但是，也不是顶尖水平，时至今日，社会上能够喝上一斤的酒的汉子还是大有人在。

北宋诗人张耒《寄曼叔求酒》中曰："归来无物与消愁，典衣沽酒寒无裘。囊空酒贵不可得，缩手愁坐凝双眸。……岂无邻家酒可偷，简书缚汝如穷囚。淮阳冬醪滑胜油，唇焦不饮已经秋。"全诗共有二十韵，本文仅录四韵。就此，便可看出，古人对于冬醪的渴求与所处的囧境。

今天的人们除了饮茶酌酒之外，还有些人十分喜欢吸烟，一旦得空，便会吞云吐雾，大过烟瘾，造成烟雾腾腾，荼毒他人。2010 年 3 月 1 日，《上海市公共场所禁止吸烟条例》发布实施，上海地区吸烟地点大为减少，卫生环境迅速改善。

香烟的原料烟叶是一种舶来品，还是在明万历年间（1573—1620）由菲律宾的吕宋岛传入厦门，因此，当时，人们叫它为"吕宋烟"。种植烟叶最早的是福建漳州。但也有人认为是先传入台湾，再传入福建漳州、泉州。传入的确切时间已不可考证了。一般认为，最早传入是在明万历三年（1578），但是，没有可靠的证据。最晚传入是《广州植物志》（1956 年）中提出的，认为"当在 1700 年以后"，但这一说法也不符合历史事实。因为，此时已是清代康熙年间了。万历以后到明朝灭亡的 25 年间，吸烟之风很是盛行。要不然，明朝末代皇帝崇祯也不会严令禁止种植烟草和吸烟了。但是，最终也无济于事，功亏一篑。鸦片战争以后，帝国主义列强还用枪炮强制输送鸦片，荼毒中国人民。

现在，冬醪正当时。风吹黄叶落，寒意袭凛冽。人们不妨酌饮数盏，暖身畅叙，一吐胸间块垒，一抒心底激情，不亦乐乎！

2022 年 11 月 14 日 6 时 40 分

# 冬风

　　与风搭配的方位字，包括东南西北四个方向，为：东风、南风、西风、北风。与风搭配的季节字，包括春夏秋冬四个季节，为：春风、夏风、秋风、冬风。其中，最为顺耳怡人的则是春风，与春风作搭的有：春风浩荡、春风舒畅、春风化雨、春风得意、春风和煦、春风满面、春风风人、春风和气等。与夏风作搭的有：夏风烈烈、夏风漾漾、夏风炙人等。与秋风作搭的有：秋风瑟瑟、秋风飒飒、秋风习习、秋风萧索、秋风落叶、秋风残月等。与冬风作搭的有：冬风凛冽、冬风怒号、冬风肆虐、冬风逼人等。

　　春风亦被称作阳风、暄风、柔风、惠风、杨柳风等。其中，最富有意境美的当属"杨柳风"。南宋诗僧志难绝句《古木阴中系短篷》，诗曰："古木阴中系短篷，杖藜扶我过桥东。沾衣欲湿杏花雨，吹面不寒杨柳风"，意谓：参天大树浓荫蔽空，一叶小舟系在河边的一棵树上。拟人化地将杖藜比作人，手持着"杖藜"诗人步过小桥，悠闲地向东边前行。细雨沾衣，似湿而不见湿。轻轻吹拂人面的是和煦的、轻柔的春风，没有一丝丝的寒意，带着清新温馨气息的杨柳风，令人陶醉。

　　夏风亦被称作熏风、绿风、南风、凯风等。熏风，暖热的风，指初夏时节的东南风。它没有春风那么柔情似水，因为夏天很少有似春风那样的风。就是起风，也是热烘烘的，烤煞人哟，所以，夏风也有人叫它为熏风了，意即熏人的风也。

　　秋风亦被称作西风、金风、悲风、商风等。但，秋风最为爽人，雅称当属金风。北宋词人晏殊《清平乐·金风细细》，词曰："金风细细，叶叶梧桐坠，绿酒初尝人易醉。一枕小窗浓睡。"大意是，微微地秋风正在轻轻地吹拂，梧桐树叶悄悄地飘坠。初尝香醇的绿酒，让人陶醉，在小窗前，一枕酣眠浓睡。

　　冬风，别称为北风、朔风、劲风、严风、厉风、哀风、阴风。而最为形象的非"朔风"莫属。南北朝诗人谢灵运《岁暮》，有诗句曰："明月照积雪，朔风劲且哀。"明月映照积雪的清旷寒冽之景象，似乎正隐隐地透露出诗人所处环境之阴森冷寂，而朔风强刮劲号的景象，则又反映出诗人心绪的悲凉和凌乱。在这样一种风吹寒重、凄哀孤苦的情形下，一切生命与生机都受到了沉重的压抑与无情的摧残。

　　说到冬风，有句俗语不得不说及，那就是："熏风破冬头，遍地起坟头。"什么叫熏风？熏风也叫巽风，巽是八卦之中的巽位，即东南方，熏风、巽风也就是东南风。巽风是温暖的风，是让万物舒展的风，与此时的归藏之力正好相反。这就好比季节原本的力量是下沉而收敛的，而大气的力量则是上升而发散的，一沉一升之间，就形成了矛盾和对冲。表现出来就是冬季不寒，万物不枯，容易形成冬暖。所以，《开元占经》中说："立冬日，风从巽来，冬温，明年夏旱。"这就是气不顺所表现出来的自然现象。俗话说："立冬西北风，来年好收成"，"立冬东南风，立夏干松松"，东南风也即巽风，如果刮巽风，意味着气候反常，生活在自然界中的一切也都反常了。暖冬则冬小麦受害，夏旱，则秋庄稼受害，这就是灾荒的预兆。暖冬必然会导致虫卵顺利越冬，来年容易发生虫害。

　　所以说："冷收麦，热收秋"，冬暖夏旱，多有灾荒。因此，风就是气的风向标，风不顺，则气不顺，气不顺，则自然界中的一切都不顺，其中，就包括了人和动植物，因为，这一切，都处在大气之中。

立冬之后，冬风逐渐南下，温润即将远遁。冷冬不免让人不寒而栗，冻意陡升，浑身瑟瑟发抖，鸡皮疙瘩顿起。毛泽东同志诗曰："梅花欢喜漫天雪，冻死苍蝇未足奇。"让人们学作漫天大雪之中的梅花，迎接冬风的挑战，争奇斗艳，傲霜挺雪，三九严寒何所惧，一片丹心向阳开。

2022 年 11 月 14 日 16 时 5 分

## 冬菜

前不久，在我居住小区所在的延长中路 433 号，有家店名为袁亮宏饺子云吞（延长店），一长溜明窗的店面，里面一排长桌，坐有三四位中年女工，在现包饺子云吞。这家店距离地铁一号线约 100 多米，毗邻同济大学附属口腔医院。该店专门出售现包的饺子云吞。

据了解，目前袁亮宏饺子云吞在上海的 8 个区开设了 14 家店面。延长中路这家店开设的时间已经很长了，但是，我从未涉足过该店。一次偶然之中，我途经此店，见不少人在排队购买现包的饺子云吞，我也轧闹忙地跟上队伍，买了 20 只韭菜猪肉水饺，回家煮食后，味道相当不错，特别是秋季的韭菜居然没有老硬的感觉。根据"不时不食"的习惯，暮春，特别是秋天的韭菜，往往又老又硬，很难吃，而这家店的韭菜却并非如此，就是在秋初，韭菜依然是水嫩的，令我大感意外。此后，老伴见我喜食，又去过好多次。有一次趁着店庆活动打折，还买了好几斤饺子云吞，我还吃到了马蹄猪肉饺子，别有风味，云吞的味道也是相当不错的。但是，我闹不明白，为什么东北风味的店家，居然把馄饨叫作粤港那里才叫的云吞，真的有点南冠北戴、南辕北辙了。

价目表上，林林总总几十种水饺云吞，其中，有一种叫冬菜猪肉饺子，我很诧异，就询问售卖的大嫂："冬菜是什么菜？"大嫂操着东北口音对我说："冬菜就是腌菜。"遂后，我又继续追问她："那您是黑龙江人啰？"她说是牡丹江人。我紧接着说："您那儿就是《智取威虎山》的发生地，了不起啊！"她回说："是的。"这样心直口快的东北大嫂，让我很有好感，心生敬意。

一般从字面上解，冬菜，即冬季的菜，也就是冬季的蔬菜。据查百度百科介绍说："冬菜，是一种半干态发酵性腌制食品，中国名特产之一。多用作汤料或炒食，风味鲜美。各地均有产制，以川冬菜与津冬菜，以及潮汕冬菜为出名。"还介绍说："冬菜营养丰富，含有多种维生素，具有开胃健脑的作用。"

现如今，中国最为出名的是京冬菜、川冬菜、津冬菜，还有重庆的大足冬菜。特别是大足冬菜，已有近千年的生产制作历史，是中国西南地区民众喜爱的美食。大足冬菜是川渝特产，被列为"中国传统名腌菜之一"。大足人从古到今，有着喜好种植和腌制冬菜的习俗，追溯其历史，始创于1180年，冬菜"白露播种""立春收获"，历经播种、收获、晾晒、腌制、装坛、开坛的6道工序。冬菜装坛储藏，密封发酵，吸收山水之灵气，采集日月之精华，3年酿制，方可开坛。按照这种方法制作的冬菜，油润嫩脆，香味浓郁，享有"菜味精"的美誉。1992年初，笔者到访重庆时，曾经游览过大足石刻，午餐时，吃了大足冬菜，肴美味鲜，确实是名不虚传。

诗人曹勋写有《山居杂诗九十首》，其中有一首写到了冬菜。诗曰："隔岁种成麦，起麦秧稻田。晚禾亦云竟，冬菜碧相连。"

这里的冬菜指的是冬季的菜。

南宋大诗人陆游写有一首《村晚村舍杂咏》，诗曰："村巷翳桑麻，萧然野老家。园丁种冬菜，邻女卖秋茶。"这里的冬菜指的也是冬季的菜。

清代满族文学家文康《儿女英雄传》第二回："那门上家人看了礼单，见上面写着不过是些京靴、缙绅、杏仁、冬菜等件。"这里的冬菜指的是腌菜。

名为冬菜的菜品我吃得不算多，但是，腌菜还是吃过不少。于此道并非门外汉，只不过，近些年来，吃得不多了，对于腌制食品，我尽量避而远之，少吃为妙。因为，腌制食品属于发物，非新鲜食品，不宜多食。

2022 年 11 月 15 日 6 时 30 分

# 冬捕

早在 20 世纪 70 年代中叶，我到江西省吉安市遂川县从事知青工作，每到冬季，临近春节前夕，就会看到老表们冬捕。

那时，农村的冬捕，就是从鱼塘里捕鱼。当年，江西农村几乎所有的生产大队都有鱼塘，集中放养家养鱼。诸如：鲫鱼、青鱼、草鱼、鲢鱼、鳊鱼、鳙鱼。每到农历的年末，都会进行冬捕，大都是用渔网捕捉，有时也会采取"拷浜"的办法，竭泽而渔。一般情况下，大到一斤以上的鱼，才拿来吃，其他的小鱼，则会放回鱼塘，再继续饲养，保证年年有鱼，可以让村民持续不断地吃到鱼。

逢到年底，还会杀猪、宰禽，猪，大多是农户自养的，禽即各家放养的鸡鸭鹅。这些肉食，除了少部分用于节日的吃食之外，大部分则做成了腊味，如腊猪肉、腊鸡、腊鸭、腊鹅、腊鱼等。平日里，逢年过节，迎来送往，常用于招待客人，或用于改善伙食，到时，则会切下少许，加以烹炸煎煮。

腊猪肉往往挂在厨房间的灶头边，让烟火熏燎，最后，形成黑赤赤的烟熏肉。吃时，随便割下一块，煎炒烹调，皆成美味。我吃的最多的则是尖椒炒腊肉，微红的腊肉片，爆炒尖椒丝，在茶油的炒制下，一盘尖椒炒腊肉，端上桌，不啻山珍海味。众人吃时如同秋风扫落叶一般，不会儿，就被一扫而光了，那种美妙的滋味真是无话可说了，实在是好极了！在那些个清汤寡水的日子里，有点腊肉那样的荤菜品味，实在是难得啊。因为平时是舍不得吃的，只有贵客临门时，才拿出来用于招待。腊肉大都挂在屋檐下，任凭风吹日晒，最后全都被风干成腊味干了。在那些日子里，我吃过好多次这样的腊味。每每吃食时，胃口大开，甑饭能吃上两三钵子，溢满腊油的甑饭，亮光光的，闪晶晶的，煞是能够挑起食欲，让人大口大口地进食，生怕漏食或少食。

1975年的春季插秧时节，我到万安县弹前公社弹前大队弹前小队探望插队于此的根坠弟弟。第二天，我步行到邻近的遂川县巾石公社所在地，午餐时，公社餐桌上端上了一大盘巾石板鸭，整整一大只啊，油亮发光，味道极佳。品食后，不知不觉地吃完了三大碗甑饭。所谓甑饭，即先把米淘洗干净，下到烧开的沸水锅中煮，在夹生半熟时，捞出来，沥尽米汤，再放置到饭甑中，蒸至全熟，甑饭就做好了。米汤全部用于喂猪，米汤中的营养给了猪，而人吃的是失却米脂营养的干饭粒。

由于吃食巾石板鸭的那一次美好经历，今年，我叫儿子通过网购，花了70元钱，购买了一只板鸭。可是，收到的不是巾石板鸭,而是珠田板鸭,又小又瘦,咬也咬不动,啃也啃不净,口感一点儿都不好,味道甚差,根本没有当年巾石板鸭的鲜美味道,令我大失所望,从而断绝了继续网购遂川土特产品的念想。

中国最为著名的冬捕活动多在松花江流域乃至整个东北地区。冬捕是流传久远的重要的农业生产活动,不但声势浩大,而且热闹非凡。东北渔民为什么要在三九严寒天进行冬捕呢?

首先,冬捕的鱼吃起来更香。这是因为,进入冬季后,一旦鱼生存的水温低于4℃时,鱼就会进入半休眠状态,不但进食量少,而且新陈代谢也处于一年之中最低的水平,鱼消化道留存的腌臜物质也比其他季节更少,鱼群在冬眠之前,会吃大量食物囤积脂肪,供过冬时消耗,所以,冬捕的鱼肉质异常鲜美。

其次,冬季天气寒冷有利于鱼的储藏。通常情况下,冬捕上来的渔获量特别大,一网就是十几万斤甚至几十万斤。这么大数量的鱼如果没有专门的冷藏设施,是没有办法进行储存的。但是,在冬季三九寒天,东北地区的气温会下降到零下十几摄氏度甚至更低,室外就成了天然大冰箱,随便找个地方就可以存放,鱼的储存和运输也就方便了许多,想吃的时候,拿到室内,待其化冻了,就可以炖煮了,简直太便捷和简单了。

冬捕是如何做到一网下去就能捕捞到数十万斤鱼的呢?冬捕有一个"鱼把头",他是整个冬捕的总指挥。"鱼把头"依靠对鱼的习性和当地水域的了解,掌握冰层的特点和鱼的藏身规律,寻找下网的合适地点,也就是鱼群过冬的地方,当地人称之为"鱼卧子",即鱼卧的地方。冬捕时,渔民会在冰面上凿开一个入网口和出网口以及若干个小洞,渔网从入网口下水后,左右两边的人同时拖拽渔网,向着出网口方向走,最后形成了合围。当然,光靠人工的力量,是带不动重达两吨以上的捕鱼大网的,现在只能依靠机械来拖拉,从出网口拉出渔网,冬捕工作就完成了。

　　年年冬捕为什么还年年大丰收呢？渔民是不会将鱼一网打尽的，而是捕大留小，只捕捞鱼龄在 3 到 5 年的大鱼，奥妙就在于渔网的选择。冬捕时，一般会选择 6 寸以上的稀疏网眼的渔网，这样，达不到尺寸的鱼就会成为漏网之鱼，让水中始终保留一定数量的鱼群。同时，在每年的休渔期，渔民还会投放与捕捞量同等数量的鱼苗，实行轮捕轮放，这样，就能保证养鱼水域的鱼类绵绵不绝，年年冬捕，年年可获得大丰收。令人啧啧称奇的是东北地区很多水域，年年冬捕，捕的鱼却是越来越多、越来越大，其中的奥妙就是实行轮捕轮放，也正因为如此，这种古老的渔业生产方式才能够绵延至今，让更多人享受到大自然的馈赠。

　　东北地区冬捕最为出名的是查干湖冬捕，即吉林省松原市前郭尔罗斯蒙古族自治县的一种传统的渔业生产方式（或是习俗）。早在辽金时期，查干湖冬捕就享有盛名。祭湖、醒网、凿冰、撒网，数十万斤鲜鱼脱冰而出，极富地方和民族特色。虽然岁月沧桑，时序更迭，查干湖冬捕的神奇、神秘与神圣依旧。

　　查干湖冬捕奇观是著名的吉林八景之一，已被列入吉林省省级非物质文化遗产名录。中央电视台每年都会转播查干湖冬捕的盛况，今年的查干湖冬捕在即，敬请诸位到时收看。

2022 年 11 月 15 日 15 时 25 分

# 冬米

　　冬米，俗称新米。清香、结实，有韧劲儿。秋季收获，冬后贮用。

冬米，有的地方又指爆米花、爆炒米花，上海地方大都叫爆炒米花。且，都是用爆炒米花机生产出来的。在我的记忆中，加工爆炒米花者，多是走街串户的手工业者。他们挑着爆炒米花机和炉子，一边走，一边叫喊着小曲："爆炒米花噢！爆炒米花噢！"很有节奏，很有韵律。爆炒时，将一只椭圆形的锅，横卧于炉上，炉火熊熊地燃烧。操作者一手摇炒锅，一手拉风箱，不断地加热炉温，待爆米花熟时，遂用一只空麻袋，将炒锅放入麻袋里，使劲地旋拉开锅盖，只听到"轰"的一声巨响，一锅爆炒米花就好了。爆炒的有大米、玉米、年糕片等。其中，最为好吃的是年糕片，那是家长将年糕切片，晒干后，等爆炒米花者到来，赶紧把原材料送至爆炒米花机旁边，按照先来后到的秩序，排队等候。作为孩子的我，等待时，眼巴巴地瞅着爆炒米花机的转动，盼望着早点轮到自家。一旦完成了爆炒，获得了爆炒米花，那种开心劲儿真的是难以言表啊！

艾青在《大堰河——我的保姆》中，说道："在年节里，为了他，忙着切那冬米的糖。"这首诗里，艾青深情地称赞了家乡的冬米糖。艾青是当代文学家、诗人、画家。原名叫蒋正涵，字养源，号海澄。他的家乡在浙江金华。那里除了有着大名鼎鼎的金华火腿之外，另一特产就是冬米糖，它也让艾青毕生念念不忘，久久地萦绕于他的心间，其中，蕴蓄着他的浓浓乡愁。

冬米糖是传统名点，不仅浙江金华有，全国各地都有，甚至，有的地方的冬米糖名气更大，蜚声远近，比如江西丰城、安徽池州。江西丰城的冬米糖，以纯糯米、净茶油、白砂糖为主要原料。用透明饴糖、芳香桂花、红细柚丝为辅料。它的特点是选料严格，社会上曾经流传这样的说法来形容丰城的冬米糖："新干的糯谷米，龙泉的清茶油，江苏的桂花香，台湾的白砂糖"。丰城的冬米糖具有香、甜、脆、酥的特色。四角平整，洁白晶亮，红柚丝均匀铺面。小块切包，松酥爽脆，入嘴即化，无渣无屑，不粘牙，不塞牙，甜香适口，回味无穷。当年，在江西工作期间，有幸品尝过丰城冬米糖，觉着非常好吃，特别是平日尽是粗茶淡饭的，嘴里淡的无味，此时，吃上一块丰城冬米糖，那种滋味真的太好了！

每年中秋一过，江西一些地方的农户会把糯米饭晾干，炒成爆米花，用米糖拌粘，用来待客。这种糕点叫作"炒米糖""米花糖块"。更有讲究者，用上等糯米饭做成冻米"干饭"，再用清茶油煎泡"干饭"，使"干饭"变成爆米花，再用饴糖黏结，冷却后，用刀切成小块，前后经过半成品和成品共计20道工序加工而成，俗称"小切"。解放初，改名为"冻米糖"。因此，冬米糖，亦叫冻米糖。

用上白糯米炊熟晒干，颗粒晶莹，爆炒成米，加入用白糖或饴糖熬成的糖浆与猪油调制成型，撒上桂花，稍凉，切成小长方块。香甜滑脆，老少咸宜。因为，炊晒糯米多选在阳光不强、气候干燥的冬季，故又称"冬米糖"。

冬米糖，不仅在于好吃，还在于制作。冬米糖的制作时间，大多与年节撞在一起。浓郁的过节氛围，必定是通过一样样的节日食品传递和体现出来的。特别是孩子们吃到了冬米糖，自然而然地获得了节庆的愉悦和兴奋，那种感觉真是欢呼雀跃，溢于言表啊！

2022 年 11 月 16 日 5 时 48 分

# 冬雾

　　气象万千，说的是景象宏伟绚丽，非常壮观，形容景色或事物的多种多样，丰富多彩。

　　气象：景象。今义为大气的状态和现象。举例讲，古文"盖钟山者，气象之极也。"此句中的气象就是景象的意思。而现在人们常说的气象，其实对应的则是天气的意思。

　　北宋重臣、文学家范仲淹撰有一篇千古名篇《岳阳楼记》。记中云："浩浩汤汤，横无际涯，朝晖夕阴，气象万千，此则岳阳楼之大观也。"

　　当代散文家秦牧《艺海拾贝》中的"鲁班的妙手"一文："这座海龙王的宫殿庄严富丽、气象万千，自不待说了。"

　　当代散文家刘白羽《长江三日》："这庄严秀丽、气象万千的长江真是美极了。"

　　以上古今三位散文大家，不约而同地都使用了气象万千这一成语。他们要想表达的是自然界的气象状态是千变万化、变幻多端的。那么，自然界的气象变化又有哪些状态呢？一言以蔽之，包括风雨霜雪、雷电冰雹、云雾霾霰等。

　　有一句民间气象谚语："春雾风，夏雾晴，秋雾阴，冬雾雪。"意思是，春天起雾就要刮风了，夏天起雾就要放晴了，秋天起雾就要阴天了，冬天起雾就要下雪了。这一谚语针对的是中国北方大多数地方的气象状况，并不包含中国所有的地区。我们应该注意气象谚语的季节性和地区性，不能笼而统之，一概而论。上海的冬雾大都是不下雪的，近年来，申城几乎不见了冬雪的踪影，暖冬几成规律。

说到冬雾，我是有过亲身经历的。20世纪的70年代中叶，在江西参加知青工作，经常跋山涉水，奔波在崇山峻岭之间。有时，冬雾弥漫，也不得不外出，沿着崎岖的山道，蜿蜒曲折地前行。不只是用两脚了，有的地方，连双手也用上了。在浓雾之中，一边摸索着路上的石块，一边攀登着山径，感觉犹如"远上寒山石径斜，白云生处有人家"。由于，群山之巅的知青点，被笼罩在冬雾之中，人家所处不是白云间，而是白雾间。可谓"白雾生处有人家"。那些个冬雾之日，我还想起了毛泽东同志的词作《渔家傲·反第一次大"围剿"》，词曰："万木霜天红烂漫，天兵怒气冲霄汉。雾满龙冈千嶂暗，齐声唤，前头捉了张辉瓒。"这一次反围剿的胜利是在江西省吉安市永丰县境内的龙冈地区发生的。永丰县我曾经到过，山明水秀，郁郁葱葱。那里还是北宋著名文学家、诗人、词人欧阳修的家乡，也是如今军事评论家金一南的父亲、老红军金如柏的家乡。那次战斗是在大雾迷漫的天气下进行的，红军获得了巨大的胜利，全歼国民党号称"铁军师"的18师的9000余人，并活捉了师长张辉瓒。因此，毛泽东同志将一个国民党的败军之将写进了词作，从而留下了张辉瓒的名字，让后人知道了他。

20世纪90年代中期一个冬天，我前往浙江省绍兴市上虞县，参加一家建筑公司的庆典活动，晚间住宿在上虞宾馆，因为第二天上午还要赶回上海参加重要会议，不得不赶早返归。一起床，就被室外的浓雾吓坏了，伸手不见五指，这让我如热锅上的蚂蚁，急得团团转，不知如何是好。等到冬雾稍微散去，能见度达到四五十米时，我就不顾一切地开车返沪了。沿着杭甬公路和沪杭公路，冒着大雾，小心翼翼地开着车，有时，几乎与前车相撞了，方才觉察，紧急地刹住车。有时，后车也会为了避让我车，迅速采取了刹车措施，只听到刹车的刺耳声响。一路上，见到不少撞车的事故，无奈，这些车辆只得停车等待事故处理了。我提心吊胆地总算安全开回了上海。到了会场，已经迟到了个把小时，还好迟到的人不只我一个，没有人责怪和批评我。如今回想起来，依然后怕得很。像这样的天气状况，实际上，是不能出车的。放在现在，遇到如此大雾，我是无论如何都不会开车返沪的，绝对不能拿身家性命开玩笑。

冬雾，是一种自然现象，不必过分顾虑，也不必过于轻视。遇到浓密的冬雾，还是以安全为上，小心为妙。等候天气放晴，驱散迷雾见阳光，天色明亮放心行。

2022 年 11 月 16 日 14 时 45 分

# 冬眠

冬眠是休眠现象的一种，是动物对冬季不利的外部环境和条件（如寒冷和食物不足）的一种适应。主要表现为不活动，心跳缓慢，体温下降和陷入昏睡状态。常见于温带和寒带地区的无脊椎动物、两栖类、爬行类和许多哺乳类动物等。

冬眠，也叫"冬蛰"。某些动物在冬季生命活动处于极度降低的状态，是这些动物为了应对冬季外界不良环境和条件的一种自然习性。蝙蝠、刺猬、旱獭、黄鼠、跳鼠、棕熊等都有冬眠的习惯。冬眠，是变温动物避开食物匮乏的寒冷冬天的一个"法宝"。

冬天一到，不少冬眠动物就会缩进泥洞里，蜷着身子，不食不动，几乎不怎么呼吸，心跳也慢得出奇，每分钟只跳 10 到 20 次。如果，把一只冬眠中的刺猬浸到水里，半个小时也死不了，可是，当一只醒着的刺猬被浸到水里，两到三分钟后就会被淹死。原来，冬眠时，动物的神经系统已经进入了麻痹状态。

冬眠时，动物的体温显著下降。据研究，黄鼠在 130 个昼夜的冬眠时间里，仅仅释放出 70 卡的热量，而当它苏醒，一天便可消耗 42 卡的热量。由此可见，冬眠动物体温下降时，机体内的新陈代谢变得非常缓慢，甚至，仅仅能够维持它的生命。

动物冬眠前的体重，比平时增加 1~2 倍，冬眠后，体重就逐渐减轻。如冬眠 163 天的土拨鼠体重减轻了 35%；冬眠 162 天的蝙蝠体重减轻 33.5%。

动物在冬眠时，血细胞还会大大减少。平时，1 立方毫米土拨鼠血液中，会有 12180 个白细胞，但冬眠时，平均只有 5950 个。然而，让人奇怪的是，尽管体内"卫士"——白细胞大大减少，冬眠动物却从来没有发现有生病的。

科学家从冬眠动物的血液中，发现一种可能含有能够诱发冬眠的物质。实验表明，冬眠时间越长的动物，其血液诱发冬眠的作用就越强烈。这种物质是存在于血清中的颗粒状物质，有时这种物质也会粘到红细胞上，因而，使得红细胞也有了诱发冬眠的作用。

迄今为止，人类仍然没有能够完全揭开动物冬眠的奥秘，探索还在进行中。科学家认识到，研究动物冬眠不仅妙趣横生，而且在航天与医学上有重大的实用价值。

在实际生活中，人们在批评一个人思想不够灵活，遇到事情很麻木，往往会说他们好像冬眠的动物，当他们处于"冬眠"状态时，似乎完全休克了一样。人的思想也会有这样的时候，那就是思想开小差，或者注意力非常不集中，也不愿意去思考问题，遇到问题就想逃避，遂被人称之为"思想冬眠"。思想冬眠要不得，于人于己均无好处。于人，外人不能及时地知道你的思想动态，无法给予有效的帮助和支持。于己，则可能造成自己的心情苦闷，乃至精神抑郁，情思恍惚。

　　歌手司南曾经原唱过一首《冬眠》，歌词为："巷口灯光忽明忽灭，手中甜咖啡已冷却。嘴角不经意泄露想念，在发呆的窗前凝结。其实不爱漫漫长夜，因为你才多了情结。可是蜷缩的回忆不热烈，我如何把孤单融解。你看啊春日的蝴蝶，你看它颤抖着飞越。和风与暖阳倾斜，却冰冷的季节。你看啊仲夏的弯月，你看它把欢愉偷窃。倒挂天际的笑靥，故事里的最后一页。过往和光阴都重叠，我用尽所有字眼去描写，无法留你片刻停歇。你听啊秋末的落叶，你听它叹息着离别，只剩我独自领略。海与山，风和月，你听啊冬至的白雪，你听它掩饰着哽咽。在没有你的世界，你听啊秋末的落叶，你听它叹息着离别。只剩我独自领略，海与山，风和月，你听啊冬至的白雪，你听它掩饰着哽咽，在没有你的世界，再没有你的冬眠。"《冬眠》由桃玖作词，CMJ 作曲，于 2019 年 10 月 25 日发行，收录于专辑《冬眠》中。2021 年 1 月 23 日，该曲获得第二届腾讯音乐娱乐盛典年度十大热歌奖。这首歌曲很受少男少女们的欢迎，成为他们抒发爱情和感情的最佳歌曲之一。我也觉着，这首歌曲的歌词写得很好，文采斐然。旋律也相当悸动，让人回味久久。

2022 年 11 月 17 日 6 时

# 冬泳

初冬某日，偶尔，经过一处敞开式园林，内有一碧波荡漾的湖泊，看见一些成年男女，穿着泳衣或泳裤，戴着泳帽，在湖中游泳。他们游得十分自如和畅快，并没有见着哪一个有着缩头缩脚的表现，相反，他们都均匀地呼吸，欢快地游泳，不时，笑声在湖面上飞漾，划水激起了串串浪花，一圈圈地荡向湖边，引得我驻足凝视，陷入了深深的沉思。据说，他们是冬泳爱好者，活动是由冬泳协会协调和组织的。

我从6岁起，在第十人民医院毗邻共和新路延长中路口的一口小水塘里，学会了"狗刨式"的泳姿，从此，一发不可收拾，热爱上了游泳这项运动，其中，包括野泳，即到野外的水塘湖泊去游泳。我的足迹遍及原闸北区、宝山县的许多水塘湖泊，连我也记不清有多少口水塘湖泊被我征服过。由于，我爱好游泳，在初中一年级下学期，与市北中学的同届六班的王立南参加了横渡黄浦江的游泳运动。我还记得，1967年1月的某日，我与同校的一些高中同学，到原闸北区幼儿师范游泳池，参加了冬泳锻炼。

那一天正处数九寒冬，室外泳池的水面上，局部已经结上了薄冰。我们用木棍敲碎冰面，破开冰层，打出了一条泳道，供我们冬泳。进入冲洗间，当冰凉的自来水落在身上，寒冷刺骨，我不禁屡屡地打着寒战，竟连上下牙齿都互相打架了，浑身抖个不停。但是，我与学哥们一起高唱"下定决心，不怕牺牲，排除万难，去争取胜利"的语录歌，用毛泽东同志的教导激励自己，鞭策自己。随后，略微冲洗一下，我就赤脚走出了冲洗间，步上泳池的露台。然后，将脚慢慢地伸进冷水之中，那种刺人的寒意，让我鸡皮疙瘩都出来了。但是，我咬着牙关，不吭一声，毅然决然地沉入水中，待全身都浸没在水面之下，就开始动作起来。一手一手地划水，一脚一脚地击水，在冰水中自由地游泳。一会儿自由泳，一会儿蛙泳，一会儿仰泳。那一天，天气格外晴朗，蓝天白云，风几乎全部消失了，不见了踪影。我们大约游了 20 分钟，身上有了运动的热量，不觉得刺骨的寒意了。学哥们告诉我们小同学，时间到了，可以上岸了。有的同学游兴颇浓，意犹未尽，还想再游一会儿，被学哥们劝阻了，他们说，下次还会再来冬泳的。于是，我与同学们只得悻悻地出了泳池，简单地冲洗一下，就结束了这次也是唯一的一次冬泳，此后，我不知道参加了多少次野泳，但是，就没有机会再次参加冬泳了。现在已是 73 岁老翁了，身体状况也不允许我参加剧烈的运动了，更何况冬泳呢？

　　冬泳，是集冷水浴、空气浴和日光浴于一体的户外"三浴"。当人的身体受到冷水的刺激后，全身血液会急剧地收缩，很多血液被吸入内脏器官及深部组织，这样重要内脏器官的血管就开始扩张。人的身体为了御寒，皮肤血管很快又扩张，致使大量血液又从内脏流向体表。这样有规律的一张一缩，从而使得血管得到了锻炼，增强了血管的弹性，所以，冬泳也叫"血管体操"。因此，在坚持常年冬泳锻炼的人群之中，患动脉硬化、高血压之类的人极为罕见。坚持冬泳者皮肤红润，富有光泽和弹性。其原因是冷水刺激后，皮肤血管强力收缩，皮下脂肪增厚，血液循环旺盛，营养也更充分。

　　近些年来，医学界有的专家把冬泳作为一种医治慢性病的手段，诸如镇静、镇痛、镇咳、利尿、止汗等，并用于治疗肺气肿、冠心病、高血压、神经衰弱等疾病。

冬泳，是一项很好的运动，但是，并非所有人都适宜。12岁以下的少年儿童和 80 岁以上的老人，由于身体状况特殊，不适合冬泳。精神不健全者，由于缺乏自控能力，也不适合冬泳。患有严重器质性疾病，如心脏病、冠心病、肺结核、肝炎、胃病以及呼吸道疾病的人，更不适合冬泳。

在现今的条件下，到开放的游泳池参加冬泳比较适合。那里设施设备比较完善，救援的组织和人员有保证，安全有切实的保障。切勿擅自到野外去冬泳，拿自己性命去赌野外冬泳之危险。

2022 年 11 月 17 日 17 时


# 冬雨

俗话说"春雨贵如油"，那么，夏雨、秋雨和冬雨呢？夏雨遍地流，秋雨涨河沟，冬雨人发抖。

春天，农业需要灌溉，如果没有雨水，只能渴死庄稼，农户都盼望着下雨。落了一场透雨，田里滋润肥沃，过冬的麦苗墒情甚佳，令农民拍手叫好。

夏天，一旦落雨，往往非常急促，雨量相对较大，有时是倾盆大雨，或是瓢泼暴雨，来势凶猛，酣畅淋漓。有时是绵绵细雨，或是纤纤微雨，瞬时过往，轻洒一阵，便止歇离去。

秋天，缠绵悱恻，晴爽明净。夜来风声急，秋雨涨满池。有时，秋雨透露出肃杀忧伤，如诉如泣，如凄如哀，有时，秋雨蕴含着爱意深情，丝丝缕缕，绵绵长长。

而冬雨往往带着料峭的寒冷，携着随心所欲的风，在波澜不惊中，观芸芸众生，阅世态万象。

在旱象窘迫，旱情日增的冬季，偶尔，见着一场冬雨，居然有了情不自禁地喜悦。哪怕是一场无足轻重的小雨，哪怕是一阵飘然而至的轻霖，也会让人觉着舒服和惬意。

台湾著名女歌手孟庭苇有一首抒情歌曲《冬季到台北来看雨》，唱得极为缠绵，极为缱绻，听后，让人泪水盈眶，欲落未落，情深无限，情何以堪。这首歌曲调抒情而沉稳，具有一种淡雅美，它恰似一篇空灵澄澈的散文诗。歌曲构筑的意境被充分地诗化了，整首歌曲闪烁着诗性的清辉，散发出浓郁的唯美主义气息。歌曲反复咏唱的不仅仅是远逝的往事、消失的旧恋，而是此情此景、旧地重游的心态和意绪，对这种境遇和感受，这首歌曲处理得很淡，不是浓墨重彩，而是清恬隽永，小处着眼，细处着笔。《冬季到台北来看雨》因为对台北独特细腻的描写以及磅礴大气的曲风，成为大陆人民对台北的最初印象，心生无尽的向往和歆羡。孟庭苇的歌曲在无形之中成为沟通两岸的桥梁，而这首歌曲也成为台北乃至台湾的一张独特的文化名片。

歌词如下：冬季到台北来看雨，别在异乡哭泣。冬季到台北来看雨，梦是唯一行李。轻轻回来不吵醒往事，就当我从来不曾远离。如果相逢把话藏心底，没有人比我更懂你。天还是天，哦，雨还是雨，我的伞下不再有你。我还是我，哦，你还是你，只是多了一个冬季。冬季到台北来看雨，别在异乡哭泣。冬季到台北来看雨，也许会遇见你。街道冷清心事却拥挤，每一个角落都有回忆。如果相逢也不必逃避，我终将擦肩而去。天还是天，哦，雨还是雨，这城市我不再熟悉。我还是我，哦，你还是你，只是多了一个冬季。天还是天，哦，雨还是雨，这城市我不再熟悉。我还是我，哦，你还是你，只是多了一个冬季，只是多了一个冬季。

时下，并不是所有地方所有时间的冬雨，都那么充满着诗情画意。有的地方的冬雨，并不完美，也不适时，更不能吸引人们的眼眸。恣肆滂沱的冬雨，扰乱着冬耕生产，连带影响着下一年的夏收，这是农民们所不愿意看到的情景。他们期盼着冬雪覆盖大地，厚厚的一层雪被盖在麦地之上，寒冷足以冻死田里的害虫，确保麦情上好，争取来年的大丰收。

2022 年 11 月 18 日 8 时 55 分

# 冬暄

冬暄，指的是冬季阳光温暖。出自东晋末年陶潜《赠长沙公》，诗曰："於穆令族，允构斯堂，谐气冬暄，映怀圭璋。"

冬暄，展开讲，可说成"冬日负暄"。冬日负暄的意思是，冬天受到日光照晒取暖。这个词来源于一则向君王敬献忠心的典实，出自《列子·杨朱》："昔者，宋国有田夫，常衣缊黂，仅以过冬。暨春东作，自曝于日，不知天下之有广厦隩室，绵纩狐貉。顾谓其妻曰：'负日之暄，人莫知者。以献吾君，将有重赏。'"这段文字的意思是，从前，宋国有一个农夫，经常穿乱麻破絮，勉勉强强地熬过寒冬。到春天耕种时，农夫在太阳下曝晒，竟然不晓得天下还有高屋暖房、丝绵绸缎、狐皮貉裘，回头对妻子说："背对太阳，暖和极了。别人都不知道，我去告诉君王，一定会得到厚重的奖赏。"

这则故事的哲学寓意在于，社会存在决定社会意识，社会意识是社会存在的反映。一个人具有什么样的社会意识，是受到社会生活制约的，也与他的社会地位、生活环境和所受的社会教育等密切相关。这个农夫有这样的想法，完全是由他的社会地位、生活环境和所受的社会教育等社会存在决定的。

古人对冬日负暄尤为钟爱。如唐代大诗人白居易《负冬日》，诗曰："杲杲冬日出，照我屋南隅。负暄闭目坐，和气生肌肤。初似饮醇醪，又如蛰者苏。外融百骸畅，中适一念无。旷然忘所在，心与虚空俱。"再如北宋著名词人周邦彦《曝日》，诗曰："冬曦如村酿，奇温止须臾。行行正须此，恋恋忽已无。"

在中国北方的乡间，冬日晒太阳现象很多，俗称"晒暖儿"。上海地区也有此类现象，不少老人会聚集在一起晒太阳，他们称之为"孵太阳"。每到冬日，太阳出来暖洋洋，一些老人就会团坐在一块儿，边"孵太阳"，边聊家常。有的地方也把它叫作侃大山，开大道，吹牛皮。而古代汉语则把"晒暖儿""孵太阳"，叫作"负暄"，这是那时候农夫农闲时最好的消遣方式，也是一大乐事和美事。在我的记忆中，小时候，老人们总喜欢团聚在一起，戴着海乌绒的帽子，穿着厚实的棉袄，脚蹬一双自做的棉鞋，眯虚着双眼，双手插进袖管里，让温煦的阳光尽情地照射在身上，暖暖的日头晒得浑身暖和和的。

冬天"晒暖儿"或"孵太阳"的地方也是有讲究的。北方的农村最好的去处，除了麦秸垛旁，就是向阳背风的南墙根了。南方城市里的老人，最喜欢到公园绿地，坐在大树旁的长椅上。老人们吃罢早饭，把碗一放，就开始往南墙根、公园绿地集中了，斑驳的土墙是最舒适的天然靠背，来得早的，当仁不让地占据了最好的位置，晚些到的，没有南墙根可以靠了，也没有长椅可以坐了，干脆找棵树靠着，把双手往棉袄袖管里一插，眯缝着双眼，一副似睡非睡的样子，任由暖和的阳光亲热，一直晒到浑身上下起热发痒，脑油沁出，才把手从袖筒里掏出来。继而，又将手伸进棉袄里恣意抓挠，抓挠到最后只剩下脊梁上用手够不到的地方，于是，老人便会喊来在一旁玩耍的孩子帮忙挠痒。这些孙辈的孩子嘻嘻哈哈地笑着，站在老人身后，把冰凉的小手伸进老人的棉袄里，老人一点也不嫌凉，不住嘴地发出指令，指挥着孩子把手在脊背上来回搔痒，直挠得老人咧着嘴连呼"好了！好了！"，孩子的小手才从温热的棉袄里抽出来。

冬暄，于我而言，已经是过去式了。许久没有去过公园绿地"孵太阳"了，不知道今日"冬日负暄"的滋味了。何时，趁着阳光温暖和煦，再作冬日负暄，获得一回美好的享受。

2022 年 11 月 18 日 14 时 55 分

# 冬事

所谓冬事，即冬季的大事。古指冬祭、处决犯人等。也指入冬后储存、添衣、过节等事项。

出自《谷梁传·桓公八年》："烝，冬事也。"

明代华亭（今属上海）人范濂《云间据目抄·冯行可》："冯行可字道卿，号敕斋，御史公冯恩长子。当御史下狱时，公甫十三岁，即伏阙上书，白冤狱……又二载，会冬事迫，乃刺血书疏扣阍。"清代小说家曹雪芹《红楼梦》第六回："因这年秋尽冬初，天气冷将上来，家中冬事未办，狗儿未免心中烦躁，吃了几杯闷酒，在家里闲寻气恼，刘氏不敢顶撞。"前则说的是处决犯人的大事，后则说的是储存、添衣、过节等小事。依我之陋见，冬事是无论大小的，也无关官民的。凡是冬季发生的事情，皆可谓之冬事。

　　小时候，每逢隆冬时节，临近年关，最为迫在眉睫的紧要冬事，那就是过大年喽，家家户户都忙着年前的各项准备。尽管，几乎所有的东西都是凭证、凭票定量配给供应的，但是，还是要一一去买回来的，如果不去排长队购买，东西是不会自动到家的。由于父母亲是双职工，弟弟妹妹们尚幼，因此，排队的事情大多由我担当了。尽管，那时的我也不过十岁刚出头，但是，我还是会赶早起床，迷糊着双眼，迈着沉重的步伐，赶到老闸北区苏家巷菜场，排着长长的队伍，耐心地等待开市。一开市，人群就会骚动起来，你推他搡地拥挤起来，由于我人小个矮，挤不过那些大孩子和成人，好多次都被挤到队伍之外，出了队伍，几乎所有人都不再认可我的排队资格了，无奈只得重新排队，眼眶里充盈着泪水，心中满是酸楚。有时，再次排队，就买不到食品了。只能第二天起大早，再次排队。那种失望和无助是现在的孩子难以体会的。

　　所有配给的食材购买齐全了，下一步，就要加工了。如糯米要舂碓成糯米粉，就是一件很麻烦的事。幸好我家后排房子的奚家开了爿舂碓糯米粉的家庭作坊，每年糯米粉的舂碓，就是在奚家完成的。那时，舂碓活儿是按照排号的顺序，依次按户进行的，舂碓的人手则由各家自行解决。轮到了我家，就由我，待根坠弟长大些，也与我一道参加舂碓。我们双手紧紧拽住吊绳，双脚一上一下地踩着舂碓的踏板，奚家的大妈不停地用勺子翻动碓臼里的糯米，及至糯米逐渐变成粉状，再用细筛子晃筛，直到全部完成为止。拿回家的糯米粉，要放到竹匾里晾晒，不让糯米粉因受潮而板结，凝成块状。到大年三十晚上，家人会聚在昏暗的灯光下，搓汤圆，供大年初一早上吃。汤圆大多是实心的，少量的汤圆包裹了黑洋酥馅子。就是这样简单粗糙的汤圆，我们吃得也是有滋有味的，不啻人间珍馐。虽然，我十分喜欢吃饺子，但由于家里人都吃汤圆，且只有汤圆一种食物，我也就随众了。现在，过年，我大多是自己包饺子，作为大年初一的食物，不再吃汤圆了。只有到正月初五那一天，才吃上五六只鲜肉汤圆，表示着新的一年里团团圆圆，美美满满。

如今，冬事中的那些个大事，全部由各级政府部门包办了，群众一切都无忧无虑。至于，那些过年的琐事也都经由市场解决了，物资的充足，食品的丰盛，无须各家各户自行忙乎了。所需年节的物品，只要走一趟大超市，就全部解决了。而且，由于平日里，每天的生活就像过年一般，吃得太好了，年节期间，也就没必要大吃二喝，划拳饮酒，油水哗哗，尽长赘肉，还是吃得清淡些为好。

2022 年 11 月 19 日 6 时 25 分

# 冬寒

中国大部分地区的气候四季分明，春天与温暖相联系，夏天与炎热相联系，秋天与晴朗相联系，冬天与严寒相联系。一般情况下，冬寒是冬季天气的基本特征。

冬寒，就是指冬季寒冷的天气。松柏竹梅属于耐寒的植物，人们往往以它们作为傲霜挺雪的代表，加以歌颂和崇拜。冬寒，处于一年四季之中的秋到春之间的季节。

古代以冬寒为题材的诗词为数不少，如，唐代大诗人李白《拟古十二首》："青天何历历，明星如白石。黄姑与织女，相去不盈尺。银河无鹊桥，非时将安适。闺人理纨素，游子悲行役。

瓶冰知冬寒，霜露欺远客。……"唐代大诗人白居易《咏兴五首·解印出公府》："解印出公府，斗薮尘土衣。百吏放尔散，双鹤随我归。归来履道宅，下马入柴扉。马嘶返旧枥，鹤舞还故池。鸡犬何忻忻，邻里亦依依。年颜老去日，生计胜前时。有帛御冬寒，有谷防岁饥。饱于东方朔，乐于荣启期。人生且如此，此外吾不知。"唐代诗人韩愈《杏花》："居邻北郭古寺空，杏花两株能白红。曲江满园不可到，看此宁避雨与风。二年流窜出岭外，所见草木多异同。冬寒不严地恒泄，阳气发乱无全功。浮花浪蕊镇长有，才开还落瘴雾中。山榴踯躅少意思，照耀黄紫徒为丛。鹧鸪钩辀猿叫歇，杳杳深谷攒青枫。岂如此树一来玩，若在京国情何穷。今旦胡为忽惆怅，万片漂泊随西东。明年更发应更好，道人莫忘邻家翁。"中唐诗人鲍溶《山中冬思二首》："山深先冬寒，败叶与林齐。门巷非世路，何人念穷栖。哀风破山起，夕雪误鸣鸡。巢鸟侵旦出，饥猿无声啼。晨兴动烟火，开云伐冰溪。老木寒更瘦，明云晴亦低。我贫自求力，颜色常低迷。时思灵台下，游子正凄凄……"

搜索以冬寒为题的歌曲几乎为零，但以寒冬为题的歌曲似乎有好多首。如陈伟作词作曲，喜波编曲，冷漠演唱的《寒冬》。再如许亚光、穆合拉甫作词，穆合拉甫编曲，维吾尔族音乐人穆合甫拉演唱的《寒冬》。又如陈瑞作词，玉镯儿作曲，李鸣静演唱的《寒冬》，还如词曲作者皆为严艺丹，吴奇隆、严艺丹演唱的《寒冬》。余如李恒作词，代岳东作曲，李恒演唱的摇滚歌曲《寒冬》。另如俄罗斯谢尔盖·列梅舍夫演唱的俄罗斯歌曲《寒冬》。我也不知道为什么这些中外现代人作词编曲演唱的歌名都用了寒冬，不以冬寒作为歌名了。可能，寒冬比冬寒更为顺口吧。其实，其含义完全一致，只不过中国的古人更为喜欢冬寒一词，当代人更加习惯于寒冬而已。而我，则比较倾向于使用冬寒，我觉着冬寒的韵味更浓郁深沉些，更耐人咀嚼些。

下面，仅举歌手冷漠演唱的歌曲《寒冬》为例，歌词大意为：你不愿放弃她的温柔，就让那爱恨停留在风中。她是否明白你的痴情，但愿她能够早日回头。又见你站在风雨中，独自承受她的冰冷。冷冷的风无尽的痛，我知道你的心在等候。你眼中还在盼望，让寒冬留住旧梦。虽然有点失落有点难过，但不必为昨天停留。你不愿放弃她的温柔，就让那爱恨停留在风中。她是否明白你的痴情，但愿她能够早日回头。又见你站在风雨中，独自承受她的冰冷。冷冷的风无尽的痛，我知道你的心在等候。你眼中还在盼望，让寒冬留住旧梦。虽然有点失落有点难过，但不必为昨天停留，但不必为昨天停留。这首歌曲写得委婉凄清，让人沉浸于波澜起伏的爱海之中，心情低郁，难以自拔，久久地回忆那已经逝去的爱情。

2022 年 11 月 19 日 15 时 10 分

# 冬夜

从字面上理解，冬夜，就是冬天的夜晚。一般情况下，普通人在冬夜，大都早早地钻进暖和的被窝里，睡起香甜的觉来，恍恍惚惚间，就进入了梦乡，那种滋味真的太好了。也有人，借着冬夜的清净，阅读心仪的书籍，汲取精神的养分，打发着冷寂的时间。现如今，有着空调这样的设备，屋里温暖如春，无虑寒冬的侵袭，哪怕室外厉风飕飕，冰冷刺骨，屋内也不觉得凛冽的寒意。

写作本文时，我特意搜寻了古人和今人有关冬夜的一些诗词文辞，试图从中获得一些灵感，为小文增添一点古色古香。

第一篇，便是唐代大诗人白居易的《冬夜》，体裁为五言律诗。白诗原文是："家贫亲爱散，身病交游罢。眼前无一人，独掩村斋卧。冷落灯火暗，离披帘幕破。策策窗户前，又闻新雪下。长年渐省睡，夜半起端坐。不学坐忘心，寂寞安可过。兀然身寄世，浩然心委化。如此来四年，一千三百夜。"冬夜的特点是极寒，布衾冷硬，满地霜花，玉瓶结冰。白居易的这首诗表达了诗人孤苦伶仃的境遇和情感。

第二篇，便是中唐诗人贾岛的《冬夜》，体裁为五言律诗。贾诗原文是："羁旅复经冬，瓢空盎亦空。泪流寒枕上，迹绝旧山中。凌结浮萍水，雪和衰柳风。曙光鸡未报，嘹唳两三鸿。"

第三篇，便是明代洪武年间官员、诗人黄淮的《冬夜》，体裁为五言律诗。黄诗原文是："抱病何当差，兴怀总可怜。多愁醒似醉，不寐夜如年。灰冷消馀烬，衾寒怯故绵。固穷吾道在，肯为别情牵。"

第四篇，便是清朝道光年间诗人缪公恩的五言律诗《冬夜》，诗曰："杯空炉火尽，深夜一镫残。雪影疏窗白，风声晓漏寒。俗缘居近市，贫尚食充箪。惭愧青毡破，终宵感百端。"

第五篇，便是当代诗人、作家、文艺鉴赏家沈艳松的《冬夜》，体裁为古体诗。沈诗原文是："滴水成冰三九天，数载以来未尝见。街灯孤照路人稀，仍有蜷缩路桥边。锦衣裘被尚嫌冷，掩门闭户难挡寒。有朝一日时运至，转逆为顺换新天。千金散尽无所惜，但求贫者俱欢颜。人微力薄不自弃，星点之火可燎原。自古贤士多愁悯，苍天终会遂人愿。"

第六篇，便是当代纯文学作家、文化学者、网络作家杨仕佼的《冬夜》，体裁是散文诗。杨诗原文是："北风来的时候，阳光走了。漫天的黄沙夹杂着食物发馊的气息，将一天收尾。

独自西行，听脚步负载着万千思绪的消沉。南国的深秋，被三两点雨花将路灯凋零成星星点点。这个他乡的冷夜，自己，注定被风吹落成孤身。向前，是一条看不到尽头的路茫然伸延。身后，却是被岁月俘虏了的无数青春。想故乡的样子，霜花已然履盖了碧绿的麦田。而那一口古老的泉啊，依旧烟雾缭绕。谁家牧童的短笛和着铃铛的欢笑竟吹落了黄昏。阵阵松涛的低语引来无数的狗吠。炊烟袅绕，又是哪个少妇欢快地刷洗锅碗瓢盆。四五点朦胧的灯火，勾起遥远的思绪。而今那一封封风干的情书，徒留下曾经的你的泪痕斑驳。多少次携你的手，闯入灵魂深处。那一方陈旧的木屋，我负一柄长剑守候着你。临窗，读半卷诗书。夜风吹凉落寞，飘荡的落叶里残留着贵妇人的气息。那狗吐一吐猩红的舌头，咽下胭脂水粉的味道。而就在昨天，就是它，就是它。曾凶狠地夺下路边那个乞儿的面包。此刻，摇着丰满的臀部的她们又怎会想起，路旁，报纸下的那双缩瑟的眼睛。那个着黄衫的阿姨推一辆破车缓缓经过，残缺的车轮与街道一路磕磕绊绊。在空旷的夜里发出苍白的吱吱呀呀的声音，驻足—回首—轻轻拥起。风中，依稀看见慈母的笑，这个深秋，始终找不到一支笔，可以为你写一首，温暖的诗歌。但我明白，就是您，走过之后，我的心，我的心啊，穿过着冬夜，竟温暖的看到无限光明。母亲的呼唤，情人的眼泪以及那些所有的所有，还有那曾经忘却了的诗行。在这个泪眼蒙胧的冬夜，——想起，又全部遗忘，在风中。"

第七篇，便是中国现代诗派（中国现代主义）诗人王辛笛的《冬夜》，王诗原文是："安坐在红火的炉前，木器的光泽诳我说一个娇羞的脸；抚摩着褪了色的花缎，黑猫低微地呼唤。百叶窗放进夜气的清新，长廊柱下星近；想念温暖外的风尘，今夜的更声打着了多少行人。"20世纪的70年代初，我曾经在一次诗歌创作座谈会上，见过身材颇高，神形清癯、白发鹤颜的辛笛先生，聆听过老先生有关诗歌创作的演讲。

第八篇，便是秋刃写作的现代诗《冬夜》，诗的原文是："我望着夜空，寻找会说话的星星。可所有熟悉的地方，都覆盖着厚厚的铅云。桥站在冰冷的水上，它的灯光冷得打战，是谁给夜晚带来诗意，那蛰伏悠悠诉说着温暖的往事。"

冬夜，曾经被俞平伯先生作为诗集的书名，收诗 58 首，分为 4 辑。首刊于 1922 年 3 月，上海东亚图书馆出版。这本书得到了朱自清、闻一多两位先生的肯定。但胡适先生认为是"旧诗词的鬼影仍旧时时出现"（《〈蕙的风〉序》）。

冬夜，还被白先勇先生用作短篇小说《冬夜》的文名，收录于《台北人》小说集。

冬夜，已经不复围炉闲话的那些趣闻轶事了。现今，入夜，人们大多自顾自地回归家庭的小巢，与亲人一起观看电视，或打开电脑，上网游戏、网聊等。生活已然现代化了，但是，却没有了以往那种的闲情雅致、诗情画意了。我是多么思念那些闲聊神侃的日子啊！它给予我岁月的甜蜜和温暖。

2022 年 11 月 20 日 16 时 28 分

# 冬日

写罢冬夜，方才回过来写冬日，确实是有点颠三倒四的。起初是写到哪里就是哪里，根本没有考虑次序的问题。

冬日，意思包含三层，一是，冬季；二是，冬天的太阳；三是，冬至日。

冬日这个词的出现，渊源很早，即使按照《诗经》出现最晚的年代公元前 6 世纪，也已经有着 2600 多年的历史了，更遑论《诗经》最早起源于公元前 11 世纪呢？如果，按照起始的时间计算，加起来，那就有了 3100 多年的历史了。

《诗经·小雅·四月》："冬日烈烈，飘风发发。"《孟子·告子上》："公都子曰：'冬日则饮汤，夏日则饮水，然则饮食亦在外也？'"《列子·说符》："柱厉叔事莒敖公，自以为不知，而去居于海上。夏日则食菱芡，冬日则食橡栗。"东汉末年建安文学的杰出代表王粲《赠蔡子笃》，诗曰："烈烈冬日，肃肃凄风。"南朝齐名臣、文学家、目录学家王俭《褚渊碑文》："君垂冬日之温，臣尽秋霜之戒。"清初诗坛盟主之一、诗人钱谦益《李秀东六十寿序》："（怀顺）待士大夫有恩礼，官岭表者，以怀藩为冬日，君有助焉。"礼恭亲王永恩之长子爱新觉罗·昭梿《啸亭杂录·内务府定制》："凡朔望、万寿圣节、元正、冬日及国有大庆，均恭奉列圣神碑前殿祭飨，礼成还御后殿寝室。"

郭德紫毅作词、Mu-Chan 作曲、Mu-Chan 编曲、鞠婧祎演唱的歌曲《冬日》，歌词为：雪花盛开手里，心底涌出暖意。银色为疮痍世间，披上一层侘寂，极光映现天际，没收万物声音。蚂蚁也蜷缩起触须，飞鸟仰望穿顶。银河眨眼回应，迎接从来未曾见过的全新。生命中第一场雪景，乌鸫误将树枝上皑皑的雪当作花。荷塘里悄悄地结住了冰。大猫在白雪中跃行，留下一行纷乱且淘气的足印。阳光洒在空中穿梭的鸦群，赠予它们金黄色羽翼。仿佛催促，快飞到远方去。顿时万籁俱寂，目光在聚集，有声音从耳边响起。如清风徐徐沁入心，虽陌生却又好熟悉。花与雪相遇，停住的四季。编织冬日的序曲，唱着未来可期。雪花盛开在手里，心底涌出暖意。银色为疮痍世间披上一层侘寂。极光映现天际，没收万物声音。蚂蚁也蜷缩起触须，飞鸟仰望穿顶。银河眨眼回应，迎接从来未曾见过全新。生命里第一场冬季，如花般绽放在眼底。雪花盛开手里，心底涌出暖意。银色为疮痍世间披上一层侘寂，极光映现天际，没收万物声音。蚂蚁也蜷缩起触须，飞鸟仰望穿顶。银河眨眼回应，迎接从来未曾见过全新。生命里第一场冬季，雪花融化手里。目光倒映着你，你笑如冬日里唤醒万物的黎明。太遥远的美丽，哪里比得上你。和我在一起看雪景，看这千层的冰。将时光都封印，却无声息润济全新的生命。冬日最平凡的雪景，此刻最伟大的奇迹。

这一首《冬日》，将冬天吟哦得如此缠绵，如此缱绻，令人动容，让人魂悸，激起一阵阵的微澜，摇漾在冬日的胸怀，久久不会远去。即使，过去了多少年，它依然起伏于我的心海。

2022 年 11 月 21 日 6 时 13 分

# 冬耕

冬耕，即在冬季翻松土地的农活，属于农事之一。既然有冬耕，必然有春耕。至于夏耕、秋耕，应该是有的，但是，我不是太清楚。

冬耕，出自《韩非子·喻老》："故冬耕之稼，后稷不能羡也；丰年大禾，臧获不能恶也。"

陈毅元帅的《喜雪祝干部下放》也说到了冬耕，诗曰："种植得培育，冬耕更积极。"

农村有一句俗语："翻土过冬，来年长疯。"当年，我在江西农村看到，每年农民都要冬耕。起初，我很诧异，不是要春耕吗？为什么还要冬耕？不如只搞春耕，一次就可以了？这样不就可以省却了一次劳作了吗？老表告诉我，冬耕的好处实在太多了，可以大大地增加农作物的产量，提高粮食的质量。当时，我听了以后，还是不明就里，根本没有能理解老表所说话的内在含义。

经过近 50 年的风霜雨雪，我才逐渐熟悉了三农（农业、农村和农民）战线的基础知识，对于农业生产有了一些了解，对于冬耕的优点也有所知晓。

冬耕的优点是什么？归纳起来，大约有六点：一是，有利于消化肥水，避免水肥浪费。因为刚冬耕的土地相对松弛，能够储存大量的相对较高的肥水，确保肥水不流失，充分利用，从而避免因肥水流失，造成水肥浪费，充分利用现有资源，减少资源的浪费，提高资源利用率。达到开源节流，挖潜增效、节能降耗的目的。

二是有利于土壤改良。冬耕是改善土壤结构，进行土地改良，促进根系发育的一项重要的措施。冬耕可加深活土层，提高土壤的通透性和蓄水保肥的能力，有利于改善土壤的理化性状，促进土壤养分的转化和根系发育的深度，对促进农作物生长发育和提高产量、质量具有重要作用。

三是有利于减少病虫害的发生。冬季，害虫正处于冬眠期，此时正是害虫生命力最弱的时期。如果抓住这个有利时机，科学冬耕，能把地面上大部分害虫、虫卵及病菌孢子翻埋到较深的土层里，使之窒息而死，或丧失生长能力，同时，也能将土壤深处的虫卵、蛹和部分草根翻到地表，使之冻死或晒死，从而减轻和抑制病虫的危害。

四是有利于保墒培养地力。冬耕以后，土壤中一些难溶性或不溶性的物质被翻到上层，可以在阳光、风和雨雪的共同作用下，充分分解，使土壤疏松，各种养分直接被作物吸收利用。同时，还能够改善土壤，提高土壤肥力。此外，冬耕后的土地经肥水充分浇灌，可达到保墒、培养地力的目的。

五是有利于培育发达根系。冬耕能增加熟土层，促进土壤上下物质与能量的交换，促进作物根系向土壤深层发展，是增强根系发育的一项重要措施。

六是有利于增加土壤的细度，提高定植作物的成活率。因为冬耕过的土地，经雨水、肥水浸润，经过冰冻的自然条件，可增加土壤细度，起到土地改良的目的，提高定植作物的成活率。

冬耕的时间越早越好，一般在前茬作物收获后，就要进行冬耕。大地封冻前（冻土层超过 5 厘米）耕完，以延长风化时间，提高灭虫的效果，并有利于多吸收浓度较高的沼液水肥。大地封冻后耕翻，不仅耕作困难，耕地质量下降，灭虫效果也差。

冬耕时，要注意耕耙结合，耕翻后再细耙碎垡，可蓄水保墒，并能把死部分越冬害虫的虫蛹。冬耕时，翻耕厚度应在 10 厘米以上，冬耕越深，灭虫效果就越好。还要注意耕后灌水。在寒冬，害虫较耐干旱而不耐湿、不耐冻。据有关研究表明，土壤相对持水量在 40% 时，处于各种虫态的害虫死亡率在 36.6%，当土壤持水量饱和时，处于各种虫态的害虫死亡率达 80% 以上，有的可达 100%，如菜青虫蛹等。因而，凡是有灌溉条件的地方，可在冬耕后接着冬灌，这样不仅能沉实、风化土壤，而且，还能提高越冬害虫的虫蛹的死亡率。

冬耕，虽然是农业生产方面的知识，但是，作为曾经在农村待过的我说，还是相当关心"三农"工作的。民以食为天，食以粮为重。人们常说："无农不稳，无粮则乱。"回想起 20世纪 50 年代末、60 年代初期间，缺吃少喝的，饿得眼冒金星，脚底发软，日子不知道有多难过啊！现在，有吃有喝，而且吃香的喝辣的，真是幸福得很呐！

我真诚地期望中国人民的饭碗能够永远端在自己的手中，不受制于他人，粮食一旦被人掐断供应渠道，自己又没有准备，那么，后患无穷啊。手中有粮，心中不慌。粮食是民生的根本，手中有了粮食，民心自然安定了。这个道理虽然浅显，但是，却是至理名言，应该始终铭刻于中国每一个人的心底，永远也不能动摇！

2022 年 11 月 21 日 15 时 25 分

## 冬暖

今天，正是二十四节气中的小雪，是第二十个节气。之后，还有大雪、冬至、小寒、大寒四个节气，过了后四个节气，那么，一年就过去了。

小雪节气，是在每年公历的 11 月 22 日或 23 日，即太阳到达黄经 240° 时，今年的小雪正值 11 月 22 日。小雪是反映降水与气温的节气，它是寒潮和冷空气活动频数较高的节气。小雪节气的到来，意味着天气会越来越冷、降水量会逐渐增加。按理说，小雪节气是冬季的第二个节气，应该寒冷了，但是，处于江南之隅的上海，不仅不寒冷，还温暖如春，花开正艳，叶绽犹绿，实在是一反常态。

这个节气之所以叫小雪，因为"雪"是寒冷天气的产物，而此时的气候寒未深，且，降水量不大，故用"小雪"来指喻这个节气期间的气候特征。"小雪"是个比喻，反映的是这个节气期间寒流活动活跃、降水渐增，不是表示这个节气就应该下一场哪怕是很小的雪。

小雪节气，东亚地区已形成比较稳定的经向环流，西伯利亚常有低压或低槽，东移时会有大规模的冷空气南下，中国东南部会出现大范围大风降温天气。

昨晚上海电视台新闻综合频道播报，今天天气预报为阵雨、阴，气温为19℃到16℃。这样的温度，就别指望下雪了，下点小雨倒是可以的。入冬以来，雨水较往年偏少，晴爽的天气占据了主导地位，人们的日常生活惬意了许多，外出也很方便，不受雨水的搅扰。

汉代无名氏创作的《孝经纬》中说："（立冬）后十五日，斗指亥，为小雪。天地积阴，温则为雨，寒则为雪。时言小者，寒未深而雪未大也。"小雪节气是一个气候特征。气候要素包括降水、气温、光照等，其中，降水是气候的重要因素。小雪是反映气温与降水变化趋势的节气。气象学上将雨、雪、雹等从天空下降到地面的水汽凝结物，都称为"降水"。这个节气之所以叫小雪，是因为"雪"是寒冷天气的产物，这个节气期间的气候寒未深且降水未大，故用"小雪"来反映此时的气候特征，小雪节气的到来，意味着天气将越来越冷，降水量会增多。

中国的古人将小雪分为三候：一候虹藏不见；二候天气上升地气下降；三候闭塞而成冬。由于天空中的阳气上升，地中的阴气下降，导致天地不通，阴阳不交，所以万物失去生机，天地闭塞而转入严寒的冬天。

在小雪节气之初，我国东北地区土壤冻结深度已达10厘米，往后差不多一昼夜平均增加冻结一厘米，到小雪节气之末，冻结便会厚达一米多。所以，俗话说"小雪地封严"，之后，大小江河陆续封冻。

有句农业谚语说："小雪雪满天，来年必丰年。"这里有三层意思，一是小雪落雪，来年雨水均匀，无大的旱涝；二是下雪可冻死一些病菌和害虫，来年减轻病虫害的发生；三是积雪对农作物有保暖作用，利于土壤的有机物分解，增强土壤的肥力。

小雪时节，还有着不少传统的习俗。俗话说："小雪腌菜，大雪腌肉。"小雪节气的民俗包括腌咸菜、品尝糍粑、吃刨汤、酿小雪酒等。小雪腌菜主要是北方腌雪里蕻，渍酸菜。在南方某些地方，小雪前后还有吃糍粑的习俗。吃"刨汤"是土家族的风俗习惯，是用新鲜猪肉精心烹饪而成的美食。酿小雪酒是在小雪后，用新粮酿酒，所谓"十月获稻，为此春酒，以介寿眉"。

民间素有"冬腊风腌，蓄以御冬"的风俗。小雪时节的气温急剧下降，天气变得干燥，是加工腊肉的好时机。一些农家便开始动手做香肠、腊肉，并把多余的肉类用传统的方法储存起来，等到春节时，正好享用。很多地方都有冬季吃腊肉的习惯，尤其是南方城市，更是对腊味情有独钟。广州人最喜欢用腊味来做腊味萝卜糕、腊味煮香芋、腊肠炒蜜豆。

在南方的某些地方，还有农历十月吃糍粑的习俗。糍粑是用糯米蒸熟捣烂后所制成的一种食品，是中国南方一些地区传统的节日祭品，最早则是农民用来祭祀牛神的供品。有俗语说："十月朝，糍粑禄禄烧"，就是指的这种祭祀之事。

土家族民众在小雪前后开始了一年一度的"杀年猪，迎新年"的民俗活动，给寒冷的冬天增添了热烈的气氛。吃"刨汤"，是土家族的风俗习惯；在这一活动中，土家族群众用热气尚存的上等新鲜猪肉，精心烹饪而成的美食称为"刨汤"。

古人有关小雪的诗歌还是不少的。如唐代诗人张登《小雪日戏题绝句》，诗曰："甲子徒推小雪天，刺桐犹绿槿花然。融和长养无时歇，却是炎洲雨露偏。"唐代诗人徐铉《和萧郎中小雪日作》，诗曰："征西府里日西斜，独试新炉自煮茶。篱菊尽来低覆水，塞鸿飞去远连霞。寂寥小雪闲中过，斑驳轻霜鬓上加。算得流年无奈处，莫将诗句祝苍华。"唐代诗人李咸用《小雪》，诗曰："散漫阴风里，天涯不可收。压松犹未得，扑石暂能留。阁静萦吟思，途长拂旅愁。崆峒山北面，早想玉成丘。"唐代诗人陈羽《夜泊荆溪》，诗曰："小雪已晴芦叶暗，长波乍急鹤声嘶。孤舟一夜宿流水，眼看山头月落溪。"北宋诗人黄庭坚《春近四绝句》，诗曰："小雪晴沙不作泥，疏帘红日弄朝晖。年华已伴梅梢晚，春色先从草际归。"

2022 年 11 月 22 日 9 时 50 分

## 冬令

冬令，有三解。一解为冬季施行的政令。二解为冬季的气候。三解为冬季。

何谓冬季施行的政令？在古代社会，古人将政务与天时结合在一起，认为一个季节必然有其所对应的政策指令加以实施，否则，会导致农业生产紊乱，社会不稳定。《礼记·月令》："孟春行夏令，则雨水不时，草木蚤落，国时有恐；行秋令，则其民大役，猋风暴雨緫至，藜莠蓬蒿竝兴；行冬令，则水潦为败，雪霜大挚。首种不入。"蚤同早。猋同飙。藜与黎同音。意为，一年生或多年生草本植物。莠读 yǒu。狗尾巴草，也喻指品质恶劣的人。竝读 bìng，意思是合在一起。緫，古同总，与总同音。

《吕氏春秋·仲秋》："仲秋……行冬令，则风灾数起，收雷先行，草木早死。"上述两则中，冬令的意思都是冬季施行的政令。

何谓冬季的气候？即冬天的天气。如：初秋这样冷，是秋行冬令。

又如：时届冬令，天气应该冷了。

何谓冬季？即冬天。如：俗话说，冬令进补，春天打虎。我国医学一向主张冬令进补。认为人类生活在自然界里，人体的生理功能往往会随着季节的不同而有所变化，所谓"天人相应""天人合一"，说的就是这个道理。冬季是人体"收藏"的季节，适当进补，可以增强体质，祛病强身、延年益寿。

冬令进补应该顺应自然，注意养阳，以滋补为主。根据中医虚则补之，寒则温之的原则，在膳食中应多吃温性、热性、特别是温补肾阳的食物进行调理，以提高机体的耐寒能力。冬季食补，应提供富含蛋白质、维生素和易于消化的食物。素食可以选用：粳米、籼米、玉米、小麦、韭菜、香菜、大蒜、萝卜、黄花菜等。荤食可以选用：羊肉、狗肉、牛肉、鸡肉和鳝鱼、鲤鱼、鲢鱼、带鱼、虾等。水果可以选用：橘子、椰子、菠萝、荔枝、桂圆等。有的专家认为，羊肉、狗肉是老人冬季滋补佳品，然而，现今，除了个别地区之外，大部分区域狗肉已经不上餐桌。老年人每天晨起服用人参酒或黄芪酒一小杯，可以防风御寒活血。身虚体弱的老年人，冬季常食炖母鸡、精肉、蹄筋，常饮牛奶、豆浆等，可增强体质。

现代医学认为，冬令进补能提高人体的免疫功能，促进新陈代谢，使畏寒现象得到一定的改善。冬令进补还能调节体内的物质新陈代谢，使营养物质转化的能量最大限度地贮存于体内，有助于体内阳气的升发，为来年的身体健康打下基础。俗话"三九补一冬，来年无病痛"，讲的就是这个道理。

冬令进补应该怎样补？常用的补品补药，根据其性质分为滋补类、清补类和平补类，因而，中医的补虚法也有滋补、清补和平补的不同。这三种补虚法在夏季也适用，但是，必须区别虚弱症状选择应用。

滋补，就是服用具有滋补性质的补品补药来裨补虚弱的方法。常用的滋补食品有猪肉、牛肉、羊肉、母鸡、鹅、鸭、鳖、海参等；滋补药物有熟地黄、阿胶、鳖甲、鹿角胶以及各种补膏。如十全大补膏、洞天长春膏等。由于这些补品补药都会增加消化道的负担，有的还偏于温性、热性，所以，在夏季一般很少服用。然而，它们的补益作用较强，对体质虚弱者有很好的调理作用。不过，在服用时要特别注意适度服用，切记不要过量；胃口不好、舌苔厚腻，或发热、腹痛、泄泻时不宜服食。

清补，就是服用具有补益、清热功效的补品补药来裨补虚弱的方法。常用的清补食品有百合、绿豆、石斛（包括枫斗）等。夏天气候炎热，人体易为暑热所犯，此时服用清补类的补品补药较为适宜。但是，要注意，素体阳虚，有畏寒肢冷症状者必须少食或不食，即使服食也应该有所节制。在春夏两季服用过于寒凉的补品补药，会损减人体的阳气。

平补，就是服用平和的补品补药来补益虚弱的方法。这一类补品补药为数较多，如人参、党参、太子参、黄芪、莲子、芡实、苡仁、赤豆、大枣、燕窝、哈士蟆、银耳、猪肝等。这些补品补药既无偏寒、偏温的特性，又无滋腻妨胃的不足，若能在夏季正确服食，同样可取得良好的效果。只是在吸收蕴藏方面略逊于冬令进补。

为了取得良好的进补效果，进补者应该按虚弱的类型，选用相适应的补品补药，如气虚的应补气，阴虚的要补阴，心绪不宁的要补心，脾虚食少的要补脾等。

《黄帝内经·素问·四季调神大论》曰："是故圣人不治已病，治未病，不治已乱，治未乱，此之谓也。夫病已成而后药之，乱已成而后治之，譬犹渴而穿井，斗而铸锥，不亦晚乎。"冬令进补是预防医学，在人体尚未出现疾病时，选择最适当的时机——利用外在环境最寒冷之时，一方面，使人体在冬天增强抵抗力，不致受寒气的侵袭而生大病，另一方面，又可蓄积能量，以待来年春夏的利用，避免次年因阳气不足，阴寒内伏而发病，所以，冬令进补是养生的一种好方法。

谈到冬令，必谈进补，两者是一种紧密的连带关系，无法完全撇开谁，绝对不能单独奢谈冬令这一文题。

2022 年 11 曰 23 日 11 时 48 分

## 冬醪

醪，据解，有四种释义。一为浊酒；二为醪糟，即江米酒；三为醪醴，中药剂型之一，也即药酒；四为醇酒。

字义的详细解释：一是形声字，lao 音，去声。从西，表示与酒有关。本义为汁滓混合的酒。二是同本义，即浊酒。如醪药、醪糈（酒和粮）、醪糟（酒酿、江米酒）。醪糟（醪酒、甜酒）。三是，酒的总称。如醪膳（酒食）、醪药（酒药）、醪馔（酒宴）、醪纩（酒和丝绵，喻饱暖之惠）。

醪有春夏秋冬之分。春醪，意思是指春季酿酒。东晋末年田园山水诗人陶潜《停云》，诗曰："霭霭停云，濛濛时雨。八表同昏，平路伊阻。静寄东轩，春醪独抚。良朋悠邈，搔首延伫。"中国古代佛教史籍《洛阳伽蓝记·城西法云寺》，有谚语曰："不畏张弓拔刀，唯畏白堕春醪。"意思是不怕拉弓动刀，只怕刘白堕的春醪。极言这种春醪的酒味诱人，后劲很大。刘白堕，北魏河东人，即河北人，善酿酒。他所饮之酒即春醪，味醇美，易醉。春醪，另外还特指春节所饮之酒，清代著名学者、诗人、浙西词派中坚人物厉鹗《悼亡姬》，诗曰："除夕家筵已暗惊，春醪谁分不同倾？"

夏醪，意思是指在夏季酿酒。由于高温酷暑，一般情况下，酿酒师或厂家不在夏季酿酒。故所，夏醪极为罕见。如果有，那也是极少数人家私酿的自用酒。

秋醪，意思是指秋季酿酒。出自晚唐诗人杜牧五言绝句《醉眠》，诗曰："秋醪雨中熟，寒斋落叶中。幽人本多睡，更酌一樽空。"

冬醪，意思是指冬季酿酒。出自北宋末年著名医家朱肱《酒经》中的《语林》，有句云："抱瓮冬醪。言冬月酿酒，令人抱瓮速成而味好。"北宋大臣、文学家、诗人张耒的乐府体《寄曼叔求酒》："淮阳冬醪滑胜油，唇焦不饮已经秋。"

除了各个季节的酿酒外，还有各个季节的饮酒。冬醪的名人逸事佳话，最为出名的则是唐代大诗人白居易是那首五言绝句《问刘十九》，诗曰："绿蚁新醅酒，红泥小火炉。晚来天欲雪，能饮一杯无？"在即将下雪的傍晚，家中有着漂浮着绿蚁般酒沫的新酿酒，红色陶泥制成的小火炉上正炖着美味的食物，这些都在等待着客人的到来。主人托询刘十九，问道："晚间将要下雪了，能不能前来我家一同饮酒聚欢？"场景极富趣味，雪未落，已起酒兴。诗人觉得一人独饮实在没有什么意思，极想邀请好友刘十九前来家中同饮酒欢聊。难而，却不知道好友刘十九在大雪降临之际，肯不肯光临寒舍，与我共饮。温馨的小屋里，小火炉上炖着香气扑鼻的浓汤，新酿的米酒还散发出阵阵诱人的醪香。白居易在耐心地等待着，祈望好友刘十九赶紧到来。

刘十九是白居易谪任江州司马时的挚友，两人志同道合，成了至交好友。虽然，白居易与刘十九之间的友谊不一定如他在《梦微之》中所说"君埋泉下泥销骨，我寄人间雪满头"那样的刻骨铭心，但是，却也像酒香一样，越久越醇，细水长流。白居易曾经还写过一首七言绝句《刘十九同宿》，其中，说到："唯共嵩阳刘处士，围棋赌酒到天明。"两人猜拳喝酒，下着围棋，通宵未眠，一直到天亮。晚年时候，白居易还时常回忆起那些年围棋赌酒的日子，回想起陪伴自己渡过难关的好友刘十九，内心感慨不已。于是，在将雪未雪的夜暮，又一次盛情地邀请刘十九前来白家消夜。我们已经不知道风雪交加的那一晚，究竟刘十九是否应约前往白家聚饮，应约之后，白刘二人又是怎样喝酒言欢的情景。我的揣测，刘十九必定会欣然踏雪赴约，与白居易彻夜畅饮海聊。实际上，所有的一切都不重要，重要的是好友难得在风雪之夜的面晤酒叙，重要的是这一份真情实意，让时人与后人领略到一种温暖如春的感受。这样的情感就跟清代大学者孙星衍一副楹联"莫如春秋佳日过，最难风雨故人来"一样，有着异曲同工之妙。因此，这首小诗深深地打动了千千万万人的心灵，经久不衰。

2022 年 11 月 24 日 6 时 35 分

## 冬麦

冬麦，即冬小麦。秋季播种，来年春季或夏季成熟的一种小麦。

小时候，每年冬天，我会到彭浦人民公社彭浦大队彭浦生产队的乡间农田去玩。步行约两公里左右的路程，就到了彭越浦岸边的彭浦镇，便可看见一大片麦田，种植了几十亩的冬麦。

冬麦的外形长得很像韭菜，一根一根苗壮地生长。虽然，外相不怎么整齐好看，但是，它的颜色却非常绿，整块田绿得像翡翠一样，赏心悦目。我蹲在麦田旁边，与小伙伴们轻轻地抚摸着冬麦的幼苗，用手掰开冬麦的苗叶，生怕弄坏了，来年长势受损。我仔细地观察它的形状，记住了冬麦初长时的样子。

那时候，老师告诉我们，学生不仅要读书，而且，要学工、学农，要懂得粮食生产的基本过程，千万不要做"四体不勤，五谷不分"的人。四体，即四肢，五谷就包括小麦，其他四种则是稻、黍、稷、菽。及至，中学期间，我才知道这句话是毛泽东同志说的。所以，那个年代，学生的劳动是很多的，到工厂、到农村，参加集体生产劳动。到农村去，不仅平时到近郊参加农业生产劳动，而且，还专门组织下乡集中参加三夏、三秋劳动，时间大约一周。记得有一年，到五角场人民公社五角场生产大队参加三夏农业劳动。住在生产队的仓库里，水泥地坪上铺着一层厚厚的稻草，再铺上草席，自带棉被、蚊帐。白天在田里收割麦子，再用手推车装运回生产队的打谷场，用脱粒机打谷。每天，从早忙到晚，全身上下都沾满了麦穗的芒刺和碎屑。当看到一担担的麦子收晒干净，装入仓库，心中不知道有多高兴，我们终于摆脱了"四体不勤，五谷不分"的白面书生的模样，有点像一个青年农民了。后来，知识青年上山下乡大潮涌起，大部分上山下乡的青年学生尚能适应农村艰苦的生产劳动，我想与在校期间不断地参加工农业集体生产劳动有一定关系。虽然，我没有上山下乡、插队入户，但是，我曾经在农村从事知青工作整整两年，期间，也曾经参加繁重的农业生产劳动，并经受住了严酷的艰苦的考验，并没有被这种"压力山大"的重负所压垮，这与在校期间的劳动锻炼不无关系。前些日子，我在微信中告诉小学校友，我在江西农村，曾经挑过二百多斤的稻谷，他们也有些惊讶，感觉有点儿不可思议，诧异我怎么能有如此的肩力和脚力，能够挑起如此沉重的担子。事实上，这绝对不是吹牛，是真实的事情，就发生在我的身上。

三年多之前，我到江苏省连云港市灌南县汤沟镇官庄村，参加大表哥乾生的葬礼。路过广袤的苏北大平原，正值冬季，麦田里种植着冬麦，嫩绿的麦苗长势喜人。早间，白霜盖满了麦田，一片白茫茫和一簇簇绿盈盈，尽是白霜和青苗。乡亲们告诉我，霜雪盖满田，来年是丰年。后来，亲友来电告我，这一年冬小麦果真大丰收。

我这个人特别喜欢面食，无论是馒头面条，还是水饺馄饨，无论是大饼油条，还是炕饼煎饼，都是我的所爱。有一年清明返乡祭扫祖坟和叔叔朱开玉烈士的陵墓，曾经四处寻觅家乡的炕饼，终难寻觅。后来，还是在灌南县孟兴庄镇前霞表妹家，请她想办法，她赶大早到商家的家里才买到，让我带回了上海，整整几十大块哟。这是一种实心的发酵面饼，大小稍大于大饼，口感非常硬实，很是耐嚼，极其对我的胃口。后来，疫情来了，我只得请儿子网购泗阳一个乡镇作坊生产的炕饼，稍稍缓解了我的馋涎。今年，冬季来临了，我将如法炮制，还要请儿子网购这种炕饼，以解一年来的渴望和梦想。

2022 年 11 月 24 日 9 时 50 分

## 冬鼓

冬鼓，即打击鼞鼓的声音，出自晚唐诗人杜牧《闺情代作》，诗曰："遥望戍楼天欲晓，满城鼞鼓白云飞。"此处的鼞鼓，即冬鼓。自从汉字实行简化后，鼕就不复存在了，以冬代替了鼕。冬指代敲鼓时发出的鼕鼕声音。现今，鼕，在古典诗文中，偶尔还会出现。切记，这里所说的冬鼓不是冬天的鼓，而是"咚咚"作响的鼓。

鼓，打击乐器，圆柱形，中空，两头蒙皮，用木棍敲击皮面，能够发出"咚咚"的声音，故称之为鼓。以鼓组词的有：耳鼓、大鼓、小鼓、箫鼓、手鼓、石鼓、花鼓、腰鼓、钟鼓、堂鼓、锣鼓、战鼓、爵士鼓、鼓乐、鼓角、鼓膜、鼓点、鼓劲、鼓山、打鼓、擂鼓、转鼓、鼓气、鼓起、鼓胀、鼓噪、鼓荡、鼓励、鼓动、鼓舞、鼓足、鼓吹、鼓楼、鼓掌、鼓手、鼓浪、一鼓作气等。

这些词语之中，试析三例。一是手鼓。当代有一首很著名的女中音歌唱家关牧村演唱的歌曲，名曰《打起手鼓唱起歌》，韩伟作词，施光南作曲，歌词如下：打起手鼓唱起歌，我骑着马儿翻山坡。千里牧场牛羊壮，丰收的庄稼闪金波。我的手鼓纵情唱，欢乐的歌声震山河。草原盛开幸福花，花开千万朵。打起手鼓唱起歌，我骑着马儿跨江河。歌声溶进泉水里，流得家乡遍地歌。我的手鼓纵情唱，唱不尽美好的新生活。站在草原望北京，越唱歌越多。来来来……来来来……来来来……来来来……打起手鼓唱起歌，我唱得豪情红似火。各族人民肩并肩，前进的道路多宽阔。我的手鼓纵情唱，快马加鞭建设祖国。春光永远在边疆，歌声永不落。来来来……来来来……来来来……来来来……

二是鼓角。1963年夏季，我在上海市新华书店南京东路总店购得初版毛泽东诗词集，读到其中一首名为《西江月·井冈山》，词曰："山下旌旗在望，山头鼓角相闻。敌军围困万千重，我自岿然不动。早已森严壁垒，更加众志成城。黄洋界上炮声隆，报道敌军宵遁。"曾经在井冈山南麓的遂川县工作过两年整的我，也到过井冈山上黄洋界哨口，瞻仰过红军战斗的堑壕遗址和住宿的竹屋。对于鼓角，印象非常深刻，这首词作极大地鼓舞了我的踔厉情操和奋发精神。

鼓角，本指古代军中所使用的战鼓和号角。此处借指军号。鼓角组词有：鼓角铮鸣、鼓角齐鸣、鼓角相闻、鼓角横吹等。明末清初戏曲家孔尚任《甲午元旦》，有诗句曰："鼓角梅花添一部，五更欢笑拜新年。"

出于景仰和崇拜毛主席，并继承和弘扬中国革命的勋业，我选用了毛主席词作的词牌名西江月，作为我的笔名和网络昵称，使用至今，一直未变，为此，我甚感自豪和骄傲。

三是一鼓作气。它是一则来源于历史故事的成语，最早出自《左传·庄公十年》："公（鲁庄公）与之（曹刿）乘，战于长勺。公将鼓之。刿曰：'未可。'齐人三鼓。刿曰：'可矣。'齐师败绩。公将驰之。刿曰：'未可。'下视其辙，登轼而望之，曰：'可矣。'遂逐齐师。既克，公问其故。对曰：'夫战，勇气也。一鼓作气，再而衰，三而竭。彼竭我盈，故克之。夫大国，难测也，惧有伏焉。吾视其辙乱，望其旗靡，故逐之。'"

一鼓作气，原指作战开始时，士气最为高涨，需要鼓足勇气。现在比喻干劲十足时，必须一口气完成任务。与一气呵成、趁热打铁相类似。这则故事，我是在读小学时，于老闸北区中兴路荣福村图书馆借阅的《成语小故事》中看到的，至今仍然记忆犹新。

当年，单位凡有员工退休，必敲锣打鼓，热烈欢送其至家中，员工和家属甚感光荣。现在，已经不复这些情景了。

2022 年 11 月 24 日 16 时 20 分

# 冬花

　　说到冬花，人们自然而然地会想起冬天绽放的花儿，这种想法是完全正确的，也是毋庸置疑的。

　　据了解，中国的冬花品种主要有五种，一是五彩石竹。它是比较耐寒的花卉，能在北方庭院中种植，可以顺利过冬。五彩石竹的耐寒性较好，最低能耐寒零下 30℃的低温，适应性非常强。五彩石竹的花期较长，开花比较绚烂，观赏性也比较高。

　　二是玉兰花。它较耐寒，能耐零下 20℃的短暂低温。但是，不宜种植在风口处，它耐不住强烈的寒冷风力。玉兰花对温度很敏感，性喜温暖湿润的环境，也能抵抗低温。玉兰花为肉质根，不耐积水，为了使玉兰能够顺利越冬，一定要控制好浇水，避免蓄水过多，导致烂根现象。

　　三是连翘。它具有耐寒的特点，能耐零下 4.8℃到 14.5℃的低温。经抗寒试验后，可耐受零下 50℃低温，常常用于北方园林绿化。连翘自身的观赏性也很高，适合种植在室外。叶片通常为单叶，叶片形状呈卵形、宽卵形，或椭圆形卵状形至椭圆形，花通常单生，或者是数朵着生于叶腋，花冠颜色为黄色，裂片呈倒卵状长圆形或长圆形。

　　四是郁金香。它的耐寒性也很强，能在室外零下 14℃的低温下正常生长，但是，要想顺利安全越冬，还是应该落实保温措施。

　　五是其他花卉。除了上述花卉之外，还有萱草、八宝景天、卷丹百合、迎春、海棠、榆叶梅、玉簪、丁香、小苍兰、茶花、水仙、牡丹等。现如今，随着大棚种植技术的发展和提高，各种花卉反季节培育和生长，比比皆是，屡见不鲜，成为一种常态了。

　　譬如玉兰花的品种就非常繁多，常见的为白玉兰、广玉兰、紫玉兰、黄玉兰和二乔玉兰。其中，上海市的市花为广玉兰，是玉兰花的一种。选择广玉兰作为上海市的市花，象征着开拓进取、奋发向上的精神。1986 年，经过上海市人民代表大会常务委员会审议通过，决定广玉兰为上海市市花。广玉兰很是适合上海的环境和气候，生长得极其自如自在。冬去春来，清明节前夕，广玉兰就繁花似锦了。广玉兰花大而洁白，开放时花朵向上。有人统称白玉兰为上海市市花，也不为错，只不过，那是从更大的范围上说的。

　　追溯以往，旧中国上海市的市花并不是广玉兰，而是让很多人惊讶的棉花。早在 1927 年，上海脱离江苏省，独立建市后，不少人建议上海应该有自己的市花。1929 年，经过上海市民的投票，结果棉花得票最多，因此，棉花就被选中为上海市的市花。棉花虽然没有华丽的外表，也没有其他花卉那么名贵，但是，在古代，乃至近现代，棉花确实是上海最重要的经济类农作物，与上海的渊源非常深厚。而且，解放前夕的上海是一个工商业极其发达的都市，纺织业遍布全市，是当时上海的支柱产业，棉花可以说是上海的极为重要的生产资料，须臾不可缺少。所以，棉花被当时的上海人选作市花，真的是非常合适的，也是意料之中的。

　　除上之外，冬花还被称之为款冬花，是菊科之植物，也是一种常见的中药药材。其性味辛温，具有润肺下气、化痰止咳的作用。可在治疗咽喉肿痛、咽喉炎等病症时，考虑使用含有冬花的药物。

同时，冬花还可与其他药物搭配使用，能够有效缓解咳嗽、哮喘等病症。冬花还具有预防心血管方面疾病的功用，有利于促进血管平滑肌兴奋。另外，冬花在治疗循环系统疾病方面也有不错的疗效。

2022 年 11 月 25 日 5 时 40 分

# 冬友

冬友，是指岁寒三友。这三友，指的是松、竹、梅。松、竹在寒冷的季节枝叶不凋，青翠欲滴，梅花则迎寒开放，傲雪斗霜，故人们把它们称为"岁寒三友"。它们被人们视为有骨气，有气节的代表，值得人们学习和效仿，被人视为艰难困苦之中的朋友。

岁寒三友，出自宋代林景熙《王云梅舍记》，文曰："即其居累土为山，种梅百本，与乔松修篁为岁寒友。"由此可见，松、竹、梅三种植物，早在宋代就被古人视为岁寒三友了。

这三种植物，在寒冬时节，仍然保持顽强的生命力，不畏严寒，不怕冰冻，并由此得名。岁寒三友，是中国传统文化中高尚人格的象征，也借以比喻忠贞不二的友谊。松、竹、梅合成的岁寒三友图案是中国古代器物、衣物和建筑上常用的装饰题材，同时，岁寒三友还是中国画的常见内容，画作素以"三友图"命名。

松，一般为常绿乔木，很少为灌木，树皮多为鳞片状，叶子针形，花单性，雌雄同株，结球果，卵圆形或圆锥形，木材和树脂都可利用。比如：松塔、松涛、松针、松脂、松亭（旁边有松树的亭子）、松活（以松柏的枝叶扎成人、鹤、鹿、亭等形状，作为冥器，叫作松活）、松肪（松脂）、松腴（松脂）、松扇（用柔软松皮制成的一种古扇）、松钗（松树的枝叶）、松花绿（亦作"松花""松绿"。偏黑的深绿色、墨绿色）、松篁（松树与竹子）。松树四季常青，姿态挺拔，叶密生而有层云簇拥之势，欹斜层叠，不啻著名画家马远、刘松年的笔意。在万物萧疏的隆冬时节，松树依旧郁郁葱葱，精神抖擞，喻指青春常在和坚强不屈。松树的风格是中国人最为崇拜的，故老一辈革命家陶铸曾经写过一篇《松树的风格》，讴歌松树的优良风格。

竹，主要分布于南方，北方也有一些。北京就有个"紫竹院"，里面就有很多的竹子。竹子是重要的物质材料，盖房子、做家具，都有它的用武之地。竹笋还是筵席上的美味佳肴，也可进入寻常百姓家。竹子可以做成笙箫琴笛，发出丝竹和鸣的"清音"。因此，竹比松树更得文人的青睐。竹子更是有着坚韧清新之美，它没有名花的娇贵，在任何环境下都能生存。当代诗人周天侯的《竹颂》："苦节凭自珍，雨过更无尘。岁寒论君子，碧绿织新春。"这首诗便是竹子的最好写照。古今园林几乎无园不竹，居而有竹，则幽篁拂窗，清气满院。竹影婆娑，美可入画。碧叶经冬不凋，清秀而又潇洒。古往今来，"不可一日无此君"，已成了众多文人雅士的偏好。明朝开国皇帝朱元璋写有一首《咏竹》，诗曰："雪压枝头低，虽低不着泥。一朝红日出，依旧与天齐。"连朱元璋这样起于草莽的英雄豪杰也对竹子好感浓厚，难道不值得人们深思吗？

梅，虽然没有遍布全国，甚至许多北方人没有亲眼见过。但是，由于历代文人的描绘，已经深入人心了。为什么梅花如今会"位压群芳"呢？这是由于民族历史形成的集体潜意识。许多国画家在画梅花时，突出地表现在积雪的干枯曲折的老树枝上，绽放出朵朵鲜花。梅花作为中国传统十大名花之一，姿、色、香、韵俱佳。北宋隐逸诗人林和靖的诗句："疏影横斜水清浅，暗香浮动月黄昏"，将梅花的姿容、神韵描绘得淋漓尽致，力透纸背。漫天飞雪之际，独有梅花笑傲霜寒，破蕊怒放，体现出卓尔不群、超凡脱俗的品格。梅花是岁寒三友之一，不仅是因为它在冬天傲然开放，更是因为它具有坚韧不拔的精神。

松、竹、梅，人们称之为："松竹梅，岁寒三友，公正廉，官德三宝。"这是千真万确的，也是被人们永远歆羡和敬仰的。

2022 年 11 月 25 日 8 时 55 分

## 冬时

说到冬时，人们必然会想到，冬时即冬天的时候，这是一般人的见解，并不杵违常识。早先，本人也是这群人中的一个，释读并没有超出这一范畴。

冬时，实际上，就是冬季。出自《周礼·天官·食医》："酱齐眂秋时，饮其眂冬时。"眂读 shì，基本释义一为观看，察看。《周礼·天官·太宰》："及执事，眂涤濯。"基本释义二为看待，照顾。宋代无名氏《宣政杂录·孝子》："即以刀付逻卒，束手就执，既行犹回视诸人，曰：'好眂吾母。'行人皆为之泣下。"基本释义三为如，比。《周礼·天官·食医》："凡食齐眂春时，羹齐眂夏时，酱齐眂秋时，饮齐眂冬时。"基本释义四为治理，处理。眠事，即处理政务，办公。基本释义五为通"示"，出示，见明代陈继儒《读书镜》卷三。陈继儒为明代华亭松江人。

冬季与冬天的时候，虽然总体意思差不多，还是略有区别的。冬季指的是一整个冬天。冬天的时候，可能包含整个冬天，也可能只是冬天的某个时段或某个时辰。二者的区分甚微，但是，不可不察也，混为一谈却是不应该的。

冬时，还出自《后汉书·荀爽传》："冬时则废，其形在地，酷烈之气，焚烧山林，是其不孝也。"荀爽，东汉末年大臣、经学家，名士荀淑的第六子。荀爽出身"颍川荀氏"，其兄弟八人俱有才名，有"荀氏八龙"之称。荀爽排名第六，更有"荀氏八龙，慈明无双"之誉。他自幼聪敏好学，潜心经籍，刻苦勤奋。汉桓帝在位时，曾被太常赵典举为至孝，拜郎中，对策上奏见解后，弃官离去。为了躲避党锢之祸，他隐遁汉滨达十余年，专以著述为事，先后著《礼》《易传》《诗传》等，号为"硕儒"。黄巾起义爆发后，党禁解除，荀爽多次被举荐，但都未应命。董卓专权时，强征荀爽为官。他在九十三日内，接连升至司空，位列台司。荀爽见董卓残暴，便暗中与司徒王允等密谋除董卓。但在举事前，荀爽便于初平元年（190）病逝，年六十三。

古有一字谜："画时圆，写时方，冬时短，夏时长。"谜底当为"日"。太阳又称日，在太阳出来的时候，通常是画为圆形；而在写日字时，字形则为方方正正的。结合昼夜日之短长看，冬季的时候为白天短，夜晚长；夏季的时候则为白天长，夜晚短。所以，才有了上面的字谜。关于这则谜语的来历，有一个传说。相传北宋王安石有个诗友叫王吉甫，不仅诗作得好，还是制谜的高手。两人经常在一起猜谜为戏，消遣逗趣。有一天傍晚，王安石正想着一个谜语，王吉甫一落座，王安石一句寒暄话没说，便随口道来："画时圆，写时方，冬时短，夏时长。请打一字。"王吉甫听后，略加思索，已知谜底，但并没有说出来，而是也戏作一谜:"东海有条鱼,无头也无尾,更除脊梁骨,便是你的谜。"王安石一听,此谜不仅回答了他的谜,且所作谜面更高他一筹,便连连叫好。

冬时,风景各异。北方是"千里冰封,万里雪飘,望长城内外,惟余莽莽,大河上下,顿失滔滔"。南方则是"清风似水,白云似絮,碧空如洗,青山如黛。江南风情,含红拥翠。滨海景致,鸢飞鱼跃"。两相对比,各有千秋。不必一概而论,也不必等同视之。

2022 年 11 月 26 日 8 时 50 分

## 冬宴

昨天中午,原上海市工业设备安装公司第六工程队的 1968 年 11 月 25 日进单位的 10 位老同事,聚集在静安区共和新路 1667 号金宴·浙鲜馆二楼南屏包间,推盏举杯。这些老同事工作已经届满 54 周年,非常值得纪念和庆贺。

本活动的主办者为夏建成,他为了安排活动,不厌其烦地通过微信,反复联系各位老同事。起初报名者有 15 位之多,最后,来了 10 位。可见,组织一次活动是多么不容易啊!夏建成多趟奔波于酒店,此次活动前还专门购买了苔条花生米一袋,并自带了一瓶古装的陈年绍兴黄酒,供诸位老同事饮用。我则携带了一瓶 53° 金泸州白酒,一瓶澳大利亚干红葡萄酒,为诸位助兴。

出席活动的老同事名单如下:钟卫国、夏建成、李富春、徐馀花、宋寅训、罗铭玲、周镇江、陈鸿锦、成仲林、朱成坠。

10 位老同事正好坐满一桌，将 15 个座位的大包房改为 10 个座位的小包房，这样不至于过于空疏，叫人难堪。

在我的印象里，这次活动出席的人数是历年来最少的。2021 年出席了 22 人，地点在金宴·浙鲜馆。2020 年出席了 40 人，地点在江南村酒家。2019 年出席了 26 人，地点在金宴·浙鲜馆。2018 年出席了 42 人，地点在上海大学延长校区西部食堂秋林阁。2017 年出席了 24 人，地点在华东师范大学北部食堂。2016 年及之前，都没有举行过纪念和庆贺活动。

所有的纪念和庆贺活动之中，最值得称道的是进单位 50 周年的那一次，出席人数最多，阵容最为壮大，场面最为隆重。至于此次落到了仅有 10 人出席，却是我无论如何都没有想到的。难不成，我们老三届的老同事居然忙碌到无法择空三四个小时，出席一年一度的纪念和庆贺活动？连这点时间也都抽不出了吗？可怜天下父母心，他们为着儿孙操劳，究竟要忙到牛年马月？何时才是个尽头？俗话说，"做牛做马大半辈，养了儿女养孙辈。"这正是现如今不少老人的现状。

老年人自有老年人的生活，应该拥有自己晚年的选择和幸福，绝对不应该把自己的全部和所有都交给儿孙。虽说还应该继续发挥余热，为儿孙们尽可能地继续做出些奉献，但是，绝不能丢弃自己的一切，盲目地付出最后的光和热，直至油尽灯枯，那岂不是太可悲了吗？

乔羽作词，张丕基作曲，佟铁鑫演唱的《夕阳红》，唱得真好啊！这首歌的歌词是："最美不过夕阳红，温馨又从容。夕阳是晚开的花，夕阳是陈年的酒，夕阳是迟到的爱，夕阳是未了的情，多少情爱化作一片夕阳红。最美不过夕阳红，温馨又从容。夕阳是晚开的花，夕阳是陈年的酒，夕阳是迟到的爱，夕阳是未了的情，多少情爱化作一片夕阳红。"

冬宴，即冬日的聚宴。老同事筵席，不论钱多钱少，也不论菜好菜孬，更不论情长情短，只要有欢聚的机会和意愿，就可以了。一二成对，三五成座。酌上四盅六盅，饮上七盏八盏，这绝对是一种晚年生活的惬意之举。唐代大诗人白居易《问刘十九》，诗曰："绿蚁新醅酒，红泥小火炉。晚来天欲雪，能饮一杯无？"这首小诗的意境绝对是清新脱俗，超乎想象的，让人回味无穷，咀嚼隽永。见着这首诗，无论如何，即使不善饮酒者，也会自然而然地端起酒盏，饮上几盏了！

谨此机会，盛情邀约各位挚朋好友，能不能，找个地方饮上数盏乎？响应者，尽速报名！

2022 年 11 月 26 日 11 时

# 冬釭

当凛冽的冬夜，寒风劲吹，冻霜厉肃，旅行在外的游子，蹒跚地走在泥泞不堪的山路上。这条路，前不着村，后不着店，四周黑黢黢的，不知道何时才会到达有人居住地方，那种孤独失望的感觉真的是无法言表了。这个时候，从心底热切地盼望着远方有一盏灯，哪怕是纤细的微亮，也可以点燃起希望的光明。

古人曾经用冬釭来表达那盏灯。冬釭即冬夜的油灯。釭，gang 音，阴平。引自南朝梁江淹《别赋》，赋曰："夏簟清兮昼不暮，冬釭凝兮夜何长。"簟：读 diàn，即竹席。西宋之交的女词人李清照的词作《一剪梅·红藕香残玉簟秋》，有词句曰："红藕香残玉簟秋，轻解罗裳，独上兰舟。云中谁寄锦书来，雁字回时，月满西楼。花自飘零水自流，一种相思，两处闲愁。

此情无计可消除，才下眉头，却上心头。"大意是，荷已残，香已消，冷滑如玉的竹席，渗透出深深的秋凉。轻轻地脱下罗绸外裳，一个人将锦书放在床铺之上。暗思，那白云舒卷处，谁会将锦书寄来？正是雁群排成"人"字，一行行南归时候。月光皎洁染人，洒满这西边独倚的亭楼。花，自顾自地飘零，水，自顾自地漂流。一种离别的相思，牵动起两处的闲愁。啊，无法排除的是——这萦思，这离绪，刚从微蹙的眉间消失，又隐隐地缠绕上了心头。

釭，还可以与玉搭配，成为玉釭，意即精美的灯。元末明初政治家、文学家、明朝开国元勋刘基写有一首词作《水龙吟·夜闻铜瓶汤响作》，词曰："玉釭开尽丹葩，画簷深居蟾蜍影。"簷，读 yán，通檐。这里刘基就用到了玉釭。

刘基，字伯温，辅佐朱元璋一统天下，计划立定，人莫能测。朱元璋多次称他为"吾之子房"。子房即秦汉之际辅佐汉高祖刘邦的杰出谋臣、西汉开国功臣、政治家张良。他与韩信、萧何并称"汉初三杰"。

在中国民间流传着"三分天下诸葛亮，一统江山刘伯温；前朝军师诸葛亮，后朝军师刘伯温"的说法。民间还有刘伯温是"活张良，赛诸葛"的誉称。

古代的灯是用油点亮的，作为夜间照明之用。虽然，也有使用蜡烛的，但是，并不普及。在史书的记载中，灯具（油灯）最早则见于传说中的黄帝时期。《周礼》中，当时，已有专司取火或照明的官职了。在中国，至迟在春秋时期就已经有成型的灯具（油灯）出现。

油灯作为照明的用具，实际上只要有盛燃料的盘形物，加上油和灯芯，就能实现最原始的照明功用，而具有一定形制的油灯的出现，则是人类将实用和审美结合的产物。早期的油灯灯具类似陶制的盛食器"豆"。"瓦豆谓之登（镫）"，上盘下座，中间以柱相连，虽然形制比较简单，却奠定了中国油灯的基本造型。

此后，经过青铜文化的洗礼，由于铸造技术的不断提高，油灯与其他器物一样，在造型上得到了重要的改进，焕发了中国油灯艺术的初期辉煌。从春秋至两汉，油灯的高度发展，已经脱离了实用的具体要求，它和其他器物一样，成为特定时代的礼器，"兰膏明烛，华镫错些"，折射了社会政治的规章法度。比较著名的有：河北平山三汲出土的战国银首人形灯和十五枝灯；河北满城出土的西汉长信灯、羊形灯；江苏邗江甘泉出土的牛形灯；湖南长沙发现的东汉卧人形吊灯；山西襄汾县出土的东汉雁鱼灯。

魏晋南北朝时期，随着青瓷技术的成熟，造价低廉，易于普及，具有一定造型和装饰的青瓷油灯开始为民间广泛使用。又由于青瓷的技术特点，一种与这种技术相适应的造型和装饰也随之出现。之后，直至隋末唐初的白瓷蟠龙灯及唐三彩狮子莲花灯，铜、铁、锡、玉、石、木、玻璃等新材料不断运用到油灯的制作中，而且，品种繁多。由于唐代经济的高度发达，实用兼装饰或纯装饰性质的灯具开始大量出现在宫廷和灯节之中，像灯轮、灯树、灯楼、灯笼、走马灯、松脂灯、孔明灯、风灯等。这些新灯具或灯俗烘托了那个时代的盛世荣光，成为千古流传的佳话。

宋代的京师"每一瓦陇中置莲灯一盏"，"向晚，灯烛荧煌，上下映照"，继续着大唐的余响。由于陶瓷业的发达，各个窑口都有各具特色的陶瓷油灯。"书灯勿用铜盏，惟瓷质最省油"。而始于唐代的省油灯到宋代则广为流行，"蜀中有夹瓷盏，注水于盏唇窍中，可省油之半"（陆游《陆放翁集》）。明清之际，青花和粉彩油灯成为新的时髦，明代的"书灯"陪伴了无数儒生的夜读，"万古分明看简册，一生照耀付文章"。此后，油灯的发展下接外来的洋油灯，直至电灯的出现，一段有着几千年油灯技术文明的历史在 20 世纪终结。

与其他事物一样，油灯也有文野之分，有宫廷和民间之别。"短檠二尺便且光""长檠高张照珠翠"，反映了地位和阶级的不同，那么朴实与繁华也就自然成为它们在审美上的区别。这种相互对照的关系，构成了中国油灯的两大体系，同样具有研究的价值。因此，从审美的角度看油灯，特别是人们所关注的是那些出土的宫中传世的作品，因为，这些油灯造型愈加考究、装饰更为繁复，一般都反映了主流社会的审美时尚。但是，民间油灯一般比较朴实，造型又有出奇之处，表现了普通大众的审美爱好和功用要求。它们之间具有不可替代的互为补充性。

2022 年 11 月 26 日 19 时 40 分

# 冬桃

前些日子，在水果店里，看到有冬桃售卖，虽然，嘴巴很馋，但是，因惧怕糖分过高，不宜吃食，遂作罢。

记得，年轻时，在皖南和赣西南工作期间，曾经吃过冬桃，觉着味道相当可口，且没有任何酸涩的感觉。那时候，仅仅浅尝辄止，并未大啖豪食。

冬桃，又名雪桃、贡桃。肉质细腻，甘甜多汁、清脆芳香，口感上好，营养较一般桃子高 2 到 3 倍。富含蛋白质、果糖、果酸及多种维生素，其中，维生素 C 的含量是猕猴桃的 3 到 4 倍，是苹果的 6.3 倍。冬桃的成熟期较晚，正好填补了冬季缺乏新鲜水果的空白。

中国古代就有歌咏冬桃花和冬桃的诗歌。北宋诗人郑侠写有一首五言律诗《季冬桃花》，诗曰："真宰终无妄，元和岂有偏。如何洞天蕊，开向雪花前。游骑虽然阒，红芳亦自鲜。惟应祝融氏，偷窃翫（古同玩）余年。"明代官员、诗人卢龙云写有一首《为刘茂才寿其伯隐君》，诗曰："小隐蓬为径，同游竹是林。冬桃千岁实，春酒百年心。经暇时娱綵，樽开满盍簪。兴来因小阮，徙倚复长吟。"

第一首为歌咏冬桃花的诗歌，第二首为歌咏冬桃的诗歌。冬桃花乃冬桃的花蒂，冬桃乃冬桃花的果实。试问，没有冬桃花，哪来冬桃呢？故此，郑侠歌咏冬桃花，实属题中之义。诗人将下雪前夕的冬桃花描绘得"红芳"和"自鲜"，恰如洞天之中的花蕊，争奇斗艳于雪花飘落之前，令人为之关注和动容。卢龙云歌咏的对象直接道明是冬桃，诗人把冬桃说成千岁之果实，美味可口，配上醇醪，心情不知道多么舒适和惬意，不仅打开酒樽，酌饮好友，而且众人聚在一起，尽情地弹起了小阮，还或走或倚地唱起了欢快的歌曲，兴趣盎然哟！

冬桃，是落叶乔木，适应性强，耐严寒，抗干旱，属喜光喜温的树种。pH 值要求在 7.5~8，适宜在海拔 300~2500 米、年均气温 8℃~18℃、年降水量 700~1300mm 的地区栽培。冬桃生命力强，树姿直立，节间短，花芽易形成。2 月中旬萌芽，3 月中旬开花，4 月结果，11 月中旬果实开始成熟，果实发育期长达 240 天左右。冬桃在种胚形成、果实膨大和新梢持续生长期，需要大量的水分供给；冬桃生长还需要充足的光照。但对土壤要求不高，一般土壤均可栽培。全年可分生长期和休眠期。

冬桃栽培，平时必须加强田间管理，要做好整形修剪、施肥、病虫害防治、套袋等方面的工作。收获期间，还要采取正确的摘采方法，即"手心托、满把握、向侧扳、不扭转"12 个字。

冬桃储藏的适宜温度为 0~3℃，不要放在空气流动的地方，要加覆盖。冬季室内常温下可贮藏 1~3 个月。

冬桃的功效特点和作用，一是促进食欲。二是润肠通便。三是补充营养。

由于冬桃含有丰富的膳食纤维，大量食用会加重胃肠道负担，出现腹胀、腹痛等消化不良的症状，所以，在生活中，要控制冬桃的食用量，避免影响身体健康。故，冬桃虽然好吃，但不宜多吃，适量食用为宜。

2022 年 11 月 27 日 6 时

# 冬郎

带郎的人名，必定是个男儿。在文学史上载有郎名，可能一些还是颇有声望的人士。如果，诸位也是这样认识的，那就与我的释读比较一致了，说明这一理解确凿无误。

中国古代诗歌史上，曾经有一位声震遐迩的诗人，小名就叫"冬郎"，他就是晚唐的韩偓。这在北宋时期翰林学士钱易的《南部新书》乙中就有明确的记载："韩偓，即瞻之子也，兄仪。瞻与李义山（即李商隐）同年，集中谓之韩冬郎是也。故题偓云：'十岁裁诗走马成。'冬郎，偓小名。偓，字致光。"现代文化名人郁达夫《盛夏闲居读唐宋以来各家诗仿渔洋例成诗八首·吴梅村》中有句曰："冬郎忍创香奁格，红粉青衫总断魂。"（奁，读 lián。古代妇女梳妆用的镜匣。）郁达夫的这一诗句中用到了冬郎二字。

晚唐诗坛虽然不如盛唐诗坛辉煌灿烂，夺人眼目，但也有不少诗坛名家为我国的古典诗歌做出了卓越的贡献。其中，韩偓就是晚唐诗人中的佼佼者，当时被尊称为"一代诗宗"。韩偓从小聪明好学，据说，他10岁的时候，便出口成章。他的姨父是大名鼎鼎的李商隐，他在诗歌创作上得到了李商隐的真传。他的哥哥是翰林学士韩仪，与同时期的其他诗人相比，韩偓算是赢在起跑线上了。

据统计，韩偓现存诗歌280余首，以现实主义为主流。韩偓的创作分三个阶段，第一个阶段是被贬谪之前，第二个阶段是被贬谪之后，第三个阶段是入闽以后。他的大部分诗歌，是在第三个阶段撰写的。

在韩偓所有的诗歌中，感时诗最具有价值，通过编年史的写作方式，展现了唐王朝的兴衰史，在晚唐诗坛上可谓独具一格，别树一帜。欣赏韩偓的诗歌，不难发现，他的文字辞藻华丽，善于营造感慨沧桑的意境，并柔中带刚，以柔寓刚。

当然，除了感时诗，韩偓的抒情诗在晚唐同样独领风骚。他的抒情诗多以七律为主，在描写景物中，融入自身的感受，浑然天成，妙趣横生。

韩偓的不少抒情诗，笔触犀利，词语娟美，含义隽永。韩偓也擅长描写男女爱情题材的诗歌，风格纤巧，感情诚挚，充满着浓浓的诗情画意。

举例如下：一是《夜深·寒食夜》，诗曰："恻恻轻寒翦翦风，小梅飘雪杏花红。夜深斜搭秋千索，楼阁朦胧烟雨中。"

二是《晓日》，诗曰："天际霞光入水中，水中天际一时红。直须日观三更后，首送金乌上碧空。"

三是《夏日》，诗曰："庭树新阴叶未成，玉阶人静一蝉声。相风不动乌龙睡，时有娇莺自唤名。"

四是《春尽》，诗曰："惜春连日醉昏昏，醒后衣裳见酒痕。

细水浮花归别涧，断云含雨入孤村。入闲易有芳时恨，地胜难招自古魂。惭愧流莺相厚意，清晨犹为到西园。"此处尾联不押韵，揣测再三，不知何故？

五是《已凉》，诗曰："碧阑干外绣帘垂，猩色屏风画折枝。八尺龙须方锦褥，已凉天气未寒时。"

六是《伤春》，诗曰："三月光景不忍看，五陵春色何摧残。穷途得志反惆怅，饮席话旧多阑珊。中酒向阳成美睡，惜花冲雨觉伤寒。野棠飞尽蒲根暖，寂寞南溪倚钓竿。"

七是《雨》，诗曰："坐来簌簌山风急，山雨随风暗原隰。树带繁声出竹闻，溪将大点穿篱入。饷妇寥翘布领寒，牧童拥肿蓑衣湿。此时高味共谁论，拥鼻吟诗空伫立。"隰，xi 音，阴平。基本释义：一为低湿的地方，二为新开垦的田，三为姓。

八是《闻雨》，诗曰："香侵蔽膝夜寒轻，闻雨伤春梦不成。罗帐回垂红烛背，玉钗敲着枕函声。"

冬郎，揖别后人已经 1099 年了，但是，他的诗歌还活在当下，至少如我这样的诗歌文学爱好者的心底，还在惦念着冬郎与他的诗歌，未曾忘却晚唐诗坛上的那颗曾经熠熠闪耀的明星。

2022 年 11 月 27 日 14 时 25 分

## 冬夫

看到文章的题目，敬请诸位，千万勿要把冬夫误作冬天了，本文写的是冬夫，而不是冬天。

冬夫，古代一般指的是在冬季服徭役的民夫。出处为北宋时期的文人苏辙《冬至雪》，有句诗曰："父老窃相语，号令风为节。讲武罢冬夫，畿甸休保甲。"

冬夫，是中国古代徭役制度的产物，这种徭役制度就是中国古代统治者强迫平民劳役是一种严酷的制度，它包括力役、杂役、军役等。古时，凡统治者无偿征调各阶层人民所从事的劳务活动，皆称为徭役，可分为力役和兵役两部分。它是统治者强加于人民身上的又一沉重的负担。这种制度起源很早，《礼记·王制》中就有关于周代征发徭役的规定。《孟子·尽心下》中则有"布缕之征、粟米之征、力役之征"的记载。秦汉有更卒、正卒、戍卒等役，以后历代徭役名目繁多，做法严峻，通过征发平民服徭役，残酷地压制百姓。

徭役，一指是古代官方规定的平民（主要是农民）中的成年男性在某一时期内或特殊情况下所承担的一定数量的无偿社会劳动。一般有力役、军役和杂役，历代以来，繁多而酷苛。关于徭役，古代有着不少记载。如《韩非子·备内》："徭役少则民安，民安则下无重权，下无重权则权势灭，权势灭则德在上矣。"再如三国时期魏曹植《谏伐辽东表》："臣以为当今之务，在于省徭役，薄赋敛，劝农桑。三者既备，然后令伊、管之臣，得施其术；孙、吴之将，得奋其力。"又如唐代陈子昂《为乔补阙论突厥表》："当时燕齐海岱，赢粮给费，徭役烦苦，人以不堪。"北宋文学家、史学家司马光《劝农扎子》："今农夫苦身劳力，恶衣粝食，以殖百谷，赋敛萃焉，徭役出焉。"

徭役，二指是服徭役的人。如《汉书·项籍传》："异时诸侯隶卒徭役屯戍过秦中，秦中遇之多亡状。"

徭役，三指是服劳役。如南朝宋刘铄《拟青青河畔草诗》，诗曰："良人久徭役，耿介终昏旦。"

冬夫，即包括上述的各种服冬季徭役的人员。著名的孟姜女哭长城的传说故事，说的就是统治者强征平民服徭役所造成的历史悲剧。著名历史学家顾颉刚将孟姜女传说的原初形态一直上溯到《左传》的一个故事。《左传》记述的这个故事原本是褒扬杞梁妻（也就是后世的孟姜女）在哀痛之际，仍能以礼处事，神志不乱，令人钦佩。《左传》中杞梁妻并没有哭声，到了战国时期，就被当时的不良风气影响，增加了哀哭的一段故事。这是个很重要的转折，后世关于杞梁妻故事的变异就是顺着这段"哭之哀"生发出来的。

杞梁妻的故事最早记载在信史《左传·襄公二十三年》里。周灵王二十二年（前550）秋，齐庄公姜光伐卫、晋，夺取朝歌。公元前549年，齐庄公从朝歌回师，没有直接返回齐都临淄，突袭了莒国。在袭莒的战斗中，齐国将领杞梁（名殖）、华周战死，为国捐躯。后来齐莒讲和罢战，齐人载杞梁尸回临淄。杞梁妻哭迎丈夫的灵柩于郊外的道路，齐庄公也派人去途中吊唁，杞梁妻认为自己的丈夫有功于国，齐庄公仅仅派人在郊外途中吊唁，缺乏诚意，仓促草率，是对丈夫的不尊重，便回绝了齐庄公使节的郊外途中吊唁。后来，齐庄公亲自到杞梁家中吊唁，并把杞梁安葬在齐都郊外（杞梁墓在今山东省淄博市临淄区齐都镇郎家村东）。这段故事明文记载在《左传》中，是真人真事。只是没有后来"哭夫""城崩""投水"等情节，主要是表现杞梁妻大义凛然的刚烈性格，但已呈现反对战争、吁求和平、热爱丈夫的主体框架。以后，历朝历代的杞梁妻事迹被改编许多次，增加了不少新的故事情节，创造出了一个全新版的"孟姜女哭长城"的传说。

孟姜女的故事不仅流传的时间漫长，受其影响的地域也十分广泛。不同的地区根据当地的民俗和民众的不同兴趣爱好和价值取向，对这个故事做了各种各样的改造，使孟姜女的传说呈现出极其强烈的地域色彩。

如今，国家非常重视非物质文化遗产的保护。2006年9月20日，孟姜女的传说经国务院批准列入第一批国家级非物质文化遗产名录。2007年中国民间文艺家协会隆重授予山海关为"中国孟姜女文化之乡"和"中国孟姜女文化研究中心"。

2022年11月27日20时38分

# 冬天

冬天，一般指的是冬季。民间俗称冬季为冬天，大多数人都不大愿意叫冬季，溯查了许久，也不得而知其缘由，可能是约定俗成罢了。

既然说冬天就是冬季，那么，不得不说说冬季，至少明白个所以然。冬季，是四季之一。一年的四序变化是一个连绵不断的过程，也是阴阳转换，此消彼长、量变产生质变的过程。在这个渐变的进程中，立春、立夏、立秋和立冬，并称为"四立"，都是四个季节的启端。我国传统的认知，是以二十四节气的"立冬"作为冬季的开始。冬天季节，生气闭蓄，万物进入休养、收藏的状态。

季节划分常用的方法，主要有"节气法"和"气温法"。节气法划分的冬季以"立冬"为起始，至下一个"立春"前结束。气温法划分的冬季以日平均气温连续5天低于10℃为进入冬季，至连续5天日平均温度稳定上升到10℃以上时为冬季的结束，春季的开始。从连续5天22℃以上，即进入夏季。连续5天22℃以下时，即为秋季的开始。不过，不管科学如何定义，民间始终认为到了"立冬"节气，就是冬天的开始。

因此，从今年立冬日起，我动笔写作冬系列文章，确实不应视为违背传统的季节划分的惯例，确属冬天的范围。

冬季，阳退阴生，生气闭蓄，万物开始收藏，即俗谚所说的"秋收冬藏"。万物在冬季闭藏，冬季是享受丰收、休养生息的时节。

同时，冬季在很多地区也都意味着沉寂和冷清。生物在寒冷来袭的时候，会减少运动，很多植物会落叶，动物会选择休眠，有的地方称作冬眠。候鸟会飞到较为温暖的地方越冬。

中国低纬度地区（南方地区），降水丰沛，光照充足，气候湿润，冬夏温差较小，季节转换时，日照、降水等气候要素变化明显。北方地区，少雨、干旱，冬夏温差大，季节转换时变化最为明显的是气候，北方地区（中纬度地区）四季气温变化分明。

立冬节气后，北半球的太阳高度变小，白昼时间缩短，获得太阳的辐射量越来越少。但由于此时地表在下半年贮存的热量还有一定的能量，所以还不是很冷。孟冬（立冬至小雪）期间，在晴朗无风之时，常会出现风和日丽、温暖舒适的"小阳春"天气，在民间素有"十月小阳春"一说。在南方部分地区初冬（孟冬）这一时期一般不会很冷，但随着时间的推移，冷空气频繁南下，气温逐渐下降，北方地区在进入冬季前至春季这段时间都很寒冷，冬季几个节气的气候变化不明显，下雪是北方地区冬季的主要特征。但，冬季大雪节气的雪往往不如小雪节气来得大，其主要原因是因为小雪在前，气温高，空气中的水汽总量比大雪节气多，下大雪的可能性也就越大。实际上，黄河中下游及其附近地区全年雪量最大、大雪最多的节气，既不是"小雪、大雪"，更不是"小寒、大寒"（因为那时气温更低、大气中水汽更少），而是在春季的雨水节气。

在冬天，所谓"冷在三九"。即告知人们，"三九天"之前通常不会很冷。以冬至逢壬日为起点，每"九天"算一"九"，第一个九天，叫作一九"，第二个九天叫作"二九"，依此类推，一年中最冷的时期便是"三九天"了。那时，强冷空气频繁南下，气温骤降，天气寒冷。所以，冬季真正的寒冷，是在冬至以后。

冬天的别称，有三冬、九冬、清冬、玄冬、穷冬、穷阴、北陆、玄序、玄英、严节等。

冬季是一个寒冷的季节。中医认为，冬令进补与平衡阴阳、疏通经络、调和气血有着密切关系。老年人由于机体功能减退，抵抗力低下等因素，在冬天，更需要进行食补。冬季进补应顺应自然，注意养阳，以滋补为主。根据中医"虚则补之，寒则温之"的原则，在膳食中应多吃温性、热性特别是温补肾阳的食物，进行调理，以提高机体的耐寒能力。冬季养生应该注意保养皮肤，保温防寒，穿着柔和，加强锻炼。

冬天，风渐劲，雪欲落，日已暮，天愈寒。人约黄昏后，醼饮红炉前；举杯吟古韵，放歌兴正酣。

2022 年 11 月 28 日 8 时 30 分

## 冬雷

今天中午 13 时 35 分，被一阵轰轰隆隆的雷声惊醒了。午餐后，我躺在木质沙发上小寐了，竟然不知道何时室外下起了雷阵雨，雨势滂沱，也不知下了多久了。

昨晚上海电视台的综合频道报道今日有雨，所以我对于下雨并不惊讶，思想上已经早有准备了，但是，对于打雷却觉着有点儿意外，特别是在冬天打雷，更觉着意外。

冬天打雷，俗称"冬打雷"或"雷打冬"，简称"冬雷"。一年四季都会打雷，只不过秋冬两季打雷现象较少，特别是"冬雷"在冬季并不常见，"冬雷"则不过是一种天气状态。"冬雷"虽然罕见，但并非绝无仅有，在全国范围内，许多地方都发生过。如果，天气忽冷忽热，反复不定，出现"冬雷"的机会也就较多。若受到强盛的暖湿气流影响，遇到强冷空气，低层暖而潮湿的空气被强迫抬升，就会产生了强烈的对流，为雷电的形成创造了条件，也就会在"立冬"之后，出现"冬雷"现象。

民间通过对"冬打雷"或"雷打冬"现象的长期而细致的观察，总结出"冬天打雷雷打雪"的规律，意思就是，冬天打雷说明空气湿度大，易于形成雨雪。民间还有"雷打冬，十个牛栏九个空"的说法，意思是说，冬天打雷，暖湿空气很活跃，冷空气也很强烈，天气特别寒冷、冰雪也多，连牛都可能被冻死。

雷电的形成要具备一定的条件，即空气中要有充足的水汽，要有使暖湿空气上升的动力，空气要能产生剧烈的上下对流的运动。春夏季节多雷电，是因为暖湿气流活跃，空气潮湿，同时，太阳辐射强烈，近地面空气不断受热而上升，形成强烈的上下对流，这样，就容易出现雷电现象。而在秋冬季节，由于空气不易形成剧烈对流，很少出现雷电现象。但是，当出现强盛的暖湿空气北上，遇到冷空气被迫抬升后，也会产生强烈的对流，到了一定强度就会出现雷电现象。

受到异常强盛的暖湿气流的影响，又遇到强冷空气，也就会在"立冬"后，出现"冬打雷"或"雷打冬"。这样的天象，在上海地区很是少见。"冬打雷"或"雷打冬"，只不过是一种天气现象，跟什么好坏兆头根本无关。

中国民间关于冬雷的气象谚语甚多，如：春雷不发，冬雷不藏，兵起国伤。再如：春正月雷，民不炊，为丧为疫。三如：

二月雷不鸣，百果不买，小儿多死。四如：三月雷不鸣，秋多盗贼。五如：秋三月冬三月雷鸣，兵起，客利主人不利。六如：立冬雷发声，秋枭贵。七如：冬雷震动，万物不成，虫不藏，常兵起。八如：冬至日雷，天下大兵，盗贼横行。从这些民间谚语中。可以看出民间百姓认为冬雷并不是什么好兆头，往往伴随着灾疫、病亡、歉收、虫害、兵燹、盗贼横行。

由此古代一些大儒圣贤说："天冬雷，地必震。"西汉易学家李京房就认为冬天打雷，是因为春夏之季滥杀无辜、生灵涂炭所致。人类倘若不思悔过，冬天必将吹起暖风，以致天下虫害猖獗，瘟疫四起。中国古人说得很可怕：秋后打雷，遍地盗贼。冬雷的发生，表明为政不仁，法度失常，遂使小人横行，盗抢残杀之患甚嚣尘上。

随着现代科学的进步和发展，冬雷已经不被人们视作灾难的预兆，只是作为一种自然现象看待了。

2022 年 11 月 28 日 15 时 5 分

# 冬荣

冬季，草木茂盛或开花，谓之冬荣，出自战国时期屈原《楚辞·远游》："嘉南州之炎德兮，丽桂树之冬荣。"战国时期楚国宋玉《高唐赋》："玄木冬荣，煌煌荧荧，夺人目精。"东汉时期大臣、史学家、文学家班固《西都赋》："滥瀛洲与方壶，蓬莱起乎中央，于是灵草冬荣，神木丛生。"

清代乾隆朝有一诗人、画家名为查冬荣，浙江海宁袁花镇人，邑诸生。其工诗善画。妻朱淑均，弟有炳、弟媳朱淑仪，皆擅诗画。一门书画联吟，传为佳话。查冬荣曾经主持汝阳书院讲席。室名曰"诗禅室"。著有《诗禅室诗集》二十八卷，见《清画家诗史》《杭郡诗续辑·三辑》《海昌艺文志·卷十六》。这个查冬荣，是不是香港著名武侠小说家金庸的同宗或先祖，不得而知。但是，金庸本姓就是查姓。与皖南泾县查济村的查姓是同宗，已经金庸先生确认。至少金庸与查冬荣是同姓，也是属于同一县域的查姓。可见，早在有清一代，查姓人家就有后嗣声名远播，成就卓著了。

查冬荣著有不少诗词。其中，有六首比较有名。其一《理安寺》，诗曰："到门不知寺，溪涧环东西。云深林密处，百鸟啾啾啼。"其二《水乐洞》，诗曰："琤琤复淙淙，恍惚溪语接。爽籁奏宫商，清风扑眉睫。深林不见人，径僻但栖蝶。我欲携琴来，隐居巢密叶。"其三《钱塘怀古》，诗曰："春寒划地柳含烟，吊古徘徊感逝川。水阁夜寒金鲫跃，山厨春暖石龙眠。六陵风雨沧江外，八月波涛古垒边。陌上无人归缓缓，花开花谢自年年。"其四《南山纪游用樊榭韵·石屋》，诗曰："一径窅然深，岩厂不知昼。怪石挟云飞，古藤绕壁瘦。此地可逃名，十笏地容构。坐久听流泉，微见夕阳漏。"其五《无题》，诗曰："朝斗坛前山月幽，师雄有梦生清愁。何时杖尔看南雪，我与梅花两白头。"其六《答顾恒斋见寄原韵》，诗曰："摊饭浇书且唱酬，看山终日爱登楼。忏除尘事常参谒，萧黯春情早倦游。知己深时无浅语，依人难处倍多愁。江湖载酒浑间事，漫羡乌纱傲白鸥。"

追溯两千多年以来，使用冬荣一词的文学作品相当多。如：西汉著名文学家东方朔《七谏》，诗曰："登峦山而远望兮，好桂树之冬荣。"

再如，东汉史学家、文学家班固《西都赋》，赋曰："于是灵草冬荣，神木丛生。"

又如，唐代诗人蒲寿宬《草堂瀑布》，诗曰："窗户六月冷，草木三冬荣。"

还如，北宋大臣、诗人梅尧臣《真州东园》，诗曰："竹柏为冬荣，桃李为春妍。"梅尧臣《郑州王密谏漱玉斋》，诗曰："图书无近迹，草书有冬荣。"

余如，北宋官员、诗人宋祁《赋成中丞临川侍郎西园杂题十首·烟竹》，诗曰："烟梢露叶贯冬荣，高出危墙近覆亭。闻道兰台有图籍，故留春粉助蒸青。"

冬荣，说的是冬季草木花卉的生长情形，但是，也反映出当时冬令的社会状态。冬荣，不仅展现出时令的花色树颜，也说明当时社会稳定，生活丰庶。

2022 年 11 月 29 日 17 时

# 冬隙

这两个字，初看，可能不知道是什么意思。按照望文生义的习惯，就会理解为冬天的空隙或者冬天的缝隙，实际上，这是完全错误的。因为这些释读，完全不是冬隙的本义，是主观臆测的结论。

那么，冬隙究竟是什么意思呢？冬，意指冬天或冬季，这是准确无误的。而隙呢？可以作名词和动词。作名词时，有孔穴、空隙、空子等意思。作动词时，可理解为弯曲、分裂等意思。

隙，详细分析，一是会意字，从阜亦声。阜，土山，与土有关。

本义指墙上开裂的缝隙。

二是同本义。也泛指孔穴、空隙、缝隙。如：隙穴、隙地（空地）、隙积（带有空隙垛体的体积）。

如《礼记·三年问》："若驷之过隙。"

再如《国语·周语下》："二间夹钟，出四隙之细也。"

又如《说文解字》："隙，壁际孔也。"

还如唐代孟启（字处中，一作棨）《本事诗》："柳每以暇日隙壁窥韩（韩翊）所居，即萧然葭艾，闻客至，必名人。"

余如北宋大文豪苏轼《超然台记》："如隙中观斗，又焉知胜负之所在。"

三是裂隙、罅隙。《左传》："墙之隙坏，谁之咎也。"《商君书·修权》："谚曰：'蠹众而木折，隙大而墙坏。'"

四是空子。《孙子·谋攻》："辅隙则国必弱。"《汉书·刘琨劝进表》："狡冠窥窬，伺国瑕隙。"《广雅》："隙，裂也。"

五是空隙、缝隙。如乘隙、无隙可乘、无隙可寻、乘隙突围。

六是要道、孔道。《史记》："及秦文、德、缪居雍，隙陇、蜀之货物而多贾。"

七是空闲的地方或时间。《左传·哀公十二年》："宋、郑之间有隙地焉。"《国语·周语上》："蒐于农隙。"东汉张衡《东京赋》："三农之隙。"清代洪亮吉《治平篇》："隙地未尽辟。"

八是空闲。如隙日（空闲时日）、农隙、空隙。

九是感情的裂痕。北宋司马光《资治通鉴·赤壁之战》："与操有隙。"元末明初小说家罗贯中《三国演义》："太常卿滕胤，素与诸葛恪有隙。"

十是隔阂、不和睦。如隙恼。

十一是仇恨。如仇隙（怨恨）、隙难（怨仇）、隙憾（仇隙、仇恨）。

作动词时有以下解释。

一是，弯曲，如隙曲（即弯曲）。

二是，分裂，如郭沫若《北伐途次》："黄色的脸色转化成了苍白色。嘴是隙着的。"

三是，隙末，即指交谊终止于破裂。

那么，冬隙究竟是何种意思呢？即冬闲也。出自北宋诗人、词人、政治家王禹偁《贺圣驾还京表》："陛下仰顺天时，俯从人欲，出狩适当于冬隙，班师未废于农祥。"冬闲，即为冬季的闲暇之时。

当代文学作品中，冬闲的使用比较频繁。如作家周立波《山乡巨变》有句："冬闲时节，清溪乡的农家只吃两餐饭，夜饭都很早。"再如作家康濯《春种秋收》："工人们紧张得厉害——跟农民不一样，没有挂锄休息的工夫，没有冬闲。"

冬隙一般是指北方地区入冬后，天寒地冻，室外已经不适宜从事农业生产劳动了，正处在休闲时期，而南方也处于农闲的空档，所以文言文把这段时间称作冬隙，民间则称作冬闲。冬闲不是指冬至，冬至是我国二十四节气中的一个，因此，冬至也绝对不是冬闲，更遑论冬隙了。

2022 年 11 月 30 日 8 时 10 分

## 冬学

冬学，是抗战时期的一种群众教育机构。由于农民的空余时间主要在冬季，各个抗日根据地都开展了大规模的冬学运动。

有力地推动了群众的识字和文化、政治学习。甚至，有些冬学保留下来成为常年开课的民校。

冬学运动这一形式，不但很好地提高了人民群众的文化水平，而且，还极大地提高了群众抗战的认识和抗战的热忱，进一步扩大了群众抗战的积极性和主动性，争取抗战的最终胜利。这是中国共产党在困难时期改造群众传统文化习惯所进行的一次成功的尝试，为我国抗战的最后胜利奠定了广泛的群众基础和深厚的文化基础。

中国共产党的老一代教育家徐特立先生在《中国教育家陶行知先生的学说》中说："边区淳化县的冬学教员，就把一村子拦羊娃娃组织上来，在拦羊时分组教学。"现代农民诗人王老九《张玉婵》诗曰："秋收冬藏民消闲，她在冬学把书念，两月识字整五百，攒下知识常使唤"。古代，农村在冬闲时，会开办一种季节性的学校，这是私人或宗族设立的一种学校。南宋大诗人陆游《冬日郊居》，诗曰："儿童冬学闹比邻，据案愚儒却自珍。授罢村书闭门睡，终年不著面看人。"陆游自注："农家十月乃遣子入学，谓之'冬学'。所读《杂字》《百家姓》之类，谓之'村书'。"（清代学者钱大昕《十驾斋养心录》卷十六。）

冬学，除了粗学，更在于勤学。北宋末年学者汪洙《勤学》："学向勤中得，萤窗万卷书。三冬今足用，谁笑腹空虚。"这首诗的意思是，学问需要勤奋才能获得，就像前人囊萤取光，刻苦夜读，读了很多的书。孜孜以学数载，乃至数十载，"三冬文史足用"，学问也就有了，那时候，谁还会笑话你胸无点墨，没有学问呢？

汪洙诗才横溢，他先后写了不少五言绝句诗，都是一些便于孩童记诵的短诗。当时的塾师就将汪洙的三十多首五言绝句诗汇编诠补成集，题为《汪神童诗》。《汪神童诗》文辞通俗易懂，非常适合儿童记诵，它与《三字经》《千字文》《千家诗》等，一同被誉为"古今奇书"，成为儿童训蒙的主要教材，流传极广，影响至为深远。特别是其中有："天子重英豪，文章教尔曹。万般皆下品，唯有读书高。""朝为田舍郎，暮登天子堂。将相本无种，男儿当自强。""少小须勤学，文章可立身。""学向勤中得，萤窗万卷书。""学乃身之宝，儒为席上珍。""遗子黄金宝，何如教一经。""久旱逢甘雨，他乡遇故知；洞房花烛夜，金榜挂名时。"这些格言，几乎家喻户晓，妇孺皆知，传诵不止。

汪洙成年之后，淹贯博洽，熟悉经史。然而，经过多次科举考试，均未能考中，一直到哲宗元符三年（1100），才得以考中进士，任明州府学教授。由于汪洙为人纯正，是一府之望，世人均称他为"汪先生"。汪洙教授有方，声闻遐迩，到汪洙去世时，朝廷特追赠为"正奉大夫"（正四品）衔，给予了较高的优待。汪洙留下的著作有《春秋训诂》。

现在，古时冬学的这种教学形式已经不复存在了。但是，冬季的学习，还是要进行的，无论是在校攻读，还是居家自学，都要趁着冬令的大好时机，抓紧苦读勤学。

2022 年 11 月 30 日 17 时 12 分

## 冬雪

2022 年第一场雪，今天，稀稀落落地降了下来，申城北风呼啸，寒意凛冽，在冷空气的打压下，气温持续低迷，维持在 4℃

到 6℃之间，让人体验到了秋冬之交，在一天之内冷暖极速切换的滋味。不仅如此，一早，今年的第一场初雪如约而至，尤其是本市的西部和北部地区，短时小雨夹杂着雪或雪粒，或淅淅沥沥，或噼里啪啦，从天而降，将寒潮侵袭的氛围感拉得满满的。气象台播报说，今年的初雪虽说达不到纷纷扬扬的级别，维持的时间也不算太长。但这场"头皮雪"，以霰、冰粒、雪花等丰富多彩的形态现身，给市民带来了寒潮侵袭下的小惊喜。

今年的初雪似乎来得有点早，从往年规律来看，上海的初雪日一般出现在 1 月上旬。近 10 多年来，上海最早的初雪日出现在 2009 年，那一年 11 月上旬就开始下雪了，而 2015 年的初雪日则为 12 月 5 日，也属于比较早的。

气温骤降，初雪现身，申城的冬天是不是已经到来？上海气象台的气象专家邬锐博士说，上海尚处于气象意义上的秋季。上海常年入冬日在 12 月 3 日前后，气象意义的入冬标准为：立冬以后，连续 5 天的日平均温度低于 10℃，目前来看，上海周三到周五的日平均温度都将低于 10℃，但寒潮影响结束后，气温会有小幅回升，是否能达到入冬标准还存在不确定性。

不过，不管此轮申城是否能成功入冬，越来越冷将是未来的天气趋势。12 月 1 日到 2 日早晨，上海市区最低气温将跌至 2℃到 3℃，郊区气温会跌至 0℃附近。12 月 3 日起，寒潮影响结束，气温虽然会有回升，但不大可能再回"2"字头，到下周中后期，上海的最高温度将在 11℃到 13℃徘徊。

难怪，上海电视台播报记者现场采访一位女士，她身穿羽绒服，并用厚厚的羊绒头巾将头部包裹得严严实实，还说，这是 2022 年的第一场雪。

她的话使我想起了西部歌手刀郎曾经演唱的《2002 年的第一场雪》："2002 年的第一场雪，比以往时候来得更晚一些。停靠在八楼的 2 路汽车，带走了最后一片飘落的黄叶。2002 年的第一场雪，是留在乌鲁木齐难舍的情节，你像一只飞来飞去的蝴蝶，在白雪飘飞的季节里摇曳……"那一首《2002年的第一场雪》，一时间风靡了全国大街小巷，到处都能听到刀郎那种略带沧桑感的嗓音的歌唱，将人们带进了新疆乌鲁木齐的第一场雪的情境。我也不经意间学会了这首歌曲的旋律，随着汽车音响，哼唱《2002年的第一场雪》，似乎感觉进入了牧乡雪域，沉迷于风雪弥漫的新疆。之后，我于2015年的10月，与朋友穿越了天山山脉，周游了南北疆。在北疆，品赏了喀纳斯湖、赛里木湖的水光波影。我进入了那拉提草原、巴音布鲁克草原，仰望了那里的蓝天白云，还到了塔里木盆地，见到了浩瀚无垠的黄沙戈壁，还游览了塔克拉玛干边缘的大沙漠。我还到了喀什噶尔，参观了新疆最大的艾提尕尔清真寺，并领略了欢度古尔邦节的盛况，那一天早晨，满街都是到清真寺礼拜的人群，所有的车辆都停驶了，街边人家到处都在请阿訇念经，同时，宰羊或杀鸡，那真是让人难忘。

俗话说，"瑞雪兆丰年"，这一场雪，虽然不大，却带来了来年农业丰收的希望。我急切地期盼以后的雪下得更大一些，更密一些。

2022年11月30日21时

# 冬训

何谓冬，想必诸位已经十分清楚，不必赘述了。而训字，却是应该作些诠释，让人明白大概的意思。

东汉时期著名的经学家、文字学家许慎《说文解字》："训，说教也。说教者、说释而教之。必顺其理。引申之凡顺皆曰训。如五品不训、闻六律五声八音七始训以出内五言是也。从言、川声。"

训的本义：教导、教诲。如：训诫、训蒙（儿童教育）、训迪（教育开导）、教训、培训、演训、研训。衍义一：引申指"可以作为法则的话"。如：家训、族训、村训、乡训等。衍义二：引申指"典式、法则"。如：不足为训、难以为训。衍义三：引申指"解释词的意义"。如训诂（解释古书中的字、词、句的意义。亦称"训故""诂训""故训"）、训读。衍义四：用作姓。

训的详细释义，训，说教顺理如川流是训之范式。本义：教导、教诲。训，说教也。从言，川声。如《书·顾命》："大训。"《左传·文公六年》："告之训典。"《国语·晋语》："是为明训。注：教也。"《左传·闵公二年》："务材训农，通商惠工。"北宋司马光《训俭示康》："训俭示康。"明朝晚期文学家张溥《五人墓碑记》："而五人生于编伍之间，素不闻诗书之训。"

训，含有的意义包括：训蒙（在私塾教授小学生）；训人（负责教育的官员或师长）；训章（训示规范）。

训，有解说、注释的意思。即用通俗的话解释词语的意义。如三国魏曹操《孙子·序》："但世人未之深亮训说，况文烦富，行于世者，失其旨要，故撰为《略解》焉。"又如：训故（同训诂）；训义（解释文字的意义）；训解（训释解说）；训传（训解经义）。

训，再有训练、讲习之意。北宋政治家、文学家王安石《举渭川兵马都监盖传等充边上任使状》："有智略，能训治军旅。"

训，还有训戎（训练军旅）、训治（训练整治）之意。

训，尚有顺从、归顺之意。如《诗·大雅·抑》："四方其训之。"《书·洪范》："于帝其训，又，是训是行。"

训，犹有典式、法则之意。如：训令；训典（古圣王的典籍）；训格（教训、规范）；训范（足可为法的规范、典范）。

训，还可作为法则的话或座右铭。如：训诰（训，教导之辞；诰，指诏书或告诫之文）。

训，也可作解说的词语。如：《尔雅·释训》。明末清初钱谦益《尚宝司少卿袁可立授奉直大夫制》："免旃。夙夜服此训辞。"

训，用于取名。北宋僧人释赞宁《宋高僧传》："后志存小字，不训法名者，遵慈母之意也。"

说到训用于取名，我不禁想到了我的上海安装工程有限公司的女同事宋寅训。她是与我同一年进入单位的老同事，风风雨雨相识五十四载多，历经了多少坎坷，遭遇了多少苦痛，她毅然坚持不辍，踔厉奋发，其精神感人至深，教吾辈钦佩不已。宋寅训与我同岁，肖虎，虎即为寅年生人，那么名字中的寅，意思就十分明白了。至于她为什么用训作名的尾字，以前，我始终没有搞明白。这次，写作本文，总算理解了一二。大约取其教导、教育之意，或典式、法则之意，或座右铭之意。

无独有偶，上海安装工程有限公司原安全科长许式训先生，用的也是训字，作为名字的尾字，式的意思很明确，即模式。效仿之意。

训字的五行为水，用作人名意指贤惠、典范，引申为心思如河水般顺畅地流淌。训名象征着善良、乐观、激情、毅力、创造力、宽容、正直、勇敢、感恩、爱学习。

冬训，实为训练之一种。俗话说："夏练三伏，冬练三九。"说的是军队作战（包括舞台表演、机械操作等），必须搞好平日的训练。"平时多出汗，战时少流血"，说的就是一定要把日常训练放在头等的位置。意即，训练真功夫，真本领，必须从难、从苦、从严、从实练起，练好本领，准备打仗。

做到有备无患，有备无忧，有备无虑，召之即来，来之能战，战之能胜。

2022 年 12 月 1 日 9 时 20 分

## 冬运

　　冬运，指的是冬季临近春节前后一段时间的运输工作。每逢此时，各地运输主管机构早早地精心安排起冬运，运输单位也称这一阶段的运输业务为春运。

　　据我的记忆，20 世纪 60 年代中期，在客运北火车站，每年都要组织学生和有关方面人员参加春运工作，帮助车站搞好繁忙的春运。我所在的市北中学，距离北站很近，一站多路的里程。我们这些中学生也被叫到车站广场，维持进出火车站的秩序。在那里我还看到上海电影制片厂演员剧团的演员与我们一同参加车站的维持秩序工作，我见到了关宏达、李纬、铁牛等著名演员。他们一个个乐呵呵的，一点儿架子也没有，说话极其风趣诙谐。那些笑话，让我们听了以后，笑得连腰都直不起来，边维持进出站的秩序，边听着有趣的故事，确实有劲啊。

　　那时候，返乡的人们，携家拖口，并将家乡的土特产，大包小包地身背手拽，累赘得很呐！我们看到之后，马上奔上前，帮助他们手提肩扛，为他们减负。进站的，一直到送进站门口，出站的，径直送出广场为止。尽管汗水漉漉，却迎来了连声的感谢。我们听了之后，很是感动，也都挥挥手，说，不要谢，这是我们应该做的。有的同学还指着颈脖上的红领巾，说，我

107

们是少先队员。

我曾经非常诧异，当时还是处在大冷天，明明是冬运嘛，为什么叫作春运呢？思前虑后，我终于弄明白了个中缘由，这是由于临近春节，因此，也就把那段时间的冬运叫作了春运。冬运，约定俗成地变成了春运。

2022 年上海的春运时间定为 1 月 17 日开始，到 2 月 25 日结束。2023 年的春运时间，已经确定为当年的 1 月 7 日到 2 月 15 日。

现在，从电视上，还看到了春运的具体安排，特别是在疫情猖獗的情况下，既要做好繁忙的春运工作，又要做好防止疫情扩散的工作，难度可想而知究竟有多大了。不少汽车站、火车站、飞机场、船运码头都加强了春运期间的防疫工作，有条不紊地做好春运工作。核酸检测点都设在车站码头附近，便于旅客随时进行核酸检测，确保旅客出行的安全。

上海这个外来人口数量巨大的城市，每年春运期间的人口流动量超乎想象。仅仅在沪工作的皖籍人口就达 300 多万，每年返乡的人数近 285 万，留沪过年的人员不足百分之五。到了年关，"有钱没钱，回家过年"，已经成为他们的口头禅，这也说明这些外来人员返乡过年的意愿多么强烈。如果，不让他们返乡与家人团圆，那是极其不近人情的。

为此，政府为了这些人员的返乡，提供了相当的便利，方便他们能够准时安全地回到家乡，与家人团聚。与往年那种大包小包的现象相比，这些返乡人员已经不大携带过多的物品返乡了。只要有钱，到什么地方，都可以买到心仪的商品，空手返乡已经成为常态。如果，家乡没有的东西，也可以通过网购，快递到任何地域，无论路途多么遥远，都可以购得，都可以送达，真是太方便了。

以往，那种轻轻松松回家乡，快快活活过大年的梦想已经成为现实，不用再担心出门的各种困难。诗仙李白《早发白帝城》中"朝辞白帝彩云间，千里江陵一日还。两岸猿声啼不住，轻舟已过万重山"，早已成为神州的普遍现象。

2022 年 12 月 1 日 14 时 25 分

# 冬假

　　眼下，在校读书的学生及他们的老师，都有寒暑两个假期，寒假略短，大约 28 天。暑假较长，大约两个月。个别地区另有独自的安排，比如东北地区，寒假大约长达两个月。

　　过往，寒假也叫作冬假。现代大文豪鲁迅先生《书信集·致章廷谦》："冬假中我大约未必动，研究之结果，自觉和灵峰之梅，并无感情，倒是和糟鸡酱鸭，颇表好感。"新中国成立以后，冬假就一直叫作寒假了。作为互相对应的叫法，夏天放的假就叫作暑假了，这已经成为约定俗成的假期了。自打我读书起，就是这样的叫法，从未改变过。

　　至于叫冬假好，还是叫寒假好，没有必要过于认真，还是从众为好。既然政府颁布法令叫作寒假，那也没有必要再振振有词，强硬要再叫作冬假，何况，叫作寒假也没有什么不便之处。因此，现今的寒假叫久了，也十分顺口，没有理由继续沿袭解放前的叫法了。

　　那么，古代是不是有冬假呢？据查，那时是没有今天式样和规模的冬假的。因为那时根本没有类似如今的学校和正规的学制的，充其量不过是一些私家学堂，即私塾。私塾由官宦人家或富贵氏族出资，聘请私塾先生担任教师，几个或十多个学生，由私塾先生授课，也就充作学堂了。

至于大学，那时叫作"太学"或者"国子监"。"太学"是中国古代的最高学府。五帝和夏商周时期，太学的称谓各有不同，五帝时期的太学名为成均，在夏为东序，在商为右学，周代的太学名为上庠，在洛邑王城西郊。太学之名始于西周末期。汉武帝时，采纳董仲舒"天人之策"，"愿陛下兴太学，置明师，以养天下之士"的建议，于京师长安设立太学。王莽时，天下散乱，"礼乐分崩，典文残落"，"四方学士多怀协图书，遁逃林薮"，太学零落。

东汉光武帝刘秀称帝后，戎马未歇，即先兴文教。东汉太学始创于建武五年（29）十月，汉光武帝起营太学，访雅儒，采求经典阙文，四方学士云会京师洛阳，于是立五经博士。建武二十七年（51），建造的太学讲堂，"长十丈，宽三丈"。永建六年（130），汉顺帝诏修：赶学，"凡所造构二百四十房，千八百五十室"。每年用工徒竟达 11.2 万人，营建规模达到空前的水平。至汉质帝时，太学生人数已经有 3 万余人。

上古虽然有太学，但明堂、太学混而不分，布政、祭祀、学习各种活动都搅和在一起，不具备封建教育的专业性和系统性，这只能说是太学的萌芽。

太学是中国古代的一种大学，始设于汉武帝元朔五年（前124）。上古的大学，称为成均、上庠。董仲舒称："五帝名大学，称为成均。"郑玄说："上庠为大学，在王城西郊。"至于夏商周，大学在夏为东序，在殷为右学，在周有东胶，而周朝又曾设五大学：东为东序，西为瞽宗，南为成均，北为上庠，中为辟雍。现在，韩国还设有成均馆大学，位于首尔和水原市，其名疑似出自中国古代的成均二字。

到了汉代，在京师设太学，为中央官学、最高学府，太学祭酒兼掌全国教育行政。隋代以后，改为国子监，而国子监内同时也设太学。唐代的大文豪韩愈曾经担任过国子监祭酒，即大学校长。太学生毕业以后的出路各有不同，有的成为卿相，有的任官为吏，有的收徒为师，但也有学而无成白首空归的。当时大部分的太学生，其出路就是当官。太学对学生的生活管理比较松散，教学以经师讲学为主，学生互教为辅。

据说，当时太学生也只有与官府的官吏一样，放冬假三天，其他时间均须在学，不得违杵。那个时候，并没有现在的冬假，或寒假之说，也没有暑假之设。"十年寒窗苦"就是当时读书人的日常生活的真实写照。所以，现在的人们无须埋怨今日读书之艰苦，学生负担过重，古人较今人的读书，那是有过之无不及的。

2022 年 12 月 2 日 10 时 30 分

# 冬狩

寒冬来临之际，在古代便是冬狩的好时机。冬狩源自古代的习俗，尤其是古代天子或王侯在冬季的围猎。

从自然界猎取禽兽动物，作为食品，是人类最古老的活动之一。自先秦时代起，因为君王为田除害，而在田中射猎，冠之为田猎。田猎四季均有设置，并因季节的不同设立相应的规矩，形成了中国特有的田猎传统。

《左传》记载："春蒐、夏苗、秋狝、冬狩，皆于农隙以讲事也。"

春蒐，是指猎取没有怀胎的禽兽。夏苗，是指猎取残害庄稼的禽兽。秋狝，是指猎杀伤害家禽的野兽。冬狩，不杀猛兽则为了平衡生态。所以，古代的狩猎，始终尊崇天地间的自然法则。故先秦的四时田猎传统，一直被后世所传承。

进入农耕社会之后，四时田猎，其实，始终辅佑农事，同时，成为祭祀、尚武、经济，乃至政治的仪式化活动。古之帝王，春蒐夏苗，秋狝冬狩，四时出郊，以示武于天下。其中，尤以冬狩规模最为盛大。据古籍记载："女真耐饥渴苦辛，骑上下崖壁如飞。济江河不用舟楫，浮马而渡。每猎则随军密布四围，名曰围场。每见野兽之踪，能蹑而摧之，得其潜伏之所。以桦皮为角，吹作呦呦声，呼麋鹿，射而啖之。"

到了清代，木兰秋狝冬狩，已是国事之盛典。其实，冬狩的优越之处，还在于，此时农忙早过，北方已是冰天雪地，野兽出没容易留下明显的足印。利用农隙，习武练骑射，使随军者能够锤炼体能。更重要的是，冬季不是动物的繁育期，捕杀野兽既不会影响动物繁衍，又能平衡动物的数量，并犒劳众臣及随军将士。上述的狝字，读 xiǎn，意即国君秋季狩猎之称。

如今，我国唯一还保留狩猎习俗的，是世居东北大兴安岭的鄂伦春族。鄂伦春人既从森林里获取猎物，又世世代代完好地保护着大森林。

不过，现在的鄂伦春族人大多已经定居了，建立了固定的村居群落，不再以狩猎作为生活的唯一来源，那种衣食全部依赖江河森林的生存方式已经全然改变了。他们与中华民族大家庭里的其他 55 个民族一样，共同走上了社会主义康庄大道，奔向光辉灿烂的中国特色社会主义的明天。

其他，历来以捕猎为生的民族也都已经改变了生产方式和生活方式，采取定居的农植牧耕的方式，幸福美满地生活在社会主义大家庭之中，这样，就彻底地解决了居住、交通、电力、教育等方面的困难，没有了风霜雨雪的煎熬和折磨，衣食住行毫无后顾之忧，日子越过越红火。

那首歌手郭颂演唱的赫哲族民歌《乌苏里船歌》，其中，唱道："……白云飘过大顶子山，金色的阳光照船帆。紧摇桨来掌稳舵，双手赢得丰收年。……白桦林里人儿笑，笑开了满山红杜鹃，赫哲人走上了幸福路，人民的江山万万年。"其实，这首歌，不仅唱的是赫哲族，唱的也包括鄂伦春族在内的类似生活方式的各个少数民族的幸福生活和欢乐的心声。

2022 年 12 月 2 日 12 时 35 分

# 冬系列文后记

自 11 月 8 日，写作《冬始》起，之后，到今日 11 时 34 分为止，陆陆续续地涂抹了 32 篇冬系列散文随笔，历时 24 天，日均两篇。自即日起，我停止今年冬系列文的写作。揖别冬文，并不等于已经过完了整个冬天。正值小雪节气期间，距离大雪节气还有四天。而我却不再写作冬系列文字了，诸位是否有些诧异。

实际上，不去写作冬系列文字，并不等于与冬季诀别，今后，将以寒字起首，写作寒系列文字。那将是另一重意蕴的冬之文韵，我会把自己的所思所想，原原本本地写出来，放在诸位的面前，敬请大家评头品足，指点优劣。这对读者来说，是一个分析和识别的良好机会，这对于作者，也是一个学习和提高的极好机会，相得益彰，各得所需，不亦乐乎。

此时，逐渐进入了寒冬时节。小雪节气，寒风凛冽，冷空

113

気频繁南下，降雨稀少。长江中下游的许多地区陆续进入了严冬。东北大部分地区气温降到零度以下。中国的北方地区小雪之后，大多数农户进入了冬隙。果农开始为果树修枝，以秸草包裹树干，以防果树受冻。

小雪是二十四节气中的第二十个节气，冬季的第二个节气，时间在每年 11 月 22 日到 23 日，即太阳到达黄经 240° 时。小雪是反映降水与气温的节气，它是寒潮和强冷空气活动频数较高的节气。小雪节气的到来，意味着天气将会越来越冷，降水量将逐渐增加。

11 月 30 日，那一天的一早，上海开始下起了小雪。12 时 13 分，江泽民同志在上海华东医院不幸逝世。我为敬爱的江泽民同志的离世感到异常悲恸。我曾经在上海的一些重大、重点或实事工程的建设中，有幸多次聆听过江泽民同志的讲话，对于他的工作热忱、待人态度，极为钦佩和敬仰。江泽民同志非常平易近人，和蔼可亲。就连他的夫人王冶坪女士，我在上海电器科学研究所建设期间，也曾经多次遇到。时任上海电器科学研究所办公室主任的王冶坪女士，为人也非常客气，相当友好。

扬州是江泽民和王冶坪夫妇的家乡。加之，我的扬州亲友多达上百人，我去过扬州不知道有多少次了，对于扬州有着一种特别的感情。只是近三年来，没有再去过扬州。但是，我是昼思夜想着扬州，因为，那里还有我敬爱的七姨、三个表弟和一个表妹以及其他亲友。

南朝殷芸《殷芸小说·吴蜀人》中曰："有客相从，各言其志：或愿为扬州刺史，或愿多资财，或愿骑鹤上扬州。其一人曰：腰缠十万贯，骑鹤上扬州，欲兼三者。"这里说的是有钱人的上扬州之豪爽气概，他们腰缠十万贯，骑鹤上扬州。而，不少平民百姓也愿意到扬州，那是因为扬州有着风景如画的瘦西湖景区，还有着安逸舒适的生活方式：早上皮包水，晚上水包皮。

还有名闻天下的扬州扦脚。

晚唐诗人杜牧曾经写过《赠别二首》，其一诗曰："娉娉袅袅十三余，豆蔻梢头二月初。春风十里扬州路，卷上珠帘总不如。"其二诗曰："多情却似总无情，唯觉樽前笑不成。蜡烛有心还惜别，替人垂泪到天明。"

我到扬州探亲或旅游时，多次到东关街及附近 18 号的汪氏小苑观览。江氏旧居就在汪氏小苑隔壁的 16 号。附近 12 号有丁姓盐商旧宅，10 号还有马氏旧宅。东圈门街，两侧住宅均为青砖黛瓦，外观大同小异，但内中门道却不少。名人宅第的宅门为水磨石青砖结构的门楼，门内有门堂，门堂里面有天井。平民的宅门，多为乱砖门面，俗称石库门，没有门楼、门堂，跨进门槛，即已步入堂屋。东圈门街还有不少商铺，其门面俗称铺挞门，即采用连排的木板门。

出了东圈门街便可折达文昌西路，过了这条路，斜对面，只要稍稍绕过一排住宅小区，然后，便可以转入安乐巷 27 号朱自清的宅院。

对于这位宁可饿死，也不吃美国救济米的爱国志士，我是钦佩有加的。我每次到扬州，总会去瞻仰朱自清的旧居，从中汲取精神的养分。扬州在中国历史上，名人辈出，英烈豪壮，确实是一座爱国之城、抗争之城、忠毅之城。

作为冬系列文的后记，本不应该说那么多有关扬州的话，但是，忍不住地要一吐为快，因为实在是太想念扬州了。故此，借着冬系列文的结束，说了这么多的话，希望诸位谅解。

以上的文字，是为冬系列文后记也。

2022 年 12 月 3 日 6 时 50 分

# 寒之悠

## 寒雨

写下这一题目，我的脑海里，立即想起了唐代著名的边塞诗人，有着"诗家夫子""七绝圣手"之称王昌龄的《芙蓉楼送辛渐》，那是一首七言绝句，迄今，仍然牢牢地镌镂于心底。尤其是末句"一片冰心在玉壶"，那更是刻骨铭心，难以忘却。

我曾经在陕西咸阳机场候机时，向一位学龄前的女孩，背诵过这首诗。当时，那个乖巧的女孩似懂非懂地连连点头，我不知道她真的听懂了吗，抑或出于礼貌而做出自然反应，均不得而知也。

那首诗的全篇是："寒雨连江夜入吴，平明送客楚山孤。洛阳亲友如相问，一片冰心在玉壶。"

这组诗共有两首，上篇是其一，下篇是其二，其二诗曰："丹阳城北秋海阴，丹阳城南楚云深。高楼送客不能醉，寂寂寒江明月心。"

其一诗的大意是，冷雨洒满江天的夜晚，我来到了吴地，天明时分送走好友辛渐后，只剩下楚山的孤影。好友到了洛阳，如果有亲友向您打听我的情况，就请转告他们，我的心依然像玉壶里的冰一样纯洁，未受到功名利禄等世俗陋习的玷污。

其二诗的大意是，往丹阳城南望去，只见秋海阴雨茫茫；向丹阳城北望去，只见楚天层云深深。高楼送客，与友人依依惜别，心情悲愁，喝酒也不能尽兴。寂静清凉的江水泛着寒意，天上那皎洁的明月就是我最真挚的心。

《芙蓉楼送辛渐二首》是唐代诗人王昌龄的组诗作品，作于诗人被贬为江宁（今江苏南京）县丞时。这两首诗所记送别的时间和情景是"倒叙"式的。第一首写的是第二天的早晨，作者在江边送别辛渐时的情景；第二首写的是第一天的晚间，作者在芙蓉楼为辛渐饯行的情景。全诗触景生情，寓情于景，含蓄蕴藉，韵味无穷。

这组诗大约作于天宝元年（742），王昌龄出为江宁县丞时。王昌龄开元十五年（727）进士及第；开元二十七年（739）远谪岭南；次年北归。自岁末起任江宁丞，仍属谪宦。辛渐是王昌龄的好友，这次拟由润州（今镇江）渡江，取道扬州，北上洛阳。王昌龄可能是陪同辛渐从江宁到润州，然后，在此分手。

芙蓉楼，原名西北楼，登临可以俯瞰长江，遥望江北。芙蓉楼在润州（今江苏省镇江市）西北。据《元和郡县志》卷二十六《江南道·润州》（丹阳）："晋王恭为刺史，改创西南楼名万岁楼，西北楼名芙蓉楼。"一说芙蓉楼在黔阳（今湖南黔城）。

辛渐：王昌龄的一位朋友。寒雨：秋冬时节的冷雨。连江：雨水与江面连成一片，形容雨势很大。吴：古代吴国国名，这里泛指江苏南部、浙江北部一带。江苏镇江一带为三国时吴国所在地。平明：天亮的时候。客：指作者的好友辛渐。楚山：楚地的山。这里的楚也指镇江市一带，因为古代吴、楚先后统治过这里，所以，吴、楚可以统称。孤：孤单一人。洛阳：位于河南省西部、黄河南岸。冰心：形容人的心地清明，如同晶莹的冰块。玉壶：玉石制成的壶，表示高洁清白的品格。

昨日午间，寒雨连江落申城，学友会晤聚金宴。我们原上海铁路职工子弟第五小学六四届二班的六位同学，假座闸北公园边的金宴·浙鲜馆的秋月包间，举行了第一次聚会。虽然，仅仅六位同学，两女四男，人数确实不多。但是，经过了58年3个多月的时光，古稀之年才得以见面，也实属不易。见面有些不相识，有两位男同学苏斌、邓配华，我几乎不能认出来了。当年的苏斌同学年小个矮，现在又高又魁梧，可以想见年轻时彪形大汉的样子，他写得一手好文章，他发来的《九月底的山西游》，文采斐然，令我刮目相看。邓配华同学满头白发，垂垂老矣，早已不复少小时代的模样了。而陆海娟、夏萍两位女同学相貌依旧娟秀，还能认得出来。至于发小刘金宝同学，因为长期以来一直联系，故没有丝毫的陌生之感。

　　古人作诗词，撰文章，常用玉壶（或冰壶）自喻，来表达自身的光明磊落，六朝刘宋时的诗人鲍照《代白头吟》，诗曰："直如朱丝绳，清如玉壶冰"就是此意，但，玉壶真正成为一个常被文人引用、比喻清廉高洁的典故，则是自开元宰相姚崇开始的，姚崇作《冰壶诫》开篇就解释了冰壶的意义："冰壶者，清洁之至也，君子对之示不忘乎清也。夫洞澈无瑕，澄空见底，当官明白者，有类是乎？故内怀冰清，外涵玉润，此君子冰壶之德也。"姚崇所说的冰壶，即玉壶也。古时的冰壶和玉壶是互训的。

　　古人教育晚辈时，常以"诫"来表达劝告、警示之意，如诸葛亮的《诫子书》。这篇《冰壶诫》就是姚崇用来告诫后代，做人的内心，要像冰壶一样，内蕴冰清，外显玉润，冰清玉润，正是君子应有的操守，当官更应如此。唐代诗佛王维《清如玉壶冰》云："玉壶何用好，偏许素冰居。"唐代大诗人李白《赠范金卿二首》云："为邦默自化，日觉冰壶清。"都是受到姚崇的影响，后世也有许多人用"冰壶"的典故，以冰壶（玉壶）来表达光明磊落、表里一致的品德，但那些诗句都不如王昌龄的"洛阳亲友如相问，一片冰心在玉壶"这一句来得好。

　　中国诗人、现代作家、翻译家、儿童文学作家、社会活动家、女散文家冰心的笔名就取自"一片冰心在玉壶"，她的原名为谢婉莹。我在中学读书期间，就喜欢阅读冰心的散文，那是从旧书堆里翻到的，看得津津有味，为之入迷，充分地享受着精神养分。及至"文化大革命"之后，重版冰心散文，那时则堂而皇之地阅读，不必提心吊胆了。

这两天，寒雨连绵，寒意袭人，天气虽然不争气，又湿又冷，但是，我的心却是热乎乎的，因为，我与小学校友得以重逢，真的是开心哟！

铁五校友如相问，一片冰心在玉壶。

2022 年 12 月 4 日 9 时 40 分

# 寒江

寒江，指的是严冬的江河水面。在我的记忆中，最为深刻的是唐宋八大家之一的柳宗元，他写有一首非常著名的五言绝句《江雪》，诗曰："千山鸟飞绝，万径人踪灭。孤舟蓑笠翁，独钓寒江雪。"这首诗中，用到了"寒江"，诗人以"寒江"来极言当时的气候冷凛，江景萧索。

绝：无、没有。万径：虚指，指千万条路。人踪：人的脚印。孤：孤零零。蓑笠：蓑衣和斗笠。蓑：古代用来防雨的衣服；笠：古代用来防雨的帽子，用竹篾编成。独：独自。

全诗的大意为，群山中的鸟儿飞得不见踪影，所有的道路都不见人的踪迹。江面孤舟上一位披戴着蓑笠的老翁，独自在寒冷的江面上钓鱼。

在这首诗中，诗人运用典型概括的手法，选择千山万径，人鸟绝迹这种最能表现山野严寒的典型景物，描绘大雪纷飞，天寒地冻的图景。接着勾画一位独钓寒江的渔翁形象，借以表达诗人在遭受打击之后宁折不屈而又深感孤寂的情绪。全诗构思独特，语言简洁凝练，意蕴异常丰富。

《江雪》这首诗作于柳宗元谪居永州期间（805—815年）。唐顺宗永贞元年（805年），柳宗元参加了王叔文集团发动的永贞革新运动，推行内抑宦官、外制藩镇、维护国家统一的政治措施。但由于反动势力的联合反对，改革很快失败了。柳宗元被贬为永州司马，流放十年，实际上过着被管制、软禁的"拘囚"生活。险恶的环境压迫，并没有把柳宗元压垮。在政治上不利时，柳宗元便把人生的价值、理想和志趣，通过诗歌来加以展现，这首诗便是其中一首代表作。

柳宗元在这首诗中，仅仅用了20个字，就描绘出一幅幽静寒冷的画面：在下着大雪的江面上，一叶小扁舟，一个老渔翁，独自在寒冷的江心垂钓。诗人向读者展示的是这样一种场景：天地之间是如此纯洁而寂静，一尘不染，万籁无声；渔翁的生活清静，渔翁的性格孤傲。其实，这正是诗人由于憎恶当时那个一天天在走下坡路的唐代社会而创造出来的一个幻想境界，比陶渊明《桃花源记》里的人物和环境，要显得虚无缥缈，远离尘世。

诗人的白描极为简单，不过是一条小船，一个穿蓑衣戴笠帽的老渔翁，在大雪的江面上钓鱼，如此而已。可是，为了突出主要的描写对象，诗人不惜用一半篇幅去描写它的背景，而且，使这个背景尽量广大寥廓，几乎到了浩瀚无边的程度。背景越广大，主要的描写对象就越显得突出。

在这首诗里，笼罩一切、包罗一切的东西是雪，山上是雪，路上也是雪，而且"千山""万径"都是雪，才使得整个外部世界"鸟飞绝""人踪灭"。就连船篷上、渔翁的蓑笠上，当然也都是雪。可是诗人并没有把这些景物同"雪"明显地联系在一起。相反，在这个画面里，只有江，只有江心。江，当然不会存雪，不会被雪盖住，而且，即使雪下到江里，也立刻会变成水。然而，诗人却偏偏用了"寒江雪"三个字，把"江"和"雪"这两个关系最远的形象联系到一起，这就给人以一种比较空蒙、比较遥远、比较缩小了的感觉，从而，形成了远距离的镜头，使得诗中主要描写的对象更集中、更灵巧、更突出。因为连江里都仿佛下满了雪，连不存雪的地方都充满了雪，这就把雪下得又大又密、又浓又厚的情形完全写出来了，把水天不分，上下苍茫一片的气氛也全部烘托出来了。至于，上面再用一个"寒"字，固然是为了点明气候；但诗人的主观意图却是在想不动声色地写出渔翁的精神世界。在这样一个冷寂的环境里，那个老渔翁竟然不怕天寒，不怕雪大，忘掉了一切，专心地钓鱼，形体虽然孤独，性格却显得清高，甚至，突出了有点凛然不可侵犯似的、被幻化了的、美化了的渔翁形象，实际正是诗人本人的思想感情的寄托和写照。由此可见，这"寒江雪"三字正是"画龙点睛"之笔，它把全诗前后两部分有机地联系起来，不但形成了一幅凝练概括的图景，也塑造了渔翁完整鲜明的形象。

用具体而细致的手法来摹写背景，用远距离画面来描写主要形象；精雕细琢和极度的夸张概括，错综地统一在一首诗里，是这首山水小诗独有的艺术特色。

寒江，在柳宗元这首《江雪》中，得到凝练和突显，这是独树一帜的创新。

2022 年 12 月 4 日 20 时 40 分

# 寒风

按照温度的高低划分，风有着热、冷、暖、寒、凉等类型。本文所涉的是寒，即寒风也。

寒风，一般释义指的是，秋季寒冷的风。但是，现在，已经泛指寒冷的风，有时，竟然不分四时节序了，无论哪一个季节，只要气温低一些，就能叫作寒风。春季可叫，夏季也可叫；秋季可叫，冬季更可叫。

现如今，寒潮一来，天气顿时冷了下来，此刻的风即被叫作寒风了。前些天，上海的天空飘了些雪花，稀稀拉拉地落到了屋顶和地面上，不一会儿，便被暖空气融化得无影无踪了，不见了白絮粉粒般的雪花，却感受到了阴寒。北方吹来的风愈加冷峻严酷了，寒风飕飕，寒意阵阵。对于习惯了温润气候的上海人来说，纷纷叫苦不迭，直言"寒潮真厉害啊！天气太冷了"！那时的温度则不过刚刚接近 0℃，还没有进入零下。位于江南之一隅，濒临东海之一角的上海，就已经感受到寒风的肆虐和猖獗了，上海人便大呼小叫地埋怨起老天爷，怪它不顾人们的颜面，无情地施以淫威，冻一冻温暖惯了的上海人了。

街上步行或骑车，被冷飕飕的寒风吹刮，或加之阴丝丝的寒雨侵袭，那种冷啊，简直冷到了骨头里了，整个人都被寒风冻得缩起来了，浑身不住地哆嗦着，不知如何是好。全身上下都用保暖的羽绒服装包裹得严严实实的,连颈部都用围巾捂住、脸部也都用口罩覆盖,头上戴好了绒帽或皮帽。尽量不让寒风钻入颈部和袭击面部,似乎这样才好过些,不如此,不足以显示爱美的上海人对容颜的保护。我虽然没有被冻到这种程度,但也是全副武装,将自己裹得严严密密的,不让寒风直接侵袭我的身躯和面庞,尽量保持这些部位的温暖。就连双手也套上了厚实的绒手套,即便如此,手指头还是感受到了冰冷的冻意。骑行脚踏车时,手指凉凉的,颇感寒冷。

街上的少男少女们,也都一改往日的潇洒和倜傥,不复清凉的打扮了,用保暖的服装将自己包裹得暖暖和和的,远远地看去,整个人好像一个臃肿的大包袱,完全没有了昔日的俊模俊样。看来,寒风飕飕之际,保暖实在是第一要务,挨冻受凉,导致感冒,那是实在要不得的哟。宁可不要好看,也要身体温暖,那才是上上策。

寒风,是有出处的,而且历史还很悠久呢。战国时期《吕氏春秋·有始》:"何谓八风……北方曰寒风。"南朝宋王微《杂诗》:"孟冬寒风起,东壁正中昏。"元代诗人杨允孚《滦京杂咏》卷上:"寒风渐渐山无数,树影参差月未斜。"现代诗人管桦《将军河》第一部第三六章:"淹没在雪里的衰草,露出尖梢,在寒风中摇动。"

寒风还曾经被用作古代的人名。古时一个善于相马的人,其名就叫寒风。文献记载:"古之善相马者,寒风氏相口齿,天下之良工也。"关于寒风的诗句还有很多,唐太宗李世民《冬狩》:"烈烈寒风起,惨惨飞云浮。"唐代大诗人李白《天马歌》:"不逢寒风子,谁采逸景孙。"李白《酬崔五郎中》:"长啸出原野,凛然寒风生。"唐代大诗人白居易《早朝贺冰雪寄陈山人》:"十里向北行,寒风吹破耳。"中唐诗人韦应物《送孙徵赴云中》:"寒风动地气苍茫,横吹先悲出塞长。"

123

唐代诗人晁采《子夜歌十八首》："寒风响枯木，通夕不得卧。"北宋诗人王安石《九鼎》："冶云赤天涨为黑，寒风余吹山拔木。"明末殉难官员刘理顺《送袁环中（袁可立子）督宁远饷》："万窕寒风卷，桑孔亦难充。"

看来，寒风，用于诗词歌赋中确实不少哟。至于为什么还会用于人名，则不得而知也。

2022 年 12 月 5 日 9 时 22 分

## 寒山

唐代李杜之后，尚有小李杜。李杜即为李白和杜甫，小李杜即为李商隐和杜牧。李杜为盛唐时期两颗熠熠生辉的明星，映照了中华乃至世界的文坛，璀璨夺目。小李杜为中晚唐时期诗歌艺术中兴的中流砥柱，佳作连篇，承前启后，延绵不绝。

我在小学启蒙教育过程中，读过不少古典诗词，其中，就有小李杜之一的杜牧诗歌，不仅仅是杜牧那首脍炙人口的《清明》，而且，还有这首蜚声中外的《山行》。至今，我仍然可以一口气顺顺溜溜地背诵出这首诗："远上寒山石径斜，白云生处有人家。停车坐爱枫林晚，霜叶红于二月花。"

这是一首描写和赞美深秋山林景色的七言绝句。第一句："远上寒山石径斜"，由下而上，写一条石块铺砌的小路蜿蜒曲折地伸向充满诗意的山峦。"寒"字点明时节正为深秋，"远"字言明山路的绵长，"斜"字照应了句首的"远"字，写出了高而缓的山势。由于坡度不大，故可坐车游山。

第二句："白云生处有人家"，描写诗人山行时所看到的远处风光。"有人家"三字会使人联想到炊烟袅袅，鸡鸣犬吠，从而，感到深山里充满了人间烟火气，没有一点儿死寂的氛围。"有人家"三字还照应了上句中的"石径"，因为这"石径"便是山民的上山道路。原先这句诗中的"生处"，是"深处"，后来，改了过来。据说，发现了有力的证据，这句诗确实是："白云生处有人家"。我对此琢磨了良久，觉着"生处"真的比"深处"更好，更有韵味。

第三句："停车坐爱枫林晚"，其中的"坐"字解释为"因为"。因为夕照枫林的晚景实在太迷人了，所以，诗人特地停车欣赏。这句诗中的"晚"字，用得无比精妙，它蕴含多层意思：一是，点明前两句是白天所见，后两句是黄昏之景。二是，因为黄昏才有夕照，绚丽的晚霞和红艳的枫叶互相辉映，夕阳之下的枫林才显得格外美丽。三是，诗人流连忘返，到了黄昏，还舍不得登车离去，足见他对夕照和红叶喜爱至极。四是，因为停车甚久，观察入微，才能悟出此中的奥妙。

第四句："霜叶红于二月花"，它是全诗的精髓。前三句的描写都是在为这句作铺垫和衬托的。诗人为什么用"红于"而不用"红如"？因为"红如"不过和春花一样，无非是装点自然美景而已，"红于"不仅仅是色彩更鲜艳，而且，能够表明其更加耐寒，更经得起风霜雨雪的考验。

这首小诗，不只是即兴咏景，而且，进而咏物言志，是诗人内在精神世界的表露，志趣的寄托，因而，能给读者以启迪和鼓舞。

这其中，与本文有关的则是"寒山"。起句"远上寒山石径斜"中的"寒山"，不仅告诉人们，此时正值深秋时节，气温下降了，山峦也阴冷了。而且，还告诉人们山里面已经寒意很重了，登山要耐得住寂寞，更要经得起寒冷。

苏州城西十里的枫桥镇，有着一座名刹"寒山寺"，始建于梁代天监年间，距今已有1400余年。寒山寺初名"妙利普明塔院"，传说到了唐代贞观年间，因高僧寒山由天台到这里做住持，所以改名寒山寺。当时，寺内有一口大钟，以声音洪亮闻名于世。自唐代诗人张继的名诗《枫桥夜泊》问世以后，寒山寺更为人们所熟知。

《枫桥夜泊》曾由明代著名诗人、书法家文徵明手书，并镌刻成石碑，立在寒山寺内。明末，寒山寺毁于大火，诗碑也被焚破碎。后经人们苦心搜寻，将残碑碎片嵌留在碑廊的墙壁上。现在寒山寺内陈列的张继诗碑，是晚清光绪年间著名文人俞樾补书的。诗里提到的那口大钟，早已不知去向，现在悬挂在大雄宝殿内右侧的一口青铜钟是日本友人在1906年赠送的，八角钟楼上的另一口铁钟也是近代之物。

寒山寺历经沧桑，现存的建筑是清末重建的，是江苏省重点文物保护单位。寺内苍松翠柏，林木茂盛，其中，最有特色的樱花树、五针松都是新中国成立后日本友人赠送的。每当阳春三月，和煦的春风吹绿江南的时候，寒山寺内一棵棵樱花树吐蕊展芳，淡红色的樱花开满枝头，五针松枝繁叶茂，苍翠欲滴，衬托出寺内的古老建筑，呈现出一派生机勃勃的景象。寒山寺，于今，已经成为著名的旅游景点，吸引着无数的中外游人。

中国古典诗歌中，多有"寒山"的使用。其意象渊源于《楚辞》，并经魏晋诗赋的加工，初步确立了"秋冬季节寒冷之山"的基本含义。更由唐代诗人们的艺术锤炼，让其定型且具有了摇曳多姿的外在形态。隐逸诗人、禅僧们的诗歌理念及创作，特别是寒山子生命的历练与诗歌书写的合而为一的艺术行为，拓展了该意象"禅境象征"的深层内涵。对唐诗中"寒山"的理解，提供了一个独特的视角。

寒山，确有其人，是唐朝诗僧，著有《寒山子诗集》，传于后世。寒山寺自唐代以来，一直享誉中外，魅力无穷。尤其是一衣带水的日本，由于张继的《枫桥夜泊》，更是名扬东瀛。每年的大年三十晚间，不少日本友人会赶到苏州枫桥寒山寺敲钟礼拜。

在这冬凌的时节，回顾寒山及其他，不啻给人一剂清凉的醒脑药，让人们从历史的回顾之中，获得某些启迪和智慧。

2022 年 12 月 5 日 16 时 7 分

# 寒窗

寒窗，从字面上诠释，指的是，冬日寒冷的窗前或窗下，比喻艰苦寂寞的读书生活。亦作"寒牕""寒窓"。牕、窓二字的读音与窗相同。

昔日，有一俗语："十年寒窗苦读书，一朝成名天下知。"元代戏剧家高明《琵琶记》："十年寒窗无人问，一举成名天下知。"这一俗语与这一戏词，表达的都是一个意思，即，鼓励男儿刻苦攻读，勤奋求学，争取科举考试高中金榜，获取功名，谋得一官半职，既可以光宗耀祖，也可以改变本人的社会地位和改善家庭的经济条件。

在争取功名的道路上，路漫漫兮其修远，学子上下而求索。有的人至死也没有实现自己的人生理想，颠沛流离，困顿潦倒，郁郁乎不得志，悻悻然离人世。这种例子无计其数，举不胜举。就如《琵琶记》最终将蔡伯喈的形象做了全面的改造，让他成为"全忠全孝"的书生。为了终养年迈的双亲，他本来并不热衷于功名，只是辞试不从，辞官不从，辞婚不从，这"三不从"，导致了一连串的不幸，落得个"可惜二亲饥寒死，博换孩儿名利归"的结局。

"十年寒窗"是虚指，意思是要通过长期的努力，而不是真的恰恰好是十年。实际上，也可能十年整，也可能十年不到，更可能超过十年，甚至，终生没有得到功名。

"寒窗苦读"指的是，在寒冷的窗前或窗下用功读书，形容读书的艰辛。"寒窗苦读"的近义词有：十年窗下、十载寒窗。

类似"寒窗苦读"的诗句还有，一是，宝剑锋从磨砺出，梅花香自苦寒来。二是，读书不觉春已深，一寸光阴一寸金。上一句，出自明代小说家冯梦龙《警世通言·勤奋篇》。寓意没有经过千锤百炼，美好的幸福、优越的生活，不会轻易地来到。所以，人必须要在艰难曲折中磨炼自己，生命的火花才会闪烁。下一句，出自唐末五代诗人王贞白的《白鹿洞二首》，意思是要专心读书，不知不觉中春天又快过完了，时间宝贵得就像金子一样，千万要珍惜。

现今社会，择业的方向和职业的遴选可以有多种多样的方式，不必在高考的一股道上走到底，可因人制宜，因地制宜，采取适当的合理的方法，体现自己的人生价值。人们常说：条条道路通罗马。就是告诫所有的学子，在不能通过高考踏上就业的坦途时，还可通过其他渠道，实现自己的理想。只要勤奋努力向前奔，海阔天空任尔飞。

尽管，现在就业的道路无比广阔和远大，但是，前提还是要寒窗苦读，只有通过寒窗苦读，掌握了基本的知识和初步的技能，适应日趋激烈的人才竞争的局面，以自己的德才学识，赢得雇主或单位的青睐，才能确定你就业最佳的选择并得到成功。否则，一切都免谈。理想也成了空想，规划更成了滑稽。这一切的经验和教训实在是太多了，也是难以弥补的。

　　以我的切身体会来看，"寒窗苦读"，证实了"书山有路勤为径，学海无涯苦作舟"。这句对联出自唐代大文豪韩愈的《古今贤文·劝学篇》。这句对联是世人太熟悉不过的，也曾经是无数学子的座右铭。很多学校的墙壁上，往往都会张贴着这句对联写就的标语，激励学子们刻苦攻读，勤奋学习。刻苦是成功的通途，勤奋是通往汪洋大海彼岸的船舶，从来没有什么捷径可走。

2022 年 12 月 6 日 6 时 10 分

# 寒水

　　寒水，释义是凉水，常指清冷的河水。出自《史记·扁鹊仓公列传》："臣意即以寒水拊其头，刺足阳明脉，左右各三所，病旋已。"

　　南朝梁沈约《游沈道士馆》诗："山嶂远重叠，竹树近蒙笼。开衿濯寒水，解带临清风。"中唐诗人刘禹锡《君山怀古》："属车八十一，此地阻长风。千载威灵尽，赭山寒水中。"晚唐诗人杜牧《泊秦淮》："烟笼寒水月笼沙，夜泊秦淮近酒家。商女不知亡国恨，隔江犹唱后庭花。"北宋史学家、文学家司马光《送祖择之守陕》："俊德争推毂，荣涂易建瓴。陆离寒水玉，磊落曙天星。"南宋初年诗人朱槔《秋日》："山静溪回树绿晴，鹭群点点雪分明。影沉寒水初无意，只是鱼儿独自惊。"明代诗人马鉴《冬日偕汉树岩听散步芦渡桥书感》："桥边秋已去，到此客愁生。寒水难为色，枯荷但有声。"

　　战国时期，公元前 227 年，荆轲奉燕太子丹的命令，带着燕督亢地图与樊於期的首级，前去秦国刺杀秦王。在易水饯别之际，作了一首《荆轲歌/渡易水歌》。这首歌的前句通过描写秋风萧瑟、易水寒冽，一上一下极天地愁惨之状，渲染了苍凉悲壮的肃杀气氛，透露出歌者激越澎湃的感情。后句则表现出主人公大义凛然、视死如归、抱定决心，深入虎穴的献身精神。全歌语言简洁、表达直白、情景交融。这里的易水寒，也叫作寒水。因为，那里地处中国的东北角，气候寒冷，易水封冻。故曰："风萧萧兮易水寒，壮士一去不复还。探虎穴兮入蛟宫，仰天呼气兮成白虹。"这则故事，出自司马迁的《史记·刺客列传》。当年，燕太子丹在易水河边，送别荆轲去刺杀秦王，燕太子丹以及荆轲的几位朋友，全体穿戴起白衣白帽，共同相送，一直送到易水河边，即今河北省易县附近，挥泪诀别。高渐离击筑，荆轲合着音乐高歌："风萧萧兮易水寒，壮士一去兮不复还！"悲壮的歌声激起了送行者无比悲愤和极其慷慨的心情，荆轲唱着歌，头也不回地走了。燕太子丹最后被彻底地感动了，跪在地上，向荆轲敬了一杯酒。这些战国时期的志士仁人给后世留下了"风萧萧兮易水寒，壮士一去不复还"的悲壮诗句以及以身许国、毅然赴死的壮举。这段历史在《战国策·燕策三》里，也有记载。

　　现代，有人把这则故事翻新，用以表现革命者全力以赴、杀身成仁的英雄气概。电影《狼牙山五壮士》中，曾经引用"风萧萧兮易水寒，壮士一去不复还"这一诗句，激励革命战士对敌斗争的勇气，渲染为人民而战斗的一种慷慨悲壮的气氛。

　　南宋著名词家姜夔在其名作《扬州慢·淮左名都》词前小序中，这样描写战争十五年之后扬州城的破败："淳熙丙申至日，予过维扬。夜雪初霁。荠麦弥望。入其城则四顾萧条，寒水自碧。暮色渐起，戍角悲吟。"这段文字，采用纯白描的手法，将饱受兵燹的古城残衰的状况，刻画得苍凉悲壮、触目惊心。

"寒水自碧"意思是，寒潭之水略显深绿之色。自，此处指自己显现出来。姜夔创作此词时，距金主完颜亮南侵已有15个年头。15年前的兵戈相争，将古老的扬州的繁华富庶扫荡殆尽。昔日的笙箫鼓乐，早已在灼热的烈焰中，化为碎瓦破砖的废墟。二十四桥的明月，也黯淡在惨绝人寰的屠杀和掠夺中。这场由野蛮和凶残造成的灾难，让曾经春风十里的扬州遭受了毁灭性的打击。这种打击，从根本上毁灭了一个城市重生的所有的物质和精神的基础，以至于15年来，除了春秋更替、岁月轮转，江河流淌，禾苗荣枯外，唯有日复一日的萧条，唯有月复一月的凄然，唯有年复一年的"寒水自碧"。实际上，扬州的水，本非寒水，且一年四季始终春意融融，和风熙熙，佳丽云集，粉黛争妍。但是，一旦被北方游牧民族侵略和杀戮，城毁人亡，民不聊生，繁荣不再，锦绣不存。那是一幅多么可悲可怕的惨状哟！我们后世人应该牢记和平，捍卫和平，为了人民幸福安定的生活，必须紧握枪杆子，固我国防，强我军队，绝对不能兵懈平时，马放南山，那将导致无穷的后患，这是必须牢牢记取的历史教训。

2022 年 12 月 6 日 14 时

# 寒柚

清晨，做了一个奇怪的梦，梦见了在中国南方某地有一大片柚子林，它们在凄风冷雨之中傲霜挺立，枝头结满了寒柚。这不期然地让我想起了北宋大文豪苏东坡的诗《赠刘景文》，诗曰:"荷尽已无擎雨盖,菊残犹有傲霜枝。一年好景君须记,最是橙黄橘绿时。"诗的大意是,荷花凋谢了,连那擎雨的荷叶也枯萎了,只有衰败了的残菊花枝还傲寒斗霜。请君一定要记住,一年最好的光景,那就是橙子金黄、橘子青绿的秋末冬初的时节啊!这正可谓唐代大诗人李白《酬裴侍御对雨感时见赠》中所说:"人烟寒橘柚,秋色老梧桐。"

诗的前两句写景,抓住"荷尽""菊残",描绘出秋末冬初的萧瑟景色。"已无"与"犹有"形成了强烈的对比,突出了菊花傲霜斗寒的形象。后两句议景,揭示了赠诗的目的。说明冬景虽然萧瑟寂寞,但也有硕果累累、成熟丰收的一面,而这一点恰恰是其他季节所无法比拟的。诗人这样写,目的是用来比喻人到了壮年,青春虽已流逝,但也是人生成熟、大有作为的黄金阶段,勉励朋友们珍惜这个大好时间段,乐观向上、奋发努力,切不可意志消沉,妄自菲薄。

苏东坡的《赠刘景文》,是在北宋元祐五年(1090)任杭州知州时所作。《苕溪渔隐丛话》说这首诗歌咏的是深秋初冬的景致,"曲尽其妙"。诗虽为赠刘景文而作,所咏的对象却是深秋初冬的景物,了无一字涉及刘氏本人的道德文章。这似乎不是题中之意,但实际上,作者的高明之处正是在于把对刘氏品格和节操的称颂,不着痕迹地糅合在对秋末初冬景物的描写之中。因为,在作者看来,一年之中最美好的时光,莫过于橙黄橘绿的深秋初冬的景色。而橙橘和松柏一样,是最足以代表人的高尚的品格和坚贞的节操。

古人描写秋冬之交的景色,大多气象肃杀,渗透了悲秋情绪。然此诗却一反常情,写出了深秋初冬时节的丰硕景象,展示了自然界的勃勃生机,给人以昂扬向上之感。因此,宋人胡仔以之与唐宋八大家之一的韩愈《早春呈水部张十八员外》诗中"正是一年春好处,绝胜烟柳满皇都"相提并论,说是"二诗意思颇同而词殊，皆曲尽其妙"（《苕溪渔隐丛话》）。

当代作家寒柚在晋江文学网上发表了《The Film》，这是我看到的以寒柚自名的唯一作家。而且，也是用英文作为作品的题目的少数作者。

寒柚，性凉，冬季不宜多食。在冬天吃寒柚，会凉胃。寒性的食物对于肠胃不好，脾胃虚弱的人冬令食用寒柚，无疑是一种禁忌。如果喜欢柚子的特殊味道，建议可以试试将柚子肉泡热或蒸熟了再吃。

初冬暖阳，金叶满树，灿烂绚丽。寒风微吹，柚子飘香。空气清新，肉脆味甜。四川省合江县的真龙柚，是四川省名牌农产品，第二届中国农业博览会金奖果品，农业部地理保护标识产品。对于合江人说，柚子是水果，更是一种情怀，好山好水出好柚。朴实的合江人民倚靠着大自然独具匠心的馈赠，种植出口感更佳的合江真龙柚，使得真龙柚在众多水果中脱颖而出，深受大众的喜爱。

真龙柚是四川省合江县独有的地方柚类品种，也是四川水果"五朵金花之一"。其皮薄实心大，瓤瓣长肾形，剥皮肉不散。具有果肉晶莹，脆嫩化渣又少核，汁多味甜似冰糖的特点。清色甘醇味悠长的品质，独具一格。品质上等，它耐贮运，可谓集众柚之长，素有"天然罐头"之美称，也是秋冬季节最养人的水果之一。

2022 年 12 月 7 日 9 时

# 寒叶

南朝宋诗人鲍照曾经写有一首《过铜山掘黄精》,有诗句曰:"碟碟寒叶离,灪灪秋水积。"

唐代诗人李百药《王师渡汉水经襄阳》,有诗句曰:"乔木下寒叶,亭林落晓霜。山公不可遇,谁与访高阳。"

唐代诗人钱起《题吴通微主人》:"食贫无尽日,有愿几时谐。长啸秋光晚,谁知志士怀。朝烟不起灶,寒叶欲连阶。饮水仍留我,孤灯点夜斋。"

唐代边塞诗人岑参《秋思》:"那知芳岁晚,坐见寒叶堕。吾不如腐草,翻飞作萤火。"

唐代诗人刘沧《秋夕山斋即事》:"衡门无事闭苍苔,篱下萧疏野菊开。半夜秋风江色动,满山寒叶雨声来。雁飞关塞霜初落,书寄乡间人未回。独坐高窗此时节,一弹瑶瑟自成哀。"

唐代诗人张祜《夕次桐庐》:"百里清溪口,扁舟此去过。晚潮风势急,寒叶雨声多。戍出山头鼓,樵通竹里歌。不堪无酒夜,回首梦烟波。"

唐代诗人张乔《山中冬夜》:"寒叶风摇尽,空林鸟宿稀。涧冰妨鹿饮,山雪阻僧归。夜坐尘心定,长吟语力微。人间去多事,何处梦柴扉。"

唐代诗人周贺《送僧还南岳》:"辞僧下水栅,因梦岳钟声。远路独归寺,几时重到城。风高寒叶落,雨绝夜堂清。自说深居后,邻州亦不行。"

唐代诗人卢纶《秋夜同畅当宿潭上西亭》："圆月出山头，七贤林下游。梢梢寒叶坠，滟滟月波流。凫鹄共思晓，菰蒲相与秋。明当此中别，一为望汀州。"

唐代诗人卫叶《晚投南村》："客行逢日暮，原野散秋晖。南陌人初断，西林鸟尽归。暗蓬沙上转，寒叶月中飞。村落无多在，声声近捣衣。"

唐代诗人李端《晚秋旅舍寄苗员外》："争途苦不前，贫病遂连牵。向暮同行客，当秋独长年。晚花唯有菊，寒叶已无蝉。吏部逢今日，还应瓮下眠。"

北宋诗人梅尧臣《送邵不疑谪邵武》："不嗟迁谪远，所惜去非迟。国法何尝重，君恩亦已慈。飞鸿因雨急，寒叶未霜危。江上多新酿，肯帝亚竹篱。"

明代诗人张缙彦《袁石寓（袁可立之子）饷边》："泉刀三载汉仙郎，星焕天仓照海阳。关塞秋深寒叶尽，边城月落戍筹长。"

上述 13 首诗中，除了南朝、北宋和明代的三位诗人之外，其他十位都是唐朝的诗人。且，13 位诗人的诗中都带有"寒叶"二字。为什么历代历朝，特别是唐代有这么多的诗人热衷于运用"寒叶"呢？我想，这与古代特别是唐代诗人悲秋的情绪有关。这些诗人之中尽管有中唐诗人刘禹锡的《秋词》里表达出一种豪放激越的诗情："自古逢秋悲寂寥，我言秋日胜春朝。晴空一鹤排云上，便引诗情到碧霄。"但是，绝大多数诗人却是"逢秋悲寂寥"，被秋日寒叶纷纷下坠的景象惊讶，而凄然悲怆，不复豪放俊逸之洒脱了。

自古以来，伤春悲秋是我国诗词文化中传统的基调之一，而悲秋的历史则更长一些。自楚国宋玉《九辩》中"悲哉，秋之为气也！萧瑟兮草木摇落而变衰"起，古人多有悲秋之作。

这些作品大抵是因为秋日象征着人的暮年，对人生的不顺，对垂老、皓首、白发、萧条、冷落、无望等，感到无能为力，束手无策。于是，悲秋的情绪油然而生，此后，则愈演愈烈。

秋天是一个萧瑟悲凉的季节，常常让人多愁善感。俗谚说："一叶落而知秋"，当外部世界的落叶始下，人们便感到寒意肃然，冷凛陡生。因此，人们遂把落叶当成了寒叶，标志着冷季即将来临，温暖即将离去，令人心怡的艳阳天，将越来越少见了。暖洋洋的日子，不久将与人们作别了。冻飕飕的氛围，笼罩着大地，冬令的脚步越走越近了。

被人们称作寒叶的落叶，毫无忌惮地撒满了一地，枯黄的落叶盖遍了原野。人们看到了寒叶，就知道冬天不远了，人们必须为过冬做好充分地准备，不能听任寒风肆虐，横扫人间的一切。

寒叶的意思即为寒天草木的枯叶。深秋，是裹着枯黄衰败的落叶而来的，原本郁郁葱葱的绿翳早已投入了大地的怀抱，剩下的只是赤裸裸的枝干。它们任凭冷风扫荡，折磨着它们的身躯，而不能发出凄凉的呻吟，只能是痛苦的哀鸣。

寒叶最终也难逃凋零的命运，回归到大地的怀抱，作为腴田沃土的肥料。

行走在人生的道路上，人们可以笑看窗外花开花谢，叶生叶落，静观天外云卷云舒，风起风止。寒叶虽然可以离去，但是，美好的时光及它在那云中映出的最清晰的影像，将永久地烙在脑海里，不能轻易地消逝。

2022 年 12 月 8 日 10 时 30 分

# 寒砧

　　中国诗词史上，曾经有一个十分有趣而重要的意象，即砧。砧，形声字，从石，占声。砧的本义指捣衣石，引申义是古代用于斩首或腰斩的刑具，犯人伏其上以受刑。现代工业中，砧可以为底座、基础、基准之义。

　　"砧"，古代捣衣时，用以垫在衣物底下的石板。"寒"修饰"砧"，因为捣衣大多是在秋天做棉衣之前，此时，天气接近寒冷。捣衣用"杵"，"杵"是木制的棒槌。把用来做棉衣的布帛放在石砧上，用杵捣平敲软，这样做出来的棉衣柔软舒服，是谓"捣衣"。所捣之衣多为征衣，是要寄给远在边关的亲人的。

　　古代有很多文人墨客喜欢运用砧，以之表达作者的心绪。唐代著名的七言长篇歌行《春江花月夜》中，作者张若虚就直接将"捣衣石"三字用于诗中，内有诗句："玉户帘中卷不去，捣衣石上拂还来。""捣衣石"即砧。

　　略微搜索唐代大诗人杜甫诗歌中，就有三首诗用了砧字。一首是《捣衣》："亦知戍不返，秋至拭清砧。已近苦寒月，况经长别心。"第二首是《秋兴八首·其一》："玉露凋伤枫树林，巫山巫峡气萧森。江间波浪兼天涌，塞上风云接地阴。丛菊两开他日泪，孤舟一系故园心。寒衣处处催刀尺，白帝城高急暮砧。"第三首是《风疾舟中伏枕书怀三十六韵奉呈湖南亲友》，内有诗句曰："十暑岷山葛，三霜楚户砧。"这三首诗中的"清砧""暮砧""楚户砧"，以不同的前缀字词，表示砧的性状、时间和区位，说明砧的文学意蕴实在是丰富多彩，寓意别致。

砧的组词还有：砧石（捣衣石）、砧杵（捣衣石和棒槌）、砧声（捣衣声）。

砧可指切物用的砧板。如唐代国子监祭酒韩愈《元和圣德》："加以砧斧。"唐代诗人卢延让的逸句："饿猫临鼠穴，馋犬舐鱼砧。"

砧也可指砧几（砧板）、砧臼（砧板和石臼）。

砧，古代尚可指用于斩首或腰斩的刑具，凡人伏其上，以受刑。如：砧斧（砧板与斧钺，古代杀人的工具）。

砧，犹可指锻锤金属用的垫座。如：铁砧。

寒砧，余可指捣衣声。秋末冬初，各处赶制冬衣的捣衣声此起彼伏，煞是热闹。例如："九月寒砧催木叶，十年征戍忆辽阳。"当时，所捣之衣多为征衣，是要寄给远方戍边的亲人的。由此，千家万户的捣衣活计大都集中于同一个时间段进行。所以，在人口众多的村镇或居住区往往就会同时出现砧杵之声响彻一片，不绝于耳的景象。如唐代大诗人李白《子夜吴歌·秋歌》，诗曰："长安一片月，万户捣衣声。秋风吹不尽，总是玉关情。何日平胡虏，良人罢远征。"那是一种非常壮观的场景。这种景象最能引发人们思念亲人的情感。

砧，还以其捣衣声，表达感情。如唐代诗人刘沧《秋日山寺怀友人》："萧寺楼台对夕阴，淡烟疏磬散空林。风生寒渚白蘋动，霜落秋山黄叶深。云尽独看晴塞雁，月明遥听远村砧。相思不见又经岁，坐向松窗弹玉琴。"

因此，在古诗文中，经常把"寒砧""杵声""捣衣""浣纱"等这样的一些词语组合在一起，构成了一种特定的语境，用以描写思妇和征夫互相萦念或游子思乡等感情。

唐代诗人李颀《送魏万之京》："朝闻游子唱离歌，昨夜微霜初渡河。关城树色催寒砧，御苑砧声向晚多。莫见长安行乐处，空令岁月易蹉跎。"

唐代诗人孟郊《闻砧》："杜鹃声不哀，断猿啼不切。月下谁家砧，一声肠一绝。杵声不为客，客闻发自白。杵声不为衣，欲令游子悲。"

唐代诗人沈佺期《古意呈补阙乔知之》："卢家少妇郁金堂，海燕双栖玳瑁梁。九月寒砧催木叶，十年征戍忆辽阳。白狼河北音书断，丹凤城南秋夜长。谁为含愁独不见，更教明月照流黄。"

唐代官员、诗人权德舆《玉台体十二首·其十一》："昨夜裙带解，今朝蟢子飞。铅华不可弃，莫是藁砧归。"

五代南唐后主李煜《捣练子令》："深院静，小庭空，断续寒砧断续风。无奈夜长人不寐，数声和月到帘栊。"

北宋词人贺铸《捣练子五首》一曰："夜捣衣，收锦字，下鸳机，净拂床砧夜捣衣。马上少年今健否？过瓜时见雁南归。"贺铸《捣练子五首》二曰："斜月下，北风前，万杵千砧捣欲穿。不为捣衣勤不睡，破除今夜夜如年。"前一首是思妇想念征人不归，把捣衣用的砧板擦拭干净，连夜为出征的丈夫捣衣。后一首是写思妇夜间捣衣不只是因为勤快，而是因为思念征夫无法入睡，才以捣衣度宵，以免熬夜的痛苦和煎熬。贺铸还有一首《杵声齐》："砧面莹，杵声齐，捣就征衣泪墨题。寄到玉关应万里，戍人犹在玉关西。"五代词人李珣《定风波》："雁过秋空夜未央，隔窗烟月锁莲塘。往事岂堪容易想，惆怅，故人迢递在潇湘。纵有回文重叠意。谁寄？解鬟临镜泣残妆。沉水香消金鸭冷，愁永，候虫声接杵声长。"南宋婉约派词人主要代表姜夔《齐天乐·蟋蟀》下阙："西窗又吹暗雨，为谁频断续，相和砧杵。候馆迎秋，离宫吊月，别有伤心无数，幽诗漫与。笑篱落呼灯，世间儿女，写入琴丝，一声声更苦。"

元代诗人萨都拉《过广陵驿》："寒砧万户月如水，老雁一声霜满天。"

清代小说家曹雪芹《红楼梦》中"香菱吟月"："精华欲掩料应难，影自娟娟魄自寒。一片砧敲千里白，半轮鸡唱五更残。绿蓑江上秋闻笛，红袖楼头夜倚栏。博得嫦娥应借问，缘何不使永团圆。"

砧，又指农家的捣草石。如藁砧。《古乐府》："藁砧今何在，山上复有山。"

总而言之，一个砧字，蕴蓄的中国古代的社会和文学意象深邃无穷，它包含着十分丰富的内涵。我们应深入了解和正确诠释它，从而进一步深入体悟中国古典诗词文化的博大精深，渊源绵远。

2022 年 12 月 9 日 9 时 12 分

# 寒林

秋末冬初，山峦、江川、畴野等处，一簇簇的林木，一丛丛榛莽，形成了寒林。

据悉，寒林，一是指秋冬的林木。二是指梵语音译的弃尸之处。秋冬的林木，听起来，感觉尚可，不妨谛听。弃尸之处，初闻，即感异常，甚难入耳。

寒林，出自西晋文学家陆机《叹逝赋》："步寒林以悽恻，玩春翘而有思。"唐代诗佛王维《过李揖宅》，有诗句曰："客来深巷中，犬吠寒林下。"

北宋大臣、诗人范仲淹《和提邢赵学士探梅》诗之二，有诗句曰："静映寒林晚未芳，人人欲看寿阳妆。"

革命先驱瞿秋白《饿乡纪程》六："车站前一片大旷场，四围寒林萧瑟，晓霜犹凝，飕飕的西北风吹着落叶扫地作响，告诉我们已经到了北国异乡了。"

梵语音译，弃尸之处。唐代僧人玄应《一切经音义》卷七："尸陀林，正言尸多婆那，此名寒林。其林幽邃而寒，因以名也。在王舍城侧。死人多送其中。今总指弃尸之处名'尸陀林'者，取彼名之也。"

北宋画院待诏郭熙，喜画山水、寒林，画法深受五代宋初画家李成的影响。郭熙是北宋杰出的画家、绘画理论家。熙宁元年（1068）招入画院，后任翰林待诏直长。宋神宗深爱其画，曾"一殿专皆熙作"。王安石变法时，新立中书、门下两省和枢密院、玉堂等墙上的壁画，皆为其作。郭熙擅画山水、寒林，无师承，早年风格较工巧，后取法李成，画艺大进，到了晚年，落笔益壮，能自抒胸臆，炉火纯青。其画论有《林泉高致》，提出高远、深远、平远"三远法"。画山石多用"卷云"或"鬼脸"皴。画树枝如蟹爪下垂，笔势雄健，水墨明洁。李成与董源、范宽并称"北宋三大家"，李成系苏州刺史李鼎的孙子。至于，郭熙所画之寒林，笔者没有见到过原作，不知道他画的寒林究竟有什么奇特之处，并受到宋神宗的喜爱，其还被收入皇家画院，成为一代画坛大师。看来寒林作为一种绘画体裁，在郭熙的画笔之下，佳作连篇，名垂青史，受人景仰。

寒林，作为诗歌的吟诵对象，能够闪烁在文坛，辉映于千古。中国古代文人墨客尽管眼光十分挑剔，选择极其苛刻，却没有丢失这一不可或缺的内容。他们让寒林承前启后地展示出耀眼的光芒，熠熠生辉，粲粲闪亮。

寒林，在凛冽之际，尽管黄叶纷落，枝干赤裸，一幅破败萧瑟的景象，但是，还是存有一些常青的树木，翠枝绿叶，衬托出严峻酷冷之中的一丝生机，给人以丰富的联想，赋予世间青翳的颜色。那是希望之所在，那是未来之源泉。

英国浪漫主义民主诗人雪莱在《西风颂》中说："冬天到了，春天还会远吗？"这句话，给人以极大的希望和憧憬，告诉人们无论如何，都不要放弃努力，不要忘记冬天过去了，就是春天的来临。在整个自然界里，冬天是春天的前奏和序曲，有了冬天的寒冷或风雪，才会有春天的姹紫嫣红，这是不能违背的自然规律。不经过冬天的历练和洗礼，就无法见证春天的温暖，没有冬天的千里冰封、万里雪飘，怎么能够看到花开遍野，满园春色？

2022 年 12 曰 10 日 6 时 22 分

## 寒瘃

寒瘃，冻伤。《汉书·赵充国传》："离霜露疾疫瘃堕之患。"唐代经学家、训诂学家、史学家颜师古注："堕，谓因寒瘃而堕之者也。"堕，古通堕，掉下；坠落。瘃，读 zhú。寒瘃，也作冻瘃，俗称"冻疮"。

寒瘃，人的机体组织由于低温而引起损伤。轻的皮肤红肿，刺痛或发痒，重的起水泡，最重的会引起皮肤、肌肉甚至骨骼坏死。冻疮，是一种多发生在寒冷季节的常见皮肤病。由于寒冷引起的局限性淤血性皮肤炎症和损害，可导致手脚发痒，皮肤红斑、肿胀、水泡等，易发生于肢体末梢或暴露的部位，如手、耳、鼻尖等。药物治疗为主，物理治疗为辅。寒冷天，要尽量减少人的手、耳、面部的暴露，还要加强防寒保暖，保持干燥，预防冻伤。

读小学时，每年冬令，我所在班级都会有几个同学罹患冻疮，大多数发生在手部。看到这些同学的手背上，红肿胀痛，有的甚至流出了血水，却也爱莫能助，无可奈何。还有的同学，脚部也生了冻疮，痒兮兮的。我看到有的同学，难受至极，就会隔着袜子不停地搔痒。

冻疮尤其喜欢纠缠那些不爱运动的同学，他们特别容易生冻疮。多数喜爱运动的同学，就不那么容易生冻疮。因为，运动让身体血脉流通，浑身上下，暖意融融。因此，那时，老师每到课间休息，总是招呼同学出去动一动。哪怕是追逐奔跑，甚至，走一会儿也好，我们很听老师的话，总是外出，到操场上走一圈，晒一晒太阳。让和煦的阳光照耀在身上，感觉到冬季的温暖。

放学之后，我们不是在校内踢足球，荡秋千、慢跑步，就是到校外，玩"捉强盗"的游戏。那时，我们称之为"逃江山"，一人逃之夭夭，众人到处捉拿这个"强盗"，捉到后，再由这个强盗去捉其他同学装扮的强盗，继续玩"捉强盗"的游戏，弄得一身是汗。凡是，喜欢运动的孩子，很少生冻疮，手脚都是热乎乎的。只是，身上的衣衫全都脏得一塌糊涂了，满脸都是汗水，身上都是尘土。回到家里，被父母一顿臭骂，而我只是嬉皮笑脸地做个鬼脸，就算了事了。麻烦的还是慈祥的母亲，她要在大洗衣盆里，用搓衣板，哼哧哼哧地为我洗衣裳。那时没有洗衣机，全靠双手在冰冷的自来水中洗涤衣物。而我家用的自来水，都是从公共给水站取来的，依靠肩挑手拎弄回家，倒入大水缸，再慢慢地使用。并不像如今，只要水龙头一打开，自来水就哗哗啦啦地自动流出来了。而且，各家各户全都是用洗衣机洗涤，方便得很。

寒瘝，这种现象，如今几乎绝迹了。没有哪一家的孩子，还会因为寒冷而生冻疮的。还没到严酷的冬令，各家各户就早早地准备好冬装，全副武装地打扮齐整，预防被寒潮冻到。每到电视台播报西伯利亚寒潮到来，家里的大人就会为孩子们穿戴好厚实的冬衣，帽子、手套、口罩、围巾、棉鞋或绒皮鞋等御寒衣物，林林总总，都准备了一大堆，唯恐严冬的肆虐，冻伤了孩子。回到家中，只要感觉寒意。必定会打开空调，让室内温暖如春，没有任何的寒冷之感。俗话说"四季如春"，如今，已经真正成为活生生的现实，人们不再担忧冬寒夏热了。

寒瘝，可能，不少孩子从来就没有见到过，可能，有的连听也没有听说过。但是，我们小时候，冻疮却如影随形。每年的冬季，必定会有少数孩子会被冻疮缠上，那时的我们也习以为常了。

2022 年 12 月 10 日 14 时 46 分

# 寒光

寒光，必然与寒有关。寒再与光搭界，即形成了寒光。最初，我知道寒光，还是在武侠小说里看到的。书中说的是，武艺高强豪爽仗义的侠客，他们使用的刀剑会发出令人胆寒的光，并把这种光称之为寒光。

及至，阅读古代诗词多了，又知道了寒光亦指清冷的月光，如月色泠泠，清辉满地。后来，还晓得了给人以寒意的光，也可以叫作寒光。

中学读书期间，读到了课文中的南北朝时期《木兰诗》（《乐府诗集·横吹曲辞》），有诗句曰："朔气传金柝，寒光照铁衣。将军百战死，壮士十年归。"这些诗句，于我而言，记忆犹新，未曾忘怀。

据查，寒光的最早出处，来自南朝·宋诗人鲍照《拟行路难》之一，有诗句曰："红颜零落岁将暮，寒光宛转时欲沉。"

唐代大诗人白居易《在家出家》，有诗句曰："清唳数声松下鹤，寒光一点竹间灯。"

唐代诗人、大历十才子之一的卢纶《难绾刀子歌》，有诗句曰："黄金鞘里青芦叶，丽若翦成铦且翣。"铦有四种读音，xiān，锋利。kuò，无知的样子。tiàn，挑取。guā，断。翣，shà。古代仪仗中的长柄羽扇；古代殡葬车棺旁的装饰。铦且翣，我理解为锋利的长柄羽扇，可以读成 xiān 且 shà。

北宋著名词人柳永《倾杯乐（大石调）》上阕，有词句曰："金风淡荡，渐秋光老、清宵永。小院新晴天气，轻烟乍敛，皓月当轩练净。对千里寒光，念幽期阻、当残景。"

元代散曲作者李德载《早梅芳近》，有曲句曰："残腊里，早梅芳。春信报新阳。晓来枝上斗寒光。轻点寿阳妆。"

元代诗人谢宗可《萤灯》，有诗句曰："秋空雨歇寒光堕，晚径风闲冷烬多。"

明代小说家冯梦龙《东周列国志》第七五回："却说楚昭王卧于宫中，既醒，见枕畔有寒光，视之，得一宝剑。"

明代中后期小说家许仲琳《封神演义》第七五回："李靖刀寒光灿灿，韦护杵杀气腾腾。"

清代文人刘钧《杨娥传》，有文句曰："遂后其襟，飕然出一匕首，寒光射人，不可逼观。"

现代作家老舍《骆驼祥子》："月很小，散着寒光。"

现代作家茅盾《子夜》："这里那里亮晶晶闪着寒光的，是五六座高大的长方形的机器冰。"

当代作家王厚选《古城青史》第三十九回："那一双芒刺刺的小眼睛里，迸射出两道咄咄逼人的寒光，冷嗖嗖如同两柄利剑，直刺叛徒心窝。"

经过网上搜索，仅仅古代的七言诗句中，运用寒光的，就达一百七十二句，实在是不少哟。唐朝千古名相李德裕《句》，有诗句曰："寒光乍出松筱间，万籁萧萧从此发。忽闻歌管吟朔风，精魂想在幽岩中。"

唐宋八大家之一的韩愈《奉酬卢给事云夫四兄曲江荷花行见寄张十八助教》，有诗句曰："大明宫中给事归，走马来看立不正。遗我明珠九十六，寒光映骨睡骊目。"

北宋宋太宗赵光义《缘识·其十二》，有诗句曰："寒光到处鬼神愁，咆哮乾坤一片秋。"南宋名将、民族英雄韩世忠《奉诏讨范汝为过宁德西陂访阮大成》，有诗句曰："万顷琉璃到底清，寒光不动海门平。"

北宋大文豪苏东坡《送冲卿通判河中府》，有诗句曰："寒光一曲秋河转，翠领三条夕照移。"

北宋著名诗人黄庭坚《次韵伯氏谢安石塘莲花酒》，有诗句曰："寒光欲涨红螺面，烂醉从歌白鹭巾。"

这些带有寒光的诗句，正是古代诗歌艺术运用这一词汇的最好例证，说明寒光已然成为相当热门的古典文学的习用词语，传承绵远，光耀千古。

2022 年 12 月 11 日 9 时 45 分

# 寒暄

　　久不见面的老朋友，偶尔，在街头或其他场合遇到，必定会打个招呼，说上几句话，这种闲聊性质的应酬，就叫作寒暄。

　　原先，我一直以为寒暄，应为寒喧。总认为寒喧是用嘴来讲话的，真的是口字边旁的喧，殊不知，这是一种大谬。实际上，那是一种望文生义的解读，寒暄才是正确的，寒喧则是错误的。寒暄是指见面时谈起天气冷暖之类的应酬话语，彼此间聊上几句。"喧"是指大声说话。两者在意思上存在着很大的差别，由此，喧与暄的不同，就很容易区分了。

　　寒暄，出自《南唐书·卷十一冯孙廖彭列传第八》，内有文曰："金先使人伏神座下，悉闻其所祷，乃送诣金陵，时烈祖辅吴，四方豪杰多至，晟口吃，造次不能道寒暄，坐定，辞辩锋起。人多憎疾之，而烈祖独喜其文辞。"

　　寒暄，是一个汉语词语，意思是问候与应酬。寒暄也是自我推销和人际交往时与对方的最常用的表达方法，以此，使得沟通与交际的渠道变得顺畅。

　　寒暄，再指冷暖，如唐代大诗人白居易《桐花》，诗曰："地气反寒暄，天时倒生杀。草木坚强物，所禀固难夺。"

　　寒暄，又指古代一种病名。指肺部有痰热，每感风寒即发咳嗽的症状。《医学入门·咳嗽》："又有一种遇寒则咳者，谓之寒暄。乃寒包热也。解表则除，枳梗汤加麻黄、防风、杏仁、陈皮、紫苏、木通、黄岑。"近来，我的慢阻肺旧疾又复发了，整天咳痰不止。以至于痰瘀不时地阻塞喉咙间的气管，呼吸不畅，夜间睡眠也成了问题。我不知道，这种病症是不是寒暄。

寒暄，还指年岁。如南朝著名文学家、诗人徐陵《在北齐与宗室书》："自徘徊河朔，亟积寒暄。"

寒暄，另指问候的客套话，也有作"暄寒"。如《南史·蔡樽传》："及其引进，但暄寒而已，此外无复馀言。"

在人们生活、温饱问题解决后，寒暄也多起来了。比如说"您高升了吗？""您在哪里发财？""您上网了吗？"这样的寒暄话，极具亲和性和大众性，倒也没有什么。而有些寒暄，就不能简单敷衍了，你得斟酌一番字句了。譬如说对女性的寒暄吧，人家身体过于丰腴，绞尽脑汁都在设法减肥。而你一见面，就傻里吧唧地恭维人家发福了，你这不是明着侮辱和欺负人吗？所以说寒暄也还是要注意场合和对象的。

以上，都是寒暄的一些题外话。总的来说，人在初次见面时，一般都会以对方给自己留下的第一印象作为本能的判断，如果是好的印象，那么，就无形之中提升了其魅力，反之，则会让对方在心理上产生排斥。

所以，必要的寒暄是人际交往的一个十分关键的环节，大家要善于把握寒暄的时机，用良好的口才为自己的生活和工作带来更大的成功。

寒暄的基本要求，一是要自然切题；二要建立认同感；三要调谐气氛。总之，无论怎样寒暄，都要掌握好分寸，恰到好处。从人际心理学的角度看，适当的寒暄能够使双方产生一种认同心理，使一方被另一方的情意所感化，体现着人们在交际中的和睦意愿。这种亲和与需求在融洽的气氛推动下，逐渐升华和发展，从而顺利地达到交际的目的。

寒暄，看似简单的问候，或打个招呼，绝不能粗疏草率，麻痹大意。应该做一个有心人，认真地倾听对方的诉说甚至唠叨，设身处地从对方的立场考虑问题，尽量说一些让对方中听，或至少听得进去的语词。千万不要触及对方忌讳或反感的话题，避开某些敏感性的或容易造成误解的言辞，这才是寒暄时的上上策。

2022 年 12 曰 12 日 8 时 8 分

# 寒漪

寒漪，清凉的水波。出处宋代诗人雷震《村晚》："草满池塘水满陂，山衔落日浸寒漪。牧童归去横牛背，短笛无腔信口吹。"

明朝前七子之一、明代文坛四杰之一何景明《洪门》："何处问商圻，荒原寻断碑。鸡鸣深市井，雁入古城池。斜日人空吊，浮云世自移。秖馀淇上竹，绿色映寒漪。"

圻，读 qí。此字最早见于春秋时期左丘明《左传》。本义是指京畿四周千里之地，引申为天子直辖之地，亦指京城所领的地区。还可义为曲岸、水边之地等。又引申为量词，指方圆千里之地。亦可作姓氏。从本义引申为边界，读作 yín。古通垠。

秖，读 zhǐ。意思一是，谷成熟。二是，古同衹，如宋代释继昌《偈四首》："五陵公子争夸富，百衲高僧不厌贫。近来世俗多颠倒，秖重衣衫不重人。"

　　寒漪，并非专指寒冷季节的水波，也泛指所有季节的水波，无论四序之中的那一季，即是夏季，如果水波清凉，也可以称之为寒漪。有人误解寒漪仅仅为冬令的水波，那就大错特错了，这是判断上的失误。

　　我曾经在 20 世纪 60 年代末，在皖南徽州地区参加"小三线"建设，经常到厂区周边的山区野游，边走边看，踏遍青山情悠悠，赏尽绿水思绵绵。走乏了，席石而坐，将脚放进溪水之中，让那寒漪清凉一下双足。再用碧水擦一把脸，凉意顿生，浑身清净了许多。偶尔，会见到一条水蛇曲曲弯弯地游了过来，吓得赶忙抽回腿脚，爬上岸，快速地逃遁。根本来不及细看，不清楚这条水蛇的真实模样。

　　我曾经于 20 世纪 70 年代中期，在赣西南的深山老林里，看到过寒漪这样的景致。跋涉了崇山峻岭，身疲足乏，在重重叠叠的翠荫之下，呼吸着新鲜的空气，脚下便是绿色的深潭，一汪寒漪，清澈见底，荇藻浮于水面，小鱼潜游池底。遂不由自主地俯下身子，用清凉的潭水，擦拭面部和双手，那种清凉刺入皮肤的深部，不禁打了寒战，鸡皮疙瘩也生了出来。但是，那种酷暑之中的沁凉舒爽，真的是妙不可言，让人畅快至极。虽然是盛夏酷暑，难得有如此清冽的寒漪。

　　我曾经在 2015 年 9 月中旬，到过新疆的喀纳斯景区，伴着蒙蒙细雨，乘坐游船，巡航于喀纳斯湖。清澄的湖水，被船桨打起了阵阵的波浪，船头犁出的白色浪花泛向岸边。鱼儿在舷边浮游，水鸟在低空盘旋，不时掠过水波浪尖，衔出一条小鱼儿，又奋力地向上飞去。虽然天气雨雪交加，能见度越来越低，甚至，看不清十来米之远的景致。湖中，寒风飕飕，湖面，寒漪阵阵，湖畔，寒林森森。湖天，寒云低垂。

　　前些年，我经常到距家一公里之远的大宁灵石公园去散步。有时，驻足在北海之畔的白沙滩，远眺碧波泛漾的水面，游船在湖上轻轻地飘荡，好听的歌曲一阵阵地传到青枝绿叶间，快乐的儿童穿着漂亮的衣裳，忘情地奔跑追逐。还有不少青年男女，依偎在大树之下，呢喃着情话爱语，灿灿的笑容和美美的倩影，跃然于晴空白云之下。

2022 年 12 月 13 日 11 时

# 寒门

　　寒门，指寒微的门第，专指门阀势力较低的世家或家境贫寒的家庭，这些世家与家庭，也叫庶族，并非指的是贫民阶层。

　　庶族亦称"寒门""寒族"。魏晋南北朝时期，不属于士族的家族，大多为普通的中小地主。魏晋南北朝之后的隋代，由于出现了科举考试，门阀制度析懈，士族日渐衰落。

　　寒门的详细解释有五种。一是，古代传说中北方极寒冷的地方。二是，指谷口，古代地名，在今陕西省礼泉县东北。三是，寒微的门第，专指门第较低的世家，也叫庶族，后引申为贫民阶层，家境贫寒的家庭。四是，谦称自己的家。五是，江西省广昌县方言。这种方言有特殊的地位。常在"寒门"二字后边，加一个"崽"，称"寒门崽"。寒门，在广昌人交流中，本义是说对方笨，或说愚蠢。但略带诙谐意，常被亲昵的人称呼，意即"小傻瓜"等。

　　寒门，出自屈原《楚辞·远游》："舒并节以驰骛兮，逴绝垠乎寒门。"东汉著名文学家王逸注："寒门，北极之门也。"逴，读 chuō。基本释义：一是，远。二是，超越。三是，远行。

另外，在不少古代典籍中，使用了寒门一词。如《淮南子·坠形训》："北方曰北极之山，曰寒门。"东汉学者高诱注："积寒所在，故曰寒门。"

《史记·孝武本纪》："所谓寒门者，谷口也。"《汉书·郊祀志上》同样说："所谓寒门者，谷口也。"颜师古注："谷口，仲山之谷口也，汉时为县，今呼之冶谷是也。以仲山之北寒凉，故谓此谷谓寒门也。"

西晋史学家陈寿《三国志·吴志·周泰传》："（孙权）遣使者授以御盖。"东晋、刘宋时期官员、史学家裴松之注引晋虞溥《江表传》："卿吴之功臣，孤当与卿同荣辱、等休戚。幼平意快为之，勿以寒门自退也。"

唐代大诗人李白《溧阳濑水贞义女碑文》："粲粲贞女，孤生寒门。"

元代著名杂剧作家王实甫《破窑记》一："朝为田舍郎，暮登天子堂，可不道寒门生将相。"

明代文学家、小说家、套版印书家凌蒙初《二刻拍案惊奇》卷三："贤婿既非姓白，为何假称舍侄，光降寒门？"

明代小说家吴承恩《西游记》第二十回："那老者一骨鲁跳将起来，忙敛衣襟，出门还礼道：'长老，失迎。你自哪方来的？到我寒门何故？'"

清代小说家吴浚《飞龙全传》一："又道：'寒门产贵子，白户出公卿。'况大哥名门贵族，那里定得。"

清代小说家佚名《小五义》："天下各省，隐匿英雄壮士过多。古云：'寒门生贵子，白屋出公卿。'"

中国近代思想家、政治家、教育家、史学家、文学家，戊戌变法领袖之一、中国近代维新派、新法家代表人物梁启超《变法通义·论科举》："是以不考实行，专采虚望，末流所届，乃至寒门贵族，划若鸿沟。"

现代戏剧家欧阳予倩《人面桃花》第三场："博陵崔护是何人？不该题句寒门。"

古人认为，寒门出贵子，这是流传亘古的真理，放在现在也很正确。但是，某些现代人则认为寒门是很难出贵子的，其根本原因在于他们误解了寒门的意思，认为寒门即指穷苦人家。其实，寒门的本义指的不是穷人，寒门相对应的是豪门，寒门比豪门缺少的只是有着一定身份的家庭背景。所以，一般贫穷人家的子弟是不能自称是寒门的，因为，你的家庭可能还达不到寒门的基础标准。

寒门指的是以前家里出过大官，世代显赫，门第高贵，但以后几代人虽然依旧持续读书，却再也没有出过什么显宦和大官，或者家庭尽管富庶，但家里却没有官宦出身。所以，寒门说的是自己的势力赢弱，而不一定是其他所有的方面都赢弱。

唐代大诗人杜甫说的"大庇天下寒士俱欢颜"的意思，也不是让所有的穷苦百姓都有房子住。寒士俱欢颜是为了什么呢？是为了让寒士从寒门跳入豪门，也就是自己或家人通过科举考试，高中金榜。这句话估计是自己郁郁不得志，祝愿天下与自己命运相同的人都可以通过科举考试梦想成真。

一个人的家世相当好，所处的环境也比较优越。其和你一样努力，或者比你还要努力，为什么这样的人就不能成功呢？

2022 年 12 月 14 日 10 时 35 分

# 寒蝉

　　有句成语叫作"噤若寒蝉"，原义是像深秋的蝉那样一声不吭。比喻因害怕有所顾虑而不敢说话。

　　噤若寒蝉，是一则来源于历史故事的成语。这则成语的典故最早出自南朝·宋·范晔《后汉书·杜密传》。传曰："刘胜为大夫，见礼上宾，而知善不荐，闻恶无言，隐情惜己，自同寒蝉，此罪人也。"后人据此概括出成语"噤若寒蝉"。

　　而刘胜的一位同乡杜密，则为人厚道，做官清廉，刚正不阿，依法办事。他任太守等职期间，参加打击宦官集团斗争时，执法严明，对宦官子弟有恶必罚，有罪必惩。杜密退休后，仍然十分关注国事，经常去拜访颍川太守和阳城县令等地方官员，一起议论天下大事，并不断向官方举荐本地官员民众的好人好事，批评和揭发坏人坏事，被时人列为"八俊"之一，太学生称誉其为"天下良辅"。同乡刘胜等人噤若寒蝉，而杜密直言之。因与权佞抗争，杜密最终惨遭迫害，其凛然正气，光照千古，被后世视为楷模，敬仰不已。

　　在大是大非面前，一个人要明确立场，不能畏首畏尾，而应该放下包袱，敢说真话，做一个刚正不阿、直言不讳的人。杜密就是一个正面的榜样，刘胜则是一个负面的典型。

　　噤若寒蝉的运用，有着如下的案例。现代大文豪鲁迅先生《两地书》："提出反对条件的，转眼就掉过头去，噤若寒蝉。"

现代著名小说家杨沫女士《青春之歌》第二部第三十八章："他的话完了，台下有几个人拼命地高声鼓掌，而更多的人却噤若寒蝉，面面相觑。"当代一位普通读者说：自从被上司数落之后，他便噤若寒蝉，再也不敢发表意见了。

寒冷的季节，听不到蝉叫声，故，古人用"寒蝉"来比喻不说话。实际上，蝉鸣于夏秋，不久即死去。古人不察，以为蝉到寒天，仍然活着，只是不再发声了，乃以噤若寒蝉四字，形容不敢作声。

寒蝉，我最早见于胡云翼先生编注的《唐诗一百首》。篇首就是唐代骆宾王的《咏蝉》："西陆蝉声唱，南冠客思深。不堪玄鬓影，来对白头吟。露重飞难进，风多响易沉。无人信高洁，谁为表予心。"这首诗的题目又叫《在狱咏蝉》。此诗是唐代文学家骆宾王的代表诗篇，作于患难之中。作者歌咏蝉的高洁品行，以蝉比兴，以蝉表达"遭时徽纆"的哀怨悲伤之情，表达了辨明无辜、昭雪沉冤的愿望。当时，因为阅历不够，我无法理解骆宾王诗的真正含义，只当作他对人生遭际的一种不平和悲鸣，他以蝉来比喻自己的冤情，希冀案件得到纠正并恢复自己名誉，但是，却冤沉大海，杳无音信。徽，《尔雅》释诂曰，善也。止也。《诗经·大雅》笺云，美也。自逼束之义之引申也。一曰三纠绳也。三纠，谓三合而纠之也。纠，三合绳。易，系用徽纆。徽，读 huī。纆，读 mò，意思为捆绑罪犯的绳索。

后来，阅读胡云翼先生编注的《唐宋词一百首》，内有柳永的《雨霖铃·寒蝉凄切》，词曰："寒蝉凄切，对长亭晚，骤雨初歇。都门帐饮无绪，留恋处，兰州催发。执手相看泪眼，竟无语凝噎。念去去，千里烟波，暮霭沉沉楚天阔。多情自古伤别离，更那堪，冷落清秋节。今宵酒醒何处？杨柳岸，晓风残月。此去经年，应是良辰好景虚设。便纵有千种风情，更与何人说？"当时读后觉着"今宵酒醒何处？杨柳岸，晓风残月"这一句甚好，便记住了。此词为抒写离情别绪的千古名篇，也是柳词和有宋一代婉约词的杰出代表。词中，作者将他离开汴京与情人惜别时的真情实感表达得缠绵悱恻，凄婉动人。词的上阕写临别时的情景，下阕主要写别后情景。全词起伏跌宕，声情双绘，是宋元时期流行的"宋金十大曲"之一。

这首词作对我的影响很大，我以后喜欢词学，这也是一个很重要的原因。故此，大学毕业即以"略论稼轩词的艺术风格"作为论文的题目。读书期间，还专门购买了唐圭璋先生主编的《全宋词》全十册。

2022 年 12 月 14 日 20 时

# 寒蛩

写了寒蝉，自然而然地想到了写寒蛩。蛩是文言文的称呼，民间俗称蟋蟀，我们小时候，叫作赚绩，也有人叫它为财积。寒蛩，则是将临近严寒之际的蛩，称之为寒蛩。

再好的蟋蟀，饲养到秋末冬初，任凭主人再怎么精心护理，百般爱惜，却也无法让其越冬，活到来年。当初，我与小伙伴们曾经千方百计，想方设法，不知道动了多少脑筋，却始终没有成功过。

对蟋蟀怀有独特的爱好，自小就喜欢捉赚绩，养财积，斗蟋蟀，家居周边的小伙伴也是蟋蟀的爱好者。我写作的第一部长篇小说就是《赚绩王》，15 万余字，仅一个月，一气呵成了。

在初中读书期间，二年级上学期的语文课本中，第四篇课文即为《木兰诗》，诗中开篇即为："唧唧复唧唧，木兰当户织。不闻机杼声，唯闻女叹息。""唧唧复唧唧"说的就是蟋蟀的叫声，古时，蟋蟀也称促织。三国西晋时期文学家陆机《毛诗疏义》，谓蟋蟀："幽州人谓之促织，督促之言也。里语曰：趣织（即促织），懒妇惊。"

寒蛩，意思是深秋的蟋蟀。出自唐代诗人韦应物《拟古诗》之六："寒蛩悲洞房，好鸟无遗音。"

古人还有不少诗歌作品运用了寒蛩，以之表示心中的思绪。如唐代宰相、诗人李绅《过梅里七首家于无锡四十载今敝庐数堵……于后·上家山》："草色绿萋萋，寒蛩遍草啼。噪鸦啼树远，行雁帖云齐。"

唐代诗人李中《秋雨》："曲涧泉承去，危檐燕带归。寒蛩悲旅壁，乱藓滑渔矶。"

唐代诗人张籍《冬夕》："寒蛩独罢织，湘雁犹能鸣。月色当窗入，乡心半夜生。不成高枕梦，复作绕阶行。回收嗟淹泊，城头北斗横。"

唐代诗人皮日休《秋晚留题鲁望郊居二首》："竹树冷溪落，入门神已清。寒蛩傍枕响，秋菜上墙生。"

元代戏剧家关汉卿《谢天香》第一折："寒蛩秋夜忙催织，戴胜春深苦劝耕。"

清代戏剧家洪升《长生殿·雨梦》："单则听飒刺刺风摇树摇，啾唧唧四壁寒蛩，絮一片愁苗，怨苗。"

晚清外交家、政治家、教育家黄遵宪《入境庐杂诗》之六："露湿寒蛩寂，枝摇暗鹊惊。幢幢灯影暗，独坐到微明。"

当代昵称南宫雨轩的民间诗人写有一首诗作："昨夜谁人听箫声，寒蛩孤蝉不住鸣，泥壶茶冷月无华，偏向梦里踏歌行。"

可能，不少读者曾经读到过抗金民族英雄岳飞的《满江红》，为这首词作的豪放盖世而欣羡和倾倒。但是，岳飞还写过另一首词作《小重山》，词曰："昨夜寒蛩不住鸣。惊回千里梦，已三更。起来独自绕阶行。人悄悄，帘外月胧明。白首为功名。旧山松竹老，阻归程。欲将心事付瑶琴。知音少，弦断有谁听？"这首词中，起首就用了寒蛩。这是许多岳飞的崇拜者无论如何都想不到的，这么伟大忠毅的著名英雄会写出如此低沉凄清的词作。但是，这就是作为普通人物哪怕是英雄豪杰的实实在在的本原，无论其是否曾经是多么英勇。

以前，读过现代诗人流沙河的诗歌《就是那一只蟋蟀》，很喜欢其中的意境，其中有这样的句子："就是那一只蟋蟀 / 钢翅响拍着金风 / 一跳跳过了海峡 / 从台北上空悄悄降落 / 落在你的院子里 / 夜夜唱歌"。说明蟋蟀是历代诗词中非常经典的意象，它非常能代表中国人表达的情感特色。

如今，天气早已入冬，不久将到冬至日。寒蛩，早已不见了踪影，也已听不到它的鸣叫了。但是，寒蛩的模样和它的响亮叫声，依旧萦绕在我的心间，直到明年蟋蟀和它的鸣叫声再次出现。期待中。

2022 年 12 月 15 日 16 时 45 分

## 寒窑

陕西省西安市有一处寒窑遗址公园，位于西安市南郊的曲江池东隅，古时候被称为"五典坡"。戏剧《五典坡》即以此为名。相传唐懿宗时期，宰相王允的三女儿王宝钏，不顾父母的劝阻，嫁给了贫穷的薛平贵，遂被父母赶出了家门。

　　不久，边关告急，薛平贵入伍，奔赴西凉参战。王宝钏独自居住在长安城南郊五典坡旁边的一个小土窑洞内，这个土窑洞被称为"寒窑"。她拒绝父母家里的帮助，靠挖野菜度日，苦守寒窑十八年。后来，薛平贵凯旋，将王宝钏接入将军府邸，夫妻团聚。

　　如今，走进寒窑遗址景区，绝大多数都是现代的建筑。毕竟，这段爱情传说，是不会留下什么真实遗址的。人们穿过大量的现代建筑，进入景区的中心区域，在南侧的半山坡上，有几个内部相互连接的窑洞，那里就是传说中的"寒窑"了。虽然，王宝钏与薛平贵的故事发生在唐代，但是，现存的寒窑遗址却修建于清朝后期。

　　走进"寒窑"之中，里面光线昏暗，按照当年的情景，复原出卧室、客厅和厨房等，还摆放着一些文物的复制品。通过狭窄的通道，在一座又一座的窑洞内穿行，仿佛置身于抗战时期的地道。

　　在东侧窑洞的出口处，有一尊"杨老太太"塑像，她是谁呢？1934年，杨虎城将军的母亲孙一莲经过这里，见寒窑一片凄凉，便捐资进行重修。春天动工，冬天结束，还新建了团圆阁和贞烈殿等。

　　在寒窑的下方，还有一片菜地。据说，当年，周围的野菜被王宝钏都挖完了，于是，饥寒交迫的她便在窑洞旁边，开了一垄菜地，亲自除草、施肥、浇水。正所谓"一垄一畦春来染，菜色青黄接饥寒"。

　　由于，这一遗址没有多少历史的依据，也没有多少文化的遗存，所以，曲江寒窑遗址一直没有被列入任何级别的文物保护单位。2012年，"寒窑"故事被公布为陕西省非物质文化遗产代表项目，曲江寒窑遗址无疑便成为这段"寒窑"故事的重要载体，才逐渐引起了各界的重视。

　　小的时候，我经常会钻进演唱江淮戏的大棚，或溜进露天观众堆里，有滋有味地观看各种曲目，其中，印象颇深的就是"探寒窑"，内容便是王宝钏和薛平贵夫妻恩爱的故事。还有一则就是"铡美案"，说的是忘恩负义、抛妻弃子的陈世美，一朝中举，被宋仁宗招为驸马，就忘记了家中的妻子。秦香莲携子进京寻夫，但陈世美不肯与其相认，并派韩琦半夜追杀。韩琦不忍下手，只好自尽以求义。秦香莲反被误认为凶手入狱。在陈世美的授意下，秦香莲被发配边疆，半途官差奉命杀她，幸好为侠义的展昭所救。后来，秦香莲被包公所救，陈世美被包公所斩，以后，这则故事演变为《铡美案》《包公案》和《三侠五义》。

　　这两则戏剧故事，我看了不知道有多少回。我的上海安装工程有限公司的老同事梁克新的母亲，就是在大棚或街头演唱江淮戏的草台班子演员，我时常去场子里，津津有味地观看梁母的演出，至今，仍然没有忘记当时演出的场景。

　　淮剧《探寒窑》撷自传统戏《红鬃烈马》中一折。剧本整理顾鲁竹、马仲怡。导演吕君樵，作曲潘凤岭，主演马秀英、徐桂芳。1959年，上海淮剧团首演于长江剧场。该剧人物塑造精雕细琢，颇受观众与行家赞赏，经常演出，上座不衰。该剧系上海淮剧团的保留剧目之一。

　　然而，于今，上海的江淮戏已经式微了，没有多少人，特别是年轻人再观看这一剧种了，江淮戏处于濒临失传的境地。我的大学同学韩明华的家族就是上海江淮戏著名的韩家班，他的家族演出的江淮戏，我在小时候，看过多次。曾经仗着人小个矮，经常混入韩家班的演出地点，免费旁听和观看江淮戏的演出，其中，就包括《探寒窑》和《铡美案》两出。

　　我的家乡江苏省宿迁市沭阳县属于淮海地区，演出的是淮海戏，与江淮戏略有差别。但是，内容和曲目大同小异。因此，一旦演出江淮戏，我也会偷偷地混进剧场，站着看上一会儿，有时被巡查人员捉牢，不得不乖乖地离场。然后，再想方设法钻进剧场，看那免费的江淮戏，乐此不疲，津津有味哉。

原先位于中兴路近孔家木桥路口的中兴剧场，是专门演出江淮戏的剧场，现在已经不复存在了。由于建造新客站北广场，全部拆毁了，也没有再次重建，上海三百多万苏北人喜欢的江淮戏剧场就此谢幕了。

1984 年江苏省阜宁淮剧团梁伟平和梁仲平兄弟调入上海淮剧团，师承筱文艳、杨占魁、岳美缇（昆剧），演出了不少脍炙人口的剧目，为上海的江淮戏复兴起到了很大的推进作用。但是，由于总体上戏剧市场的不景气，江淮戏也不复以往的盛况。

出于弘扬和传承中华非物质文化遗产的需要，江淮戏还是应该保存其优秀的传统，以占有戏剧艺术舞台的一席之地。

2022 年 12 月 16 日 10 时 40 分

# 寒吟

自古以来，中国就是一个诗歌的国度，具有悠久的吟诗传统。吟诗是从《诗经》起始的，《诗经》是中国古代最早的一部诗歌总集，共计收集了西周初年至春秋中叶（公元前 11 世纪至公元前 6 世纪）的诗歌，计 311 篇，其中 6 篇为笙诗，即只有标题，没有内容，称为笙诗六篇（《南陔》《白华》《华黍》《由庚》《崇丘》《由仪》），反映了周初至周晚期约五百年间的社会面貌。《诗经》开启了中国吟诗的历史，延续了三千多年。

自古即今，无数的诗人纷纷登上诗坛，创作出汗牛充栋的诗歌。仅仅《全唐诗》就收录诗人 2200 余人，收有诗作四万八千九百余首。《全宋词》就收录词人 1330 余人，收有词作两万多首。《全元曲》12 卷本，就收有元代七百余万字的全部杂剧和散曲作品，集录元代 287 位曲作家和诸佚名曲作者现存的所有作品。这些中国诗歌的瑰宝：唐诗、宋词、元曲以及其他各种体裁的诗歌作品，光耀千古，辉映日月。

吟诗，为诗人创作的一种独特的方式，其意之一即谓作诗。北宋文学家、诗人孔平仲《孔氏谈苑·苏轼以吟诗下吏》："苏轼以吟诗有讥讪，言事官章疏狎上，朝廷下御史台差官追取。"清代诗人杜濬《一杯叹》，诗曰："坐使吟诗作赋兴索然，眼见斯文从此废。"

吟诗，其意之二即谓吟诵诗歌。现代著名作家茅盾《子夜》："吟诗的杜新锋也看见了，放下筷子，站起来招呼。"现代著名作家巴金《雪》第一章："原来他们斜对面座位上的一个有八字胡的中年人正在摇头摆脑地吟诗。"

寒吟，也即苦吟。说的是，作诗绞尽脑汁，煞费苦心。唐代诗人贾岛就有着苦吟诗人之称。苦吟派诗人为了一句诗或是诗中的一个字词，不惜费尽工夫，耗竭心血。贾岛曾用几年时间做成了一首诗。诗成之后，他热泪盈眶，不仅仅是高兴，也是心疼自己。当然，他并不是每一首诗都这么费劲儿，如果那样，他就成不了诗人了。有一次，贾岛骑驴闯了官道。他正在琢磨着一句诗，名叫《题李凝幽居》，诗曰："闲居少邻并，草径入荒园。鸟宿池边树，僧敲月下门。过桥分野色，移石动云根。暂去还来此，幽期不负言。"但他有一处拿不定主意，那就是第二句中的"鸟宿池边树，僧敲月下门"的"敲"。他觉着"敲"似乎不太合适，不如"推"好。究竟用"推"还是用"敲"，贾岛犹豫不决。于是，用手一边做着"推"的姿势，一边做着"敲"

的姿势，不停比画，反复斟酌，不知不觉地，就骑着毛驴闯进了大官韩愈的仪仗队中。韩愈问贾岛为什么闯进自己的仪仗队。贾岛就把自己作的那首诗念给韩愈听，把其中一句拿不定主意，是用"推"好还是用"敲"好的事说了一遍。韩愈听了，对贾岛说："我看还是用'敲'好，即使是在夜深人静，拜访友人，还敲门，代表你是一个有礼貌的人。而且一个'敲'字，使夜静更深之时，多了几分声响。再说，读起来也响亮些。"贾岛听了连连点头称赞。两个人并排骑着自己的坐骑到了韩愈的家，后来，二人还成了很要好的朋友。从此，推敲也就成为常用词，用来比喻做文章或做事时，反复琢磨，再三斟酌。

寒吟，是谓凄厉的鸣叫，也是谓于清冷环境中的长吟。最早出处于东晋潘岳《秋兴赋》"蝉嘒嘒而寒吟兮，鹰飘飘而南飞。"唐代诗人方干《题桐庐谢逸人江居》："湖边倚杖寒吟苦，石上横琴夜醉多。"唐代诗人卢延让《苦吟》："吟安一个字，捻断数茎须。"这些诗句都充分说明古代诗人要创作优秀的诗歌文赋作品，确实需要寒吟，或苦吟，否则，是不能成功的。

2022 年 12 月 17 日 9 时 10 分

# 寒潮

北方刮来的西伯利亚第二波超强冷空气南下，已经降临江南的上海，气温骤降，本市双休日将进入"速冻室"。昨天上午冷空气开始影响本市，白天的天气还算稳定，天阴，有短时小雨，但到了夜里，雨势变得明显，刺骨的寒风裹挟着寒雨，顿感湿冷。局部地区还出现了短时小雨夹雪。这波强冷空气势头正强，降温效应明显，还可能出现低温冰冻天气。今天最低温度达到 0℃，明天最低温度将达 –4℃。

我们通常把北方来的冷空气，叫作寒潮。小时候，一旦预报寒潮到来，就标志着天气冷了，要添衣保暖，防止受冻。我家所谓的保暖措施，就是再增加一件厚衣，或是绒线衫，或是卫生衣，有时，仅仅是一件衬衣或外衣而已。脚上仍然还是一双胶鞋，没有棉鞋可穿。冻得瑟瑟发抖。课间，双脚不停地踩踏水泥地坪，课余，则拼命地奔跑或者跳跃，以此取暖。

对于冬季，特别是寒潮，我一向没有什么好感，那时，家中和学校都没有空调取暖，任凭寒潮无情地肆虐，那种滋味确实不好受，但是，又没有什么好办法，所有的同学都是一样的境遇。冬季，上海的极端气温并不很冷，在我记忆里，20 世纪的 60 年代末迄今，最冷没有低过 –8℃。达到 –8℃ 的气温，大约有过两次，一次，是在 1968 年的冬季，我到位于桃浦地区的染化八厂参加施工，天寒地冻，冷得够呛。另一次，是 20 世纪 80 年代中叶，上海下了一场大雪，连水管都被冻裂了，清水结成的冰柱、冰凌垂挂在水管上。除了这两次，此后，我没有记得上海有比这两次更加冷酷的天气了。

但是，上海的冬天湿冷，又湿又冷，刺入骨髓，很多北方人都受不了上海的冬天，还是要穿羽绒服或保暖大衣的。到了现今，这种情形已经不复存在了，家家户户都有空调，随时打开，保温取暖。各个单位机构也有中央空调，或者室内空调，一旦打开，整个房间温暖如春，非常暖和。现在，没有再听到北方的来客抱怨上海的室内湿冷了，因为，空调改变了这一切。尽管，室外依然还是冷风飕飕，寒意袭人，但是，多穿点衣物，就能地抵挡住寒潮的侵袭，不再大肆护手护脚一番了。

现在，感觉上海地区的冬天已经不再冷了，好像真正的冬天并没有多少天，即使到了 12 月，天气仍然还是相当温和的。到今日为止，我还没有穿过羽绒服呢！平时穿着棉袄就可过冬了。但是，我确实感觉到厄尔尼诺现象的厉害，整个地球的温度都在上升，海平面在上涨，连南北极的冰层也在加速融化，打破了该地区历史上的最高温度的纪录，这并不是一件好事，是令人担忧的事情。

以往都说中国的大部分地区四季分明，冷暖适宜。如今，春冬季缩短了，秋季如常，夏季时间却更长了。每年的夏季，我感到特别长，而且，极端温度高达 40℃，叫我这样的 73 岁老人的身心也感到非常难受。每每到了高温时节，我就不会外出了，躲在家里消夏，防暑降温，以免中暑。即使一直心仪的琪琪面馆的面食，我也只能忍痛割爱了。直到温度适宜时，我才前往该店品尝。昨天午餐之后，琪琪面馆已经宣告歇业了，要到明年春节之后的某个时间段才会开业。时长一个多月，远远超出往年歇业半个月的时间。因为，疫情几乎冲击了所有的企业，特别是餐饮业波及最大，琪琪面馆的蒋玉娣经理自诉，没有了客源，无法再经营下去了，故提前歇业。我听了之后，非常同情，但也感到无可奈何，爱莫能助。希望，来年，春暖花开，姹紫嫣红。

2022 年 12 月 17 日 17 时 15 分

# 寒菊

宋末元初诗人郑思肖写有一首《寒菊》，诗曰："花开不并百花丛，独立疏篱趣未穷。宁可枝头报香死，何曾吹落北风中。"

　　"花开不并百花丛，独立疏篱趣未穷。"这两句诗，是人们对菊花的共识。菊花不与百花同时开放，它是花中不随俗不媚时的高士。

　　"宁可枝头报香死，何曾吹落北风中。"这两句进一步描写了菊花宁愿枯死枝头，也决不愿被北风吹落的高洁之志，作者竭尽笔墨描绘了傲骨凌霜、孤傲绝俗的菊花，实际上，也表示了自己坚守节操、宁死不肯向元朝投降的决心。这是郑孝思独特的感悟，是他不屈不移、忠于故国的誓言。

　　这首咏物诗，以寒菊象征忠于故国，决不向新朝俯首的凛然气节。诗中句句扣紧寒菊的自然物性来写，妙在这些花卉的性状又处处关合、暗示出诗人的情怀。"报香"，喻指自己高洁的民族情操，"北风"为双关语，暗指北方来的蒙古统治者。全诗写得壮烈激昂，掷地有声。

　　郑思肖是南宋末年的一位爱国诗人，南宋灭亡之后，作者便一直隐居在苏州一个和尚庙里，终身不仕，连坐着、躺着都朝向南方，表示不忘宋朝，这首诗是作者在南宋灭亡以后所写。

　　宋代诗人对菊花枯死枝头的咏叹，已成不解的情结，这当然与南宋偏安一隅的隐痛有关。南宋大诗人陆游在《枯菊》中，有"空余残蕊抱枝干"的诗句，南宋女诗人朱淑贞在《黄花》中，有"宁可抱香枝上老，不随黄叶舞秋风"的诗句。但从形象审美的完整程度和政治指向的分明来看，都略逊郑思肖的这两句诗。

　　"枝头抱香死"比"抱香枝上老"，更为痛切悲壮，且语气磅礴、誓无反顾。"何曾吹落北风中"和"不随黄叶舞秋风"相较，前者质询，语气坚定；后者陈述，一个"舞"字，略带些许佻达的情调，与主题稍显游离。更为重要的是，前者点出了"北风"，明白无误地指向了兴起北风的蒙古游牧民族，反抗之情，跃然纸上。

当然，陆游、朱淑贞的诗都是好诗，但三者并列，郑思肖这两句诗的忧愤和悲壮，则更为深广和幽远，用于表达"民族气节、忠贞爱国"时，显得分外贴切。

无独有偶，北宋大文豪苏东坡此前也曾经写过一首《寒菊》，诗曰："轻肌弱骨散幽葩，真是青裙两髻丫。便有佳名配黄菊，应缘霜后苦无花。"

菊花，为多年生草本植物，是经过长期人工培育的名贵观赏花卉。一般开于深秋初冬时节，故曰寒菊。菊花，是中国十大名花之一，也是世界四大切花（菊花、月季、康乃馨、唐菖蒲）之一，产量居首。因为菊花具有挺霜傲雪的品格，才有东晋隐逸田园诗人陶渊明的"采菊东篱下，悠然见南山"的名句。中国人素有重阳节赏菊和饮菊花酒的习俗。唐代田园诗人孟浩然《过故人庄》，有诗句曰："待到重阳日，还来就菊花。"在古代神话传说中，菊花还被赋予了吉祥、长寿的含义。

菊花的原产地为中国。公元 8 世纪前后，作为观赏的菊花由中国传至日本。17 世纪末叶，荷兰商人将中国的菊花引入欧洲，18 世纪传入法国，19 世纪中期，引入北美。此后，中国菊花遍及全球。

菊花代表了人类的许多感情，真挚的友谊、纯洁的爱情、崇高的信仰。菊花体现了人类的许多精神，坚韧不拔、傲然不屈、神圣贞洁。

古往今来，有四种植物以它们各自的特点和格调，引来无数文人墨客的竞相赞赏，被中国人称之为"植物四君子"，它们分别是：梅、兰、竹、菊。菊，虽然忝列末尾，但其内含的精神和品格，绝对难说其为最次。

2022 年 12 月 18 日 9 时 20 分

# 寒梅

自古以来，寒梅就是诗人常用的名句，如唐代诗佛王维《杂诗三首·其二》："来日绮窗前，寒梅著花未？"再如唐代诗人张谓《早梅》："一树寒梅白玉条，迥临林村傍溪桥。"又如唐代诗人李商隐《忆梅》："寒梅最堪恨，常作去年花。"还如北宋女词人李清照《渔家傲·雪里已知春信至》："雪里已知春信至，寒梅点缀琼枝腻。"

北宋诗人王安石《梅花》："墙角数枝梅，凌寒独自开。遥知不是雪，为有暗香来。"说的是，那墙角的几枝梅花，冒着严寒独自盛开，为什么远望就知道洁白的梅花不是雪呢？因为梅花隐隐传来阵阵的香气。《梅花》是王安石创作的一首五言绝句。这首诗前两句写墙角梅花，不惧严寒，傲然独放。后两句写梅花的幽香，以梅拟人，凌寒开放，象征品格高贵。同时，也是以梅花的坚强和高洁的品格，喻示那些像诗人一样，处于艰难环境之中，依然能够坚持操守、主张正义的志士仁人。

寒梅，挺霜傲雪，象征着高洁之士。它也与松、竹合称岁寒三友。

寒梅还象征着快乐、幸福、长寿、顺利、和平。它既没有牡丹仪态万千的雍容华贵，也没有玫瑰浪漫温柔的艳丽芬芳。梅花的美，不是一朵一枝，而在一群一丛，它在盛开时，一团一簇，给人温暖热烈的感觉。

深冬初春时节赏梅，会有一种热烈的气氛，让人感觉不到深冬初春的冷峭。它那不畏严寒，经霜傲雪、冰肌玉骨、凌寒留香的独特个性，体现的是民族的精神，一直为世人所敬重。

寒梅，是"植物四君子"之首，中华民族最有骨气的花，是民族魂的代表。梅的傲骨精魄激励着一代又一代的中国人不畏艰险，奋勇前进，百折不挠。

梅花，通常在冬春季节开放，与兰、竹、菊一起并列为四君子，也与松、竹一起被称为岁寒三友。中华文化素有"春兰、夏荷、秋菊、冬梅"之谓，梅花凭着耐寒的特性，成为冬季的代表花卉。

南宋大诗人陆游曾经写有一首词作《卜算子·咏梅》，词曰："驿外断桥边，寂寞开无主。已是黄昏独自愁，更著风和雨。无意苦争春，一任群芳妒。零落成泥碾作尘，只有香如故。"毛泽东同志也有一首《卜算子·咏梅》，词曰："风雨送春归，飞雪迎春到。已是悬崖百丈冰，犹有花枝俏。俏也不争春，只把春来报。待到山花烂漫时，她在丛中笑。"

梅花，为什么人们会将其称之为寒梅，这是因为梅花通常是在深冬初春时节开放，其时，北风呼啸，冰封地冻。尽管野外飞雪飘飘，寒梅依然怒放，表现出不同凡响的姿态。与其他只在春夏秋三季开放的各种花卉相比，寒梅更具有挺霜傲雪的精神品格，为世人所称赞和敬仰。

著名台湾歌手费玉清曾经演唱过一首《一剪梅》，词作者为娃娃，曲作者为陈彼得。歌词大意是："真情像草原广阔，层层风雨不能阻隔。总有云开日出时候，万丈阳光照耀你我。真情像梅花开过，冷冷冰雪不能淹没。就在最冷枝头绽放，看见春天走向你我。雪花飘飘，北风萧萧，天地一片苍茫。一剪寒梅傲立雪中，只为伊人飘香。爱我所爱，无怨无悔，此情长流心间。"这里的一剪梅，就是寒梅，这首歌曲将寒梅演绎得情深意长，缠绵动听，使得这首歌曲与寒梅长留人们的心间。

2022 年 12 月 19 日 10 时 55 分

# 寒松

    1988 年 10 月 7 日，我所在的单位曾经组团赴东北三省学习取经。出发时，上海天气温暖，身上还穿着白衬衫。乘坐飞机到达黑龙江省哈尔滨市时，室外已经下雪了，地面上凝结了冰块。北风呼啸，冷意袭人。赶紧换装棉大衣，以抵御天寒地冻。

    在哈尔滨时，游览松花江上的太阳岛，只见岛上松树青青，江面绿水涟涟，好一派北国风光。再游辽宁省本溪水洞，一路上，漫山遍野的松树翠色绵绵，点缀得东北大平原上一片郁郁葱葱，不复凋零肃杀的场景。

    松树，寓意坚强、优雅及长寿。松树，象征坚贞。松枝傲骨峥嵘，松干庄重肃穆，且四季常青，历严寒而不凋。

    松树，是松科、松属植物。世界上的松树种类有八十多种，多数是我国植树造林的主要树种。松树为轮状分枝，节间长，小枝比较细弱平直，或略向下弯曲，针叶细长成束。其树冠看起来蓬松不紧凑，"松"字正是其树冠特征的形象写照。所以，"松"就是喻指树冠蓬松的一类树。松树坚固，寿命十分长。松属植物中的多数种类是高大挺拔的乔木，材质好，不乏栋梁之材，中国东北的出产的"木材之王"——红松、北美西部广为分布的高大树种（高达 75 米）——西黄松、原产于美国和加州沿海生长速度最快的松树——辐射松、原产于美国东南部的湿地松、美洲加勒比海地区原产的加勒比松、广布于欧亚大陆西部和北部的欧洲赤松，等等，都是著名的用材树种。

寒松，即处于寒冬不凋的松树，常用来比喻坚贞的节操。松树傲霜挺雪，虬干凌云，毅然屹立。寒冬里的松树高大挺拔、傲岸耸立，显示出忠贞不二、不畏严寒、威武不屈、富有担当的气节。

在中国，松与竹、梅一起，素有"岁寒三友"之称。文艺作品中，常以松柏象征坚贞不屈的英雄气概。松树代表着坚韧勇敢，不怕困难的精神。独立、正直、朴素、笑傲严寒、四季常青，是一个真正的强者。

寒松，出自《三国志·吴志·陆绩传》："陆绩，字公纪。"裴松之注引《姚信集》："王蠋建寒松之节而齐王表其闾，义姑立殊绝之操而鲁侯高其门。"

东晋田园隐逸诗人陶渊明《四时》："春水满四泽，夏云多奇峰。秋月扬明辉，冬岭秀寒松。"

南北朝《齐梁体诗传》，诗人沈约创作了一首咏物五言绝句诗《寒松》，诗曰："梢耸振寒声，青葱标暮色。疏叶望岭齐，乔干临云直。"此诗写松树傲寒屹立，虬干挺直，给人留下了深刻的印象。全诗运用白描手法表现了沈约对崇高人性的追求。

唐代房玄龄等21人著述《晋书·庾阐传》："伟哉兰生而芳，玉产而洁，阳葩熙冰，寒松负雪。"

唐代文人李绅笔下的寒松："流俗不顾，匠人未识。无地势以炫容，有天机而作色。徒观其贞枝肃蠹，直干芊眠，倚层峦则捎云蔽景，据幽涧则蓄雾藏烟。"

唐代大诗人杜甫《哭王彭州抢》，诗曰："翠石俄双表，寒松竟后凋。"

唐代诗人韦应物《秋夜寄邱员外》："怀君属秋夜，散步咏凉天。山空松子落，幽人应未眠。"

唐代诗人刘威七言律诗《欧阳示新诗因贻四韵》，诗曰："冲戞瑶琼得至音，数篇清越应南金。都由苦思无休日，已证前贤不到心。风入寒松声自古，水归沧海意皆深。欲知字字惊神鬼，一气秋时试夜吟。"

明代诗人马銮《聂隐娘》，诗曰："雄心到底愧寒松，何必藏名峰外峰。"

这些诗人的作品中，不约而同地都应用了寒松一词，表达出诗人的正直坚强、洁身自好的操守，显示了诗人刚正不阿、威武不屈的品格。这是今人阅读时，应该特别注意之处。

2022 年 12 月 20 日 10 时 30 分

# 寒鸣

在严寒的冬季，依然能够听到各种鸣响，既有寒声，也有寒音。虽然，于今，声和音，基本上合并通用了，但是，它们之间还是有着细微的区别，不可不察也。

声，是汉语一级通用规范汉字（常用字）。此字始见于商代甲骨文，其古字形由"殸"（磬的古字），与"口耳"（口耳合并这一字查不到，实为听的古字）构成，本义指敲击悬磬发出的声音，后泛指各种声音。转作动词，引申为发声、宣布。"声"又指名气、声誉等。"声"作量词时，表示声音发出的次数。"声"由声音引申指汉语语音学中的术语：如声母、声调、声旁。

"声"的本义即声音。用现代科学的定义解释就是"由物体振动而发生的声波通过听觉所产生的印象。"一切物体发出的声响都可以称作"声"，如动物的鸣叫、人发出的音响和自然界的天籁之声等。

一个人如果行为出众，举止文明，大家经常提到他，还能时时听到他的名字，于是，就有了"声誉""声望""声震四海"等说法。名声兼具褒贬，名声好可以说"声名显赫"；知名度迅速提高，可以说成"声名鹊起"；名声极差，则可以说成"声名狼藉"。

"声"又引申专指人的语言，因为语言是声音和意义的统一体。

至于"音"，也是汉语常用字，字形始见于春秋时期的金文。音的本义是声音，引申为消息，如音信、佳音。再可引申为音节。又指音乐。另有一说，"音"本为音乐，后泛指一般的声音。金文和小篆描画的都是一个"言"字，在口中加了一点指事符号，表示声音就是从口中发出的。这种声音可以是语音，也是乐音。"口"中或加短横，或加短竖，或加小圆圈，形虽不同，但作用一致。"音"与"言"在意义上是有联系的。发"言"为声，声成文谓之"音"。"音"的基本意义古今一贯，楷书是对小篆的楷化，仍然保持了这个形状。也有人认为"音"是个象形字，模拟倒置的木铎及舌。振动木铎可以发音。从这个意思看，"音"的本义也是声音。

《说文解字》注卷三上（音部）："声生于心有节于外谓之音。"再曰："宫、商、角、徵、羽，声也。"又曰："丝、竹、金、石、匏、土、革、木，音也。从言含一。"

而鸣的释义，一泛指禽兽昆虫叫；二泛指发出声响；三指表达、发表；四指著名、闻名。本文题目为《寒鸣》，意思是，寒冷时节，自然界发出的声响。其他三种释义，并非本文的基本内涵。

查阅典籍，释义寒鸣为悲鸣。寒鸣出自北魏郦道元《水经注·湿馀水》："晓禽暮兽，寒鸣相和，羁官游子，聆之者莫不伤思矣。"寒鸣，还见之南朝梁江淹《别赋》："棹容与而讵前，马寒鸣而不息。"

唐代文学家徐夤《蝉》："寒鸣宁与众虫同，翼鬓緌冠岂道穷。壳蜕已从今日化，声愁何似去年中。朝催篱菊花开露，暮促庭槐叶坠风。从此最能惊赋客，计居何处转飞蓬。"

宋代诗人陈在山《晓色》："荒鸡递寒鸣，寥廓弄清曙。初阳未离海，薄云尚笼树。沙明宿鹭惊，巷白行人语。瓦瓶自持汲，正在月落处。"

昵称"炙墨"的当代诗人撰有一首《寒鸣》，诗曰："夜忽断弦惊人语，半嘶辗转浅伤千。耳侧钻尖彻未眠，痛形入神提作篇。"

由寒鸣，拉拉杂杂地涂抹了以上的文字。说明严冬时节，虽然，自然界的鸣叫稀少了，但是，人间的声响依然存在，天气寒冷，但生活热火朝天，时代亦滚滚向前，当然，这和寒鸣无关，而是历史的轰鸣了。

2022 年 12 月 21 日 9 时 10 分

# 寒热

感冒发热，在沪语中，往往被上海人称之为"发寒热"。汉语普通话泛称为发烧。寒热，中医专指怕冷发热的症状。中医"八纲"中"热症""寒症"，是鉴别疾病属性的两个纲领，"阳胜则热""阴胜则寒"，中医指怕冷发热的症状。"八纲"指的是，

174

阴阳、寒热、虚实、表里，八纲辨证是中医基础理论，它有着提纲挈领的作用。对于指导临床的辨证用药，对于疾病区分阴阳、寒热、虚实、表里有着重要的指导意义，也可以借鉴八纲辨证，对患病期间的饮食、生活和起居起到很大的指导帮助。

实质上，"寒热"是阴阳偏盛偏衰的表现。它们的具体症状。可以参考"热症""寒症"等中医条文。

辨别疾病的属寒、属热，对确定治疗方案有着重大的意义。治疗方法上的"寒者热之""热者寒之"，是确定处方用药的重要依据。寒与热是相对的，但是，它们之间又是互相联系的，有时可以呈现真寒假热、真热假寒或寒热错杂等情况，临证必须注意辨别。寒热是发热症状的简称。

寒热，一是指病状名称。主要病症是发冷发热，或战栗不欲食。《素问·风论》："其寒也，则衰食饮。其热也，则消肌肉，故使人怢栗不能食，名曰寒热。"

二是指恶寒发热。《灵枢·五邪》："邪在肺，则病皮肤痛，寒热，上气喘，汗出。"

三是指寒性和热性药物。《灵枢·禁服》："必审按其本末，察其寒热，以验其脏腑之病。"

四是指寒热之邪毒。《灵枢·寒热》："此鼠瘘寒热之毒气也。"

五是指寒热相兼的病症。《素问·皮部论》："黄赤则热，多白则寒，五色皆见，则寒热也。"

2022 年 12 月 21 日 17 时 20 分

# 寒噤

在市北中学读初中时，一天放学后，从永兴路与鸿兴路交界口的街头地摊上，购得《唐诗一百首》和《唐宋词一百首》两册书。从《唐诗一百首》的开篇之作中，读到了唐代诗人骆宾王的诗《咏蝉/在狱咏蝉》，诗曰："西陆蝉声唱，南冠客思深。不堪玄鬓影，来对白头吟。露重飞难进，风多响易沉。无人信高洁，谁为表予心。"从而，知道了骆宾王品行高洁，却"遭时徽纆"。这首诗抒发了诗人的哀怨悲伤之情，表达了辨明无辜、洗雪沉冤的愿望。

继而，我从《汉语成语词典》中，了解了"噤若寒蝉"这一成语。意思是，象冷天的知了那样一声不吭，形容不敢作声。从而，懵懵懂懂地感觉到唐初武后专权时期政治环境的严峻和险恶，感受到古代囚禁和酷刑的利害。就连骆宾王这样忧国忧民的爱国志士也无法受容于当时的社会，发出被羁押失去自由的悲鸣。这首诗作于唐高宗仪凤三年（678），当年，屈居下僚十多年，刚刚升为御史的骆宾王因上疏论事触忤武则天，遭诬，以贪赃罪名下狱。此诗是骆宾王身陷囹圄之作。

骆宾王，唐初诗人。与王勃、杨炯、卢照邻合称"初唐四杰"。又与富嘉谟并称"富骆"。唐高宗永徽中，为道王李元庆府属，历武功、长安主簿。仪凤三年，入为侍御史。因事下狱，次年遇赦。调露二年（680年），除临海丞，不得志，辞官。骆宾王于武则天光宅元年（684年），为起兵扬州反武则天的徐敬业作《代李敬业传檄天下文》，徐敬业兵败，骆宾王亡命不知所终，或云被杀，或云为僧。

寒噤，指的是身体因为受凉、受冷或疾病而微微颤动。寒：寒冷。噤：因严寒、受惊吓等而咬紧牙关或牙齿打战。在中小学课文中多有出现。如小学五年级课本中《小嘎子》，中学语文课本中鲁迅的《故乡》《壶口瀑布》等也有出现。

寒噤，又叫打寒噤，类似于打寒战，哆嗦。在历朝历代的文学名著中常可见着。如《西游记》第三三回："打寒噤想是伤食病发了。"再如《三侠五义》第三七回："登时头发根根倒竖，害起怕来，又打了几个寒噤。"三如吴运铎《把一切献给党》中第三次负伤："清冷的晨风把树叶上的露珠扫落下来，我不禁打了一个寒噤。"四如孙犁《芦花荡》："发高烧和打寒噤的时候，孩子们也没有停下来。"五如琼瑶《烟雨濛濛》："我打了一个寒噤，梦萍，和我有二分之一相同血液的人！"

寒噤与寒战，看似一字之差，但，还是有着不小的区别。寒噤，指的是身体因为受凉、受冷或疾病而微微颤动。寒战指的是身体冷得发抖，不停地哆嗦。表示冷或者受到惊吓后，人的身子不自然地颤抖。看起来，寒战比寒噤要严重得多，寒噤仅仅用于受凉、受冷或疾病导致的微微颤动。而寒战则用于冷得发抖，不停地哆嗦，且欲罢不能。

2022年11月22日11时40分

# 寒籁

　　寒籁，作为形容声音的一种文言文说法，不一定为今人所理解和熟知。寒籁，指的是凄凉的声音。北宋时期的诗人宋祁《拟杜子美峡中意》，诗曰："天入虚楼倚百层，四方遥谢此登临。惊风借窭为寒籁，落日容云作暝阴。"宋祁的诗词语言工丽，名句迭出。其中，最为著名的一句，则是《玉楼春·春景》词中的"绿杨烟外晓寒轻，红杏枝头春意闹"，因此句，宋祁被世人称作"红杏尚书"。这一句与南宋中期诗人叶绍翁《游园不值》中的诗句"春色满园关不住，一枝红杏出墙来"，有着异曲同工之妙。

　　北宋著名史学家、文学家、政治家范镇为宋祁撰神道碑，介绍宋祁的高祖宋绅，是北宋官员、著名文学家、史学家、词人。宋祁的兄长为司空宋庠。据说，北宋天圣二年（1024），宋祁与其兄宋庠同举进士，礼部本拟定宋祁第一，宋庠第三。但是，章献皇后觉得弟弟不能排在哥哥的前面，于是，改定宋庠为头名状元，而把宋祁放在第十位。当时的人们称他们俩为"二宋"，并以大小区别，所以，又有"双状元"之称。在河南省民权县城西北60里有一个名叫双塔的集镇，镇内有一对塔（"文化大革命"中被拆毁）。据史书载：北宋天圣初年，有宋庠、宋祁兄弟二人刻苦读书，兄弟首擢双魁，始建"双状元塔"。塔高二十余米，塔身有台阶，可拾级至塔顶。中秋时节，登高望远，天朗地阔，金风飒飒，旧时人称之"双塔秋风"，列"杞县八景"之首。1963年，双塔被公布为民权县重点文物保护单位。

元代诗人周权《九日偕友登东岩定香寺》，诗曰："崖壁凿灵境，洞壑橐寒濑。阴阳互鏐鞈，造化自根蒂。"橐，读tuó，意思一是，一种口袋；二是拟声词，表示硬物相撞之声。鏐，读jiāo。鞈，读gé。意思一是，纵横交错；二是，广阔深远。如"张乐乎鏐鞈之野。"

寒籁，寒：冷，与"暑""热"相对。籁：一指的是古代的一种箫。二指的是空穴里发出的声音，泛指声响。人们常常将籁与天、地、人搭配，组词为天籁、地籁、人籁。天籁是形容声音十分动听悦耳。天籁与地籁、人籁相比较，天籁是音乐的最高境界。天籁指的是自然界的声响，如风声、水声、鸟声等。天籁又指诗文浑然天成得朴素之风。古时有"三音"的定义，古琴之音为天籁，土埙之音为地籁，昆曲之音为人籁。天籁凝聚着天地山川、日月精华的声音，皆被称之为天籁。后世称诗歌不事雕饰，有着自然之趣者，即为天籁，通俗的用法是形容声音好听。人们常用"此曲只应天上有，人间能得几回闻"（唐代诗人杜甫《赠花卿》），来形容天籁之音。比如说，国际上有俄罗斯艺术家维塔斯的"海豚音"，被世人称之为天籁之音，形容其声音独特、轻盈、飘逸。实际上，世界上声音具有张力和磁性的歌手很少见，这与小时候变声期前的发声练习有关系。也有的是天生的声音，比如迈克尔·杰克逊。

寒与籁，组词为寒籁，则是形容声音的凄凉。如果采用寒籁一词来表达声音，那必定有着某种悲情哀怨蕴蓄其中，让人们听后，感受到内心的悲恸或震撼，陷入深深的沉思，或沉湎其中，不能自拔也。

2022年12月23日7时42分

# 寒竹

　　北宋大文豪苏东坡曾经写有《于潜僧绿筠轩》，诗曰："可使食无肉，不可居无竹。无肉令人瘦，无竹令人俗。人瘦尚可肥，士俗不可医。旁人笑此言，似高还似痴。若对此君仍大嚼，世间那有扬州鹤。"

　　这首诗，是苏东坡在北宋熙宁六年（1073）春，出任杭州通判时，从富阳、新登，取道浮云岭，进入于潜县境"视政"。于潜僧慧觉在于潜县南二里的丰国乡寂照寺出家。寺内有绿筠轩，以竹点缀环境，十分精致幽雅。苏东坡与僧慧觉游绿筠轩时，写下了这首《于潜僧绿筠轩》。

　　此诗借题"于潜僧绿筠轩"，歌颂高风亮节，批判物欲俗骨。诗以五言为主，夹以议论，并采用了散文化的句式及赋的某些表现手法，于议论中见风采，议论中有波澜，议论中寓形象。

　　无独有偶，清代诗人郑板桥也写有咏竹诗。诗为四首，前三首为"咏竹"，后一首"借竹抒意"，表达对百姓疾苦的关心。其一是《竹石》，诗曰："咬定青山不放松，立根原在破岩中。千磨万击还坚劲，任尔东西南北风。"其二是《新竹》，诗曰："新竹高于旧竹枝，全凭老干为扶持。下年再有新生者，十丈龙孙绕凤池。"其三是《题画竹》，诗曰："秋风昨夜渡潇湘，触石穿林惯作狂。惟有竹枝浑不怕，挺然相斗一千场。"其四是《墨竹图题诗》，诗曰："衙斋卧听萧萧竹，疑似民间疾苦声。

些小吾曹州县吏，一枝一叶总关情。"

竹，也即寒竹。因其经冬不凋，冻后仍然青枝绿叶，故称寒竹。中国古代的文人墨客总爱把竹当作笔下的宠物，不厌其烦地赋诗撰文歌颂它。由于竹自身的独特的外形，还有那坚韧不拔的精神，使得竹成为一种象征，与梅、兰、菊齐名，被人们称为植物"四君子"。

竹的特质是弯而不曲，折而不断，象征着柔中有刚、柔刚相济的做人原则。凌云有意，顶风挺雪，偃而犹起，竹节毕露，竹梢拔高，比喻风范高雅。

竹还代表着虚心和骨气，为什么呢？因为竹子是空心的，所以，它也代表了虚心。因为竹子耐寒，因此，竹子又与梅、兰一起被称为岁寒三友，它们不怕冬天的严寒，在风雪之中，依然保持着绿色，且，哪怕风吹雨打，千折万磨，也不轻易地被折损或压断，所以，人们称赞其具有凌霜傲雪的铁骨。因此，历代文人都喜欢描写和歌颂竹，并以此来突出个人高尚的品格。

除了苏东坡和郑板桥之外，还有不少大德前贤都描写过竹。如明代开国皇帝朱元璋写有一首《咏竹》，诗曰："雪压枝头低，虽低不着泥。一朝红日升出，依旧与天齐。"大意是，尽管大雪的沉重将竹子压弯了腰，枝头眼看着要沾上地面的污泥了，但是，等到天一放晴，红日出，雪融化，那竹子依旧会丢掉负担，昂首挺胸。

唯愿世人生竹品，明月清风拂浮尘。竹，在我国的寓意相当深刻。在日常生活出现的吉祥图案中，竹与松、梅，构成"松竹梅岁寒三友"；竹、松、梅、月、水构成"五清图"；竹、松、萱、兰、寿石则构成"五瑞图"。那竹的象征意义到底是什么？竹的象征意义始终就是正气。竹象征着生命的柔韧坚强，长寿安宁，幸福和谐。竹秀逸而丰韵，纤细柔美，长青不败，象征着青春永驻；

竹潇洒挺拔，清丽俊逸，象征着君子有度，竹外直心空，内敛低调，象征着虚心谦和；竹弯而不折，折而不断，象征着气节和傲骨；竹生而有节，竹节毕露，象征着正直操守，富有气节。

自古以来，竹就有"竹报平安"之说，还有节节高升的寓意。

2022 年 12 月 24 日 8 时

# 寒筇

寒筇，指的是竹杖，出自《敦煌变文集·维摩诘经讲经文》："（维摩）右手掌拂尘之麈尾，左手擎化物之寒筇，万茎之鹤发垂肩，数寸之雪眉覆目。"

人到老时，身体渐弱，步履维艰，跌跌撞撞，需要拐杖撑持，方能前行。拐杖，考究一点的使用铝合金，稍次一点的使用木制，最次一点的使用竹制。竹杖，随处皆有，采竹即可。

此生，我曾经用过两支拐杖，一是 20 世纪中叶，参加上海市知识青年上山下乡慰问团工作，到了江西省吉安市遂川县，那里是八山一水一分田的地形，出门爬山是寻常之事。据当地老表介绍，山区毒蛇很多。俗称"七横八吊九缠树"（即七月横在地面上，八月吊在竹竿上，九月缠在树枝上），为了预防被蛇咬伤，除了备有当时非常有名的季德胜蛇药外，还要求每个人携带一枝竹杖，到了草木茂盛之处，先用竹杖敲打，发出声响，驱赶蛇类自行离去。好多次，就是采取了预先敲打的方法，赶走了毒蛇，防止了蛇咬事件的发生。我曾经从横岭公社横岭大队的一位老表处，求得一根方竹，作为竹杖。一路行来，一路敲打，从来没有发生过被毒蛇咬伤的情形。

有一年夏季的清晨，我去厨房打开水，手提两只热水瓶，返回住处时，刚刚踏上走廊的阶梯，就看见一条一米多长的银环蛇，在阶梯旁游走，吓得我赶快跑进房间，放下热水瓶，拿起一根方竹，跑到银环蛇的附近，狠狠地敲打，不一会儿，那条蛇就一命呜呼了。我听老表说过，毒蛇死后是不能随便扔掉的，需要深埋到人迹罕至的地方，防止毒蛇骨质中的毒液伤及无辜。于是，我就找了住房墙角的一个隐秘之处，将毒蛇埋了进去。而那根方竹拐杖也因用力过猛而破裂。此后，我再次寻觅类似的方竹，却始终不能获得，只能抱憾了。此后，我将此事讲给他人听，有人直接对我说，你这是破坏环境，伤害珍稀生物，我听后，惊诧莫名。

2018 年，我与老伴同游宝岛台湾。行前三个多月，参加大学同学会的聚会。我独自提拎了数十瓶白酒、红酒和饮料，结果负荷过重，造成脊椎骨裂，躺在床上三个多月。由于事前早已定好了出游台湾的行程，无法改变了，只能冒险参游。儿子怕我行走不便，特意购置了一根木制拐杖，让我需要时使用。一天，到台湾中部山区参观高山族民俗区时，在大巴车上，一打开拐杖，立时，警声大作，响声不停，吓得全车人大惊失色。由于我也不会使用开关，无法停止铃声，只能由导游将拐杖放到大巴车的行李箱里，任其电力耗尽，自动停响为止。此后，我再也不敢携带这种电子拐杖出外旅行了，以免出现类似的尴尬场面。

大学期间，读到希腊文学，说希腊神界狮身人面的女妖斯芬克斯，要求过路人解答"早晨用四只脚走路，中午用两只脚走路，晚上用三只脚走路的动物是什么"的谜语。希腊英雄俄狄浦斯破解了斯芬克斯的谜语，指出谜底就是人。早上指幼年（爬行），中午指青年（走路），傍晚指老年（用拐杖）。这里，抓住了人的三个不同时期的行走特征，得出了谜底，尤其是老年时期使用拐杖，这是非常形象，极有意思的。

拐杖，古人也叫寒筇。从寒筇的称谓，可以得出和承续一个道理，即整个社会要以高度的尊重态度，善待老年人，爱护老年人。让他们顺顺当当、安安稳稳地度过晚年。

2022 年 12 月 24 日 9 时 50 分

# 寒心

上海著名电视人，学友孙泽敏曾经建议我写文《寒潮》和《寒心》，前不久，第二波寒潮来袭，我顺势写作了《寒潮》一文，但是，迟迟没有落笔写作《寒心》。不是不写，而是觉着难以寻找到下笔之角度。

今日，午觉初醒，忽然顿悟，有了灵感。

寒心，初解即为因失望而痛心，或者因恐惧而惊心。人们常常会说，某人的行为举止乖逆，让人觉得寒心。

譬如，父母对孩子自小就十分关怀和体贴，而孩子长大成人后，却对父母毫不关心，视若陌路。当老迈的父母失去自养的能力，这个孩子也不闻不问，导致父母潦倒于街头，依靠乞讨为生。邻里见状，纷纷指责不孝之子，并伸出援助之手，帮助老人度过艰难的晚年。在生活中，这种情形仅仅是个别现象，但是，也是违背公序良俗的，是不为文明社会的道德伦理准则所容忍的。

寒心一词，出自《逸周书·史记》："刑始于亲，远者寒心。"后有不少典籍运用之。如《左传·哀公十五年》："吴人加敝邑以乱，齐因其病，取讙与阐，寡君是以寒心。"讙，huān，中国古代神话中的形象。《山海经》记载："其状如狸，一目而三尾，其音如夺百声，是可以御凶，服之已瘅。"瘅，dān。中医指的是热症或湿热症。

再如《汉书》："天下寒心，莫安其处。"又如《文选·宋玉》："孤子寡妇，寒心酸鼻。"唐朝著名学者李善注："寒心，谓战栗也。"

也如晋葛洪《抱朴子·嘉遁》："嗟乎，伍员所以怀忠而漂尸；悲夫，白起所以秉义而刎颈也。盖彻鉴所为寒心，匠人之所眩惑矣。"

尚如《新唐书·王琚传》："今天下已定，太平专思立功，左右大臣多为其用，天子以元妹，能忍其过，臣窃为殿下寒心。"

尚如《敦煌变文集·孟姜女变文》："塞外岂中论，寒心不忍闻。"

还有南宋永嘉学派代表人物叶适《上西府书》："夫以江淮之弱而兼西北之强。鼓思退之卒，而战自奋之兵，轻腹心之忠而乐简策之谀，求驽骀于千里，抱鼠璞以待价。此智士所以寒心。"

清代小说家曹雪芹《红楼梦》第 25 回："谁知宝玉昨儿见了他，也就留心，想着指名唤他来使用，一则怕袭人等寒心，二则又不知他是怎么个情性，因而纳闷。"《红楼梦》第五十五回："太太满心疼我，因姨娘每每生事，几次寒心。"

现代散文大家刘白羽《写在太阳初升的时候》："我们老大公母俩，还有老二媳妇，就都在那儿入了土。我到今儿个，想起来还寒心呀！"

现代小说家冯德英《苦菜花》第十一章："突然，隔院传来一声令人寒心的惨叫。"

寒心与心寒，看似仅仅是两个字的顺序调了个头，意思却有着一些区别。寒心是指受某件事或人或物的影响，导致的主观方面原因较强的心理变化。心寒指的是受某件事或人或物的影响，导致的被动的心理感受。

自 12 月 22 日冬至起始，就进九了，进九意味着寒冬的到来。最为严酷的则是三九严寒，到那时，冰封雪盖，天寒地冻，不仅寒身，更加寒心。为此，人们必须做好防寒保暖，抵御冷意。

2022 年 12 月 24 日 14 时 25 分

## 寒云

提起寒云，顾名思义指的是，寒天的云。寒天一般说的是冬天，亦指的是清冷的天空。但是，无论是冬天，还是清冷的天空，人们习惯于用寒云，却不太喜用冷云来表达此时此刻天上的云彩，这是因为寒云的表达比较顺口，而且，寒云也适用于晚秋时节及整个冬令。

每当，深秋和冬令，外出探访或者旅游，足迹遍及旷野、田畴、江川、山丘，我总会仰望天际。整个高空，一望无垠，万里寥廓，只见蓝天白云，一派晴爽的景象，心情格外地开朗和舒悦。只见寒云在天宇之上，缓缓地飘逸，散射出冷冷的清光，洒遍那千山万壑，映照那翠峰青峦，让人喜不自禁，遂睁大了双眼，聚神定气地凝视神州的大好河山，仔细地观赏怡人的胜景，目不暇接，美不胜收哟！人的身心完全沉醉于自然界的美好和绚丽之中，飘飘然、悠悠然，怡怡然，不知其所以也。

久封于蜗居，不能与大自然亲近，活动仅限咫尺，举止只在舍间，真的是闭塞得很呐！久而久之，精神似乎也有点恍惚了，心情好像也有点儿忧郁了。极欲外出放放眼，松松足，散散心，舒舒气，那敢情太好了！就像羁縻于鸟笼里的飞鸟，桎梏在方寸之间，焉有不郁闷之感受呢？

追根溯源，寒云，出自东晋末年隐逸田园诗人陶渊明《岁暮和张常侍》，诗曰："向夕长风起，寒云没西山。"

南北朝诗人鲍照《拟行路难十八首·其十五》，诗曰："君不见阿房宫，寒云泽雉栖其中。"

盛唐诗人郎士元《蓥屋县郑礴宅送钱大》，诗曰："荒城背流水，远雁入寒云。"盛唐田园山水诗人储光羲《陆著作挽歌》，诗曰："归路秦城下，寒云惨平田。"储光羲《陇头水送别》，诗曰："暗雪迷征路，寒云隐戍楼。"中唐诗人鲍溶《和淮南李相公夷简喜平淄青回军之作》，诗曰："横笛临吹发晓军，元戎幢节拂寒云。"晚唐诗人李商隐《北青萝》，诗曰："落叶人何在？寒云路几层。"

两宋之交诗人陈与义《题小室》，诗曰："炉烟忽散无踪迹，屋上寒云自黯然。"

《宋史·宋琪传》："寒云翳日，朔雪迷空。"

清代诗人纪昀《阅微草堂笔记·滦阳消夏录一》，诗曰："谁知早作西行谶，老木寒云秀野亭。"清代词人纳兰性德《浣溪沙·已惯天涯莫浪愁》，词曰："已惯天涯莫浪愁，寒云衰草渐成秋。漫因睡起又登楼。"纳兰性德《蝶恋花·散花楼送客》，词曰："莫被寒云，遮断君行处。"清代诗人曾国藩《至日二首·其一》，诗曰："寒云低树白，边日际山黄。"

现代文人、诗人胡适词曰："明朝日出寒云开，风雪于我何有哉，待看冬尽春归来。"

进入冬至之后，云寒雨冷，地上的绿翳越来越稀疏。热切地期望，安然度过三九严寒，迎接温暖的春日。

2022 年 12 月 25 日 8 时 18 分

## 寒翠

进入冬天，大地尽显枯黄萧瑟的景象。落叶纷纷下，枝干空摇。除了常绿林木之外，其他植物大都无声无息地凋零了。

唯余的寒翠，给人留下些许的寄望，期盼这些残绿能够保留幼嫩韧性的萌芽，待到来年焕发出朝气蓬勃的无限生机，绽放出姹紫嫣红的花容妍姿。

何谓寒翠？乃常绿树木在寒天的翠色。

南北朝·梁诗人范云《园橘》，诗曰："芳条结寒翠，圆实变霜朱。"

唐代诗人张仲素《宫中乐》诗之五，诗曰："奇树留寒翠，神池结夕波。"

唐代僧人皎然《南池杂咏五首·寒山》，诗曰："侵空撩乱色，独爱我中峰。无事负轻策，闲行蹑幽踪。众山摇落尽，寒翠更重重。"

唐代诗人温庭筠《晓仙谣》，诗曰："宫花有露如新泪，小苑丛丛入寒翠。绮阁空传唱漏声，网轩未辨凌云字。"

唐代诗人牟融《题陈侯竹亭》，诗曰："漠漠暝阴笼砌月，盈盈寒翠动湘云。"

北宋诗人林逋《山村冬暮》，诗曰："雪竹低寒翠，风梅落晚香。"

宋末元初词人朱嗣发《摸鱼儿·对西风》，词曰："对西风，鬓摇烟碧，参差前事流水。紫丝罗带鸳鸯结。的的镜盟钗誓。浑不记、漫手织回文，几度欲心碎。安花著蒂，奈雨覆云翻，情宽分窄，石上玉簪脆。朱楼外，愁压空云欲坠。月痕犹照无寐。阴晴也只随天意。枉了玉消香碎。君不见、长门青草春风泪。一时左计。悔不早荆钗，暮天修竹，头白倚寒翠。"朱嗣发，字士荣，号雪崖。他的祖先在北宋靖康之变前后，南渡避兵乌程长乐乡（今浙江湖州）。在南宋覆灭之前，朱嗣发在家乡侍奉双亲。南宋灭亡以后，有人举荐其担任掌管地方教育行政的学官，朱嗣发婉拒不受，显示其是一个真正的隐士。朱嗣发生卒不详，也没有太多的事迹流传下来。传世的作品也只有这一首弃妇词《摸鱼儿·对西风》。

元末诗人周权《溪村即事》，诗曰："寒翠飞崖壁，尘嚣此地分。鹤行松径雨，僧倚石阑云。竹色溪阴见，梅香岸曲闻。山翁邀客饮，闲话总成文。"周权，字衡之，号此山，处州（今浙江丽水）人，磊落负隽才，然不得志。延祐六年（1319年）持所作走京师。元代学官、书院山人袁桷大异之，称之为磊落湖海之士，谓其诗意度简远，议论雄深，可预馆职，力荐弗就。后周权回归江南，更专心于诗，唱和日多。当时的名流赵孟頫、虞集、揭傒斯、陈旅、欧阳玄皆推许其诗才。

我坚信，冬季是一个告别的季节。青春、勃发、希望与苦难、坎坷、绝望等字眼都一阵风似的，从这一季节呼啦啦地汹涌掠过，紧张地来不及说一声再见，时光就这样匆匆地而去。

寒翠，在一片风呼呼、白茫茫之中，留下那一片希望和憧憬，祈盼来年的美满和丰稔。希望和憧憬是热情之母，它孕育着荣誉，孕育着力量，孕育着生命。一句话，希望和憧憬是世间万物的主宰。美满和丰稔，是热情之果，它带来持续，带来发展，带来兴旺。一句话，美满和丰稔是百姓庶民的愿景。

我期待寒翠，我讴歌寒翠，我拥抱寒翠，我亲吻寒翠，让寒翠与我们同在，直至永远。

2022 年 12 月 25 日 10 时 15 分

# 寒岑

古代中国山水画，有着远山近岱的内蕴，淡淡的几笔，就将江河冈峦的景色描绘得尽善尽美，善莫大矣，美不胜矣。朦胧的远山，似乎笼罩着一层轻纱，影影绰绰，在缥缈的云烟中，忽远忽近，若即若离，就好像是轻汁淡墨，抹在蔚蓝色的天际。这种画确实让人见后，记忆犹新，难以忘怀。

寒，即阴冷。岑，即小而高的山。寒岑，即冷天的山。寒岑，有着一种阴森森的感觉，我曾经在冬天的雪路上跋涉，踩在泥泞不堪的山路上，北风呼呼地啸叫，雪花轻轻地飘飞，不一会儿，白絮披满了头肩，双脚的鞋子上也满是雪和泥，分不清哪是雪，哪是泥。我只是机械地迈着双脚，高一脚，低一脚地踩在雪泥地上。任凭雪满寒岑，也毫不在乎。当攀登完一座又一座山峦，汗水湿漉漉地抵达目的地后，笑眯眯的老乡倒上一碗红糖姜茶，热乎乎地喝下去，再加上木炭火盆的炙烤，终于，冷尽湿透了的身子，慢慢恢复，手脚有点温暖的感觉了。等到吃完一顿简单可口的农家饭菜，腹中有食，就更加饱暖了，人的精气神又回到了正常状态。

处于寒岑层层包围的那种氛围之下，一眼望不到边的山丘，重重叠叠，走过一座又一座，盼望之中的终点，一直没有到达，失望和近乎绝望的感觉萦绕于心，久久不能释怀。高高耸立的林木，阴森森地横亘在前路，望不尽的山和树，走不完的路和沟，总感觉这段路途是那么漫长，行进是那么艰难。当时，确实有点儿天真烂漫，竟然大声地唱起了语录歌："下定决心，不怕牺牲，排除万难，去争取胜利。"以毛泽东同志的教导来鼓舞和激励自己去战胜眼前的困难。

寒岑，出自唐代诗僧皎然《晚冬废溪东寺怀李司直纵》，诗曰："废溪无人迹，益见离思深。归来始昨日，恍惚惊岁阴。清想属遥夜，圆景当空林。宿昔月未改，何如故人心。游从间芳趾，摇落栖寒岑。眇眇湖上别，含情初至今。道流安寂寞，世路倦岖嵚。此意欲谁见，怀贤独难任。徽声反冥默，夕籁何哀吟。禅念破离梦，吾师诚援琴。耿耿已及旦，曷由开此襟。幽期谅未偶，胜境徒自寻。安得西归云，因之传素音。"

唐代诗人张均《和尹懋秋夜游灉湖二首》，诗曰："远水沉西日，寒沙聚夜鸥。平湖乘月满，飞棹接星流。黄叶鸣凄吹，苍葭扫暗洲。愿移沧浦赏，归待颍川游。湾潭幽意深，杳霭涌寒岑。石痕秋水落，岚气夕阳沉。澄彻天为底，渊玄月作心。青溪非大隐，归弄白云浔。"

明代诗人李梦阳《行歌古泽中二首》（其二），诗曰："川原望不极，愁思满归襟。云蔽长安目，水流湘浦心。颓阳灭远树，积雪明寒岑。醉起海月照，行歌入雾林。"

寒岑与寒山有什么区别？岑，指小而高的山，寒岑，指阴冷天的山。寒山，有着六种释义，一为传说中北方常寒之山。二为冷落寂静的山，寒天的山。三为指浙江省天台县的寒岩。四为指寒山子。五为地名。在广西玉林市西北 30 里。六为地名，在江苏省徐州市东南。

寒山入诗亦有不少，如唐代大诗人李白《宿鳀湖》，诗曰：

"白雨映寒山，森森似银竹。"再如李白词作《菩萨蛮》，词曰："平林漠漠烟如织，寒山一带伤心碧。暝色入高楼，有人楼上愁。玉阶空伫立，宿鸟归飞急。何处是归程，长亭更短亭。"又如晚唐诗人杜牧《山行》，诗曰："远上寒山石径斜，白云生处有人家。停车坐爱枫林晚，霜叶红于二月花。"

2022 年 12 月 25 日 15 时 5 分

# 寒战

2012 年 11 月 8 日，在香港上映了一部电影《寒战》。内容讲的是，一个绑匪通过匿名电话打给警方："一辆冲锋车，五个警察，加上车上的装备，值多少钱？"引起了香港警队高层的高度重视。该案件由鹰派人物行动处副处长李文彬（梁家辉饰）与年轻的管理处副处长刘杰辉（郭富城饰）一起负责，代号"寒战"。随后，匪徒展开了进一步行动：警察被杀，爆炸案频发……香港"亚洲最安全的城市"的称谓被人们质疑。《寒战》大受好评，制片方又续拍了第二部。

电影《寒战》，让我特别感兴趣的是该片用了"寒战"作为片名，觉得有着特殊的意谓。

因为寒战是机体的一种自我保护机制，是肌肉收缩，伴随肌肉痉挛性质的发抖。如果出现寒战的情形，多数应该考虑是情绪紧张等生理因素引起的，一般无需治疗，平时注意生活习惯即可。但也有可能是败血症等病理因素所致，这就需要及时去医院查明病因，进行针对性治疗。

寒战，中医确认为症状名。见《素问玄机原病式·六气为病》：

形寒作颤抖状，体内寒盛多见此症，亦可由热所致。在诸热病中，疟疾"先寒后热"之寒，多表现为寒战。

寒战主要是指全身骨骼肌肉快速而有节律性的收缩，热量增加，促使体温上升。出现寒战前，患者大多可表现为四肢末端发凉，全身发冷，面色苍白，关节酸痛等不适症状，并且，在出现寒战后，还会出现全身发抖，牙齿打战等不良表现。

针对导致寒战发生的原因，通常可分为生理因素、病理因素。生理因素常包括情绪紧张、寒冷刺激等。而病理因素则包括感冒、败血症、胆囊炎等。

若为生理因素所致，一般不需要治疗，平时注意情绪调节，注意保暖即可。但若是病理因素所致，患者需及时去医院的感染科、消化内科等进行检查来确诊，之后，遵照医嘱进行针对性治疗。例如因败血症引起的寒战，可在医生指导下使用头孢克洛缓释片、头孢氨苄胶囊等药物来治疗。

打寒战时，应考虑疾病存在的可能，需要及时就医。患者应注意保暖，保持室内温度适宜，可适当喝热水，注意休息。

寒战，意思是因受冷或受惊而身体颤抖。西汉末年哲学家、经学家、天文学家、琴师桓谭《新论》："乃以隆冬盛寒日，令祖载驷马，于上林昆明池上环冰而驰。御者厚衣狐裘，甚寒战，而仲都独无变色。"再如，西晋史学家陈寿《三国志·吴志·韦曜传》："曜对曰：'因撰此书，实欲表上，惧有误谬，数数省读，不觉点污。被问寒战，形气呐吃。'"又如，现代著名作家周立波《暴风骤雨》第二部："萧队长推开关得溜严的外屋的门，一阵寒风跟着刮进来，白大嫂子给吹得打了个寒战。"

也有文章使用寒颤的。如明末文学家冯梦龙的《醒世恒言·独孤生归途闹梦》："退叔凝着双眸，悄地偷看，宛似浑家白氏。吃了一惊，这身子就似吊在冰桶里，遍体冷麻，把不住的寒颤。"

2022年12月26日9时5分

# 寒冷

　　小时候，看黑白电影《白毛女》，1950 年由东北电影制片厂（今长春电影制片厂），著名演员郭兰英演唱了插曲《北风吹》。后来八个样板戏中的现代革命芭蕾舞剧《白毛女》，著名歌手朱逢博演唱了歌曲《北风吹》。当时，朱逢博还是同济大学建筑系的在校学生，由于歌声圆润动听，被上海芭蕾舞剧团选作歌唱演员。从此，她就开始了演员的生涯，活跃在歌唱舞台上。

　　每当"北风那个吹，雪花那个飘"的唱词响起来，北风呼呼地吹，雪花轻轻地飘的情景，真实形象地展现在眼前，那种寒冷穷困的境遇，不禁令人潸然泪下，激起了极其巨大的愤怒和仇恨。难怪，当年陈佩斯的父亲陈强饰演黄世仁时，由于将地主恶霸的凶残和贪婪演得过于惟妙惟肖，以至于在场观演的个别解放军战士，气愤得举枪要将陈强射杀。

　　寒冷，指的是发冷的感觉、寒冷的气候，或温度低，感觉较冷。我国的寒冷天气，是西伯利亚冷空气频频南下的结果。西伯利亚冷空气在气象图上表现为一个冷气团南下。但是，冷气团不是孤立的，在气象图上常常是更大的天气系统——气旋的一部分。气旋主要由一对冷暖气团组成，大体冷气团在西，暖气团在东。这种温带气旋不断地逆时针旋转，并同时从西向东移动。冷暖气团之间的分界线，叫冷锋。冷锋过后，当地由暖气团控制进入冷气团控制，风向由南风转为北风。这就是谚语"南风刮到底，北风来还礼"的原因所在。因此，冷锋后会发生剧烈的降温。

我国气候大体表现为南热北冷，南北温差大。我国北方地区冬季气候寒冷的原因有两方面，一是冬季太阳直射点位于南半球，越往北白昼越短，正午太阳高度越低，获得的太阳直射越少。此外，我国北方地区距离冬季冷空气的策源地"亚洲高压"较近，受冷空气的影响十分明显，降温就更加厉害。冬季寒冷，愈加体现了我国大陆性季风气候的特征。

寒冷分为湿冷和干冷，同等气温下，湿冷比干冷体感更冷。

以往，怪不得处于干冷区域的东北人来到上海后，普遍大呼小叫地嚷道，上海比东北还要冷。原因就是上海地区临江濒海，空气潮湿，属于湿冷。再加上早先上海室内也没有设置取暖设备，只能让湿冷肆虐，干挺着挨冻。改革开放之后，所有的单位、学校、机关、家庭普遍安装了空调设备，保暖与降温的设备和措施日益完善，终于可以不再遭受寒冷或炎热的煎熬了。遇到来沪的北方人，已经很少听到他们对上海冬季湿冷的抱怨了。冬季，上海地区只是室外湿冷，室内还是温暖如春的，非常惬意。

看来，随着设备、措施或环境的改变，气温也不再成为什么大的问题了。但是，由于，人类普遍采用石化能源，造成厄尔尼诺现象的加速，南北极冰层日益融化，海平面急剧上升，造成大洋洲的某些海岛小国受到海水的浸没，处于岌岌可危的境地，有个名叫瑙鲁的海洋岛国已经迁居澳大利亚，眼看着自己的家园被淹没于汪洋大海之中。这也是不得不引起人类高度重视的问题。

2022 年 12 月 27 日 7 时 48 分

# 寒韵

凄清的音响，即为寒韵。

唐代诗人贾岛《送贞空二上人》，诗曰："林下中餐后，天涯欲去时。衡阳过有伴，梦泽出应迟。石磬疏寒韵，铜瓶结夜澌。殷勤讶此别，且未定归期。"

唐代诗人方干《滁上怀周贺》，诗曰："就枕忽不寐，孤怀兴叹初。南谯收旧历，上苑绝来书。暝雪细声积，晨钟寒韵疏。侯门昔弹铗，曾共食江鱼。"

这两位唐代诗人，诗中不约而同地用了"寒韵"，一是以石磬，二是以晨钟作为表达的乐器，这两者皆为历史悠久的古代乐器。他们二位均以磬和钟这两种乐器之声音，赞颂了寒韵。

石磬，简称"磬"，是一种中国古代汉族石制打击乐器和礼器。甲骨文中，磬字左半像悬石，右半像手执槌敲击。磬起源于某种片状石制劳动工具，其形在后来有多种变化，质地也从原始的石制进一步有了玉制、铜制。磬是击奏体鸣乐器，系中国古代的石质打击乐器，为"八音"中的"石"音。

磬，由石或玉制成，形体有大有小，上面刻有花纹，并钻孔挂于架下，击打传声。它造型古朴，制作精美。磬的历史非常久远，在远古母系氏族社会，当时人们劳动之后，会敲击着石头，装扮成各种野兽的形象跳舞娱乐。这种敲击的石头，就逐渐演变为后来的打击乐器——磬。

磬，最早用于汉民族的乐舞活动，后来用于历代帝王、上层统治者的殿堂宴享、宗族祭祀、朝聘礼仪活动中的乐队演奏，成为象征其身份地位的"礼器"。唐宋以后，新乐兴起，磬仅用于祭祀仪式的雅乐乐队。《尚书·舜典》载，"击石拊石，百兽率舞"，使"八音克谐，无相夺伦，神人以和。"《礼记·乐记》："石声磬。"唐初经学家孔颖达注："石声磬者，石磬也。"唐代朝议大夫、国子司业、音乐理论家段安节《乐府杂录·雅乐部》："依月排之，每面石磬及编钟各一架。"唐代大历十才子之一、诗人卢纶《慈恩寺石磬歌》："灵山石磬生海西，海涛平处与山齐。"北宋著名政治家、史学家、文学家司马光《资治通鉴·后周世宗显德六年》："处士萧承训校定石磬，今之在县者是也。"

晨钟，清晨的钟声。晨钟往往会与暮鼓搭档，形成晨钟暮鼓一词。晨钟暮鼓一般指的是寺庙中，早晨敲钟，晚上击鼓，以报时间。比喻可以使人警觉醒悟的词语，也可说成暮鼓晨钟，最早出自南宋诗人陆游《短歌行》："百年鼎鼎世共悲，晨钟暮鼓无休时。碧桃红杏易零落，翠眉玉颊多别离。涉江采菱风败意，登楼待月云为祟。功名常畏谤谗言，富贵每同衰病至。人生可叹十八九，自古危机无妙手。正令插翮上青云，不如得钱即沽酒。"唐代诗人李咸用《山中》，诗曰："朝钟暮鼓不到耳，明月孤云长挂情。"此处用的是朝钟暮鼓，与晨钟暮鼓有着一字之差。故陆游的《短歌行》中的"晨钟暮鼓无休时"便成为首创。

北周庾信《陪驾幸终南山和宇文内史》："戌楼鸣夕鼓，山寺响晨钟。"唐代诗人杜甫《游龙门奉先寺》，诗曰："欲绝闻晨钟，令人发深省。"现代文人郭沫若《女神·女神之再生》："太阳虽还在远方，海水中早听着晨钟在响：丁当、丁当、丁当。"

常与晨钟暮鼓搭档的是安之若素。晨钟暮鼓，安之若素，意思是生活很有规律，心态非常平和，这是一种修身养性的理想境界。

2022 年 12 月 27 日 9 时 54 分

# 寒坰

时已进九，城市的大街小巷里，最后的枯枝黄叶也掉落殆尽。荒郊野外，更是一派寒冷凄清的景象，这种情境古人称之为寒坰。

明代戏剧家、诗人郑若庸在戏剧《玉玦记》第 12 出赏花中，唱道："楼船载酒行，骤鸳鸯惊起，双飞明镜。朝云何处？空怜草宿寒坰。"明代戏曲家屠隆在戏剧《昙花记》第 12 出群魔历试中，唱道："想着我朝宴华堂、昼出荒郊，夜宿寒坰。"

坰，《诗·鲁颂·坰》，传："远野也。"意思是，距离城市很远的郊野。

《列子·黄帝》："出行经坰外。"意思是，出行经过荒郊野外。

《尔雅·释地》："林外谓之坰。"意思是，森林之外的地方谓之野外。

《尚书序》："汤归自夏，至于大坰。"注："大坰，未详所在，当在定陶向亳之闲。"

《左思·吴都赋》："目龙川而带坰。又地名。"

《说文解字》："形声。从土，同声。本义：都邑的远郊，同本义。"同，读 jiōng。

《说文解字》："邑外谓之郊，郊外谓之牧，牧外谓之野，野外谓之林，林外谓之坰。象远界也。"

南北朝·刘宋著名诗人谢灵运《初去郡诗》："理棹遄还期，遵渚骛修坰。"

坰，冠之以寒，则说明远郊野外的寒凉荒僻。

坰，后缀于野，犹坰外。《诗·鲁颂·駉序》："僖公能遵伯禽之法，俭以足用，宽以爱民，务本重穀，牧于坰野。"

北宋官员、文学家、史学家曾巩《本朝政要策》："将吏依壁自固，虏辄掠坰野，收子女之俘，掊金帛之积而去。"

寒坰，犹现在冷僻的不毛之地。如今，不少这样的地区，经过勤劳的人民群众，坚持不懈地治理和开发，已经发生了天翻地覆的变化，沧海变桑田，沙漠变森林。如河北省承德市围场满族蒙古族自治县坝上的塞罕坝地区，就由沙漠化的穷乡僻壤，改造成塞北江南。1995 年 5 月，塞罕坝森林公园被林业部批准为国家级森林公园。2001 年，御道口草原风景区被评为国家风景区。2002 年，塞罕坝被国家旅游局评定为"国家 AAAA 级旅游景区"。2007 年 5 月，塞罕坝自然保护区通过国务院审定被批准为国家级自然保护区。2017 年 12 月 5 日，联合国环境规划署宣布，中国塞罕坝林场建设者获得 2017 年联合国环保最高荣誉——"地球卫士奖"。

位于陕西省榆林市长城一线以北的陕北的毛乌素沙漠，面积约 4.22 万平方公里，是中国的四大沙地之一。1959 年以来，经过当地人民持之以恒地大力兴建防风林带，引水拉沙，引洪淤地，开展改造沙漠的巨大工程。到 21 世纪初，已经有六百多万亩沙地被治理，止沙生绿。80% 的沙漠被改造，水土也不再流失了，黄河的年输沙量足足减少了四亿吨。由于有了良好的降水和环境治理，如今，许多沙地成了林地、草地和良田。在沙漠腹地，榆林市还累计新辟农田 160 亩，榆林这座"沙漠之都"变成了"大漠绿洲"。2020 年 4 月 22 日，陕西省林业局公布榆林沙化土地治理率已达 93.24%，这意味着毛乌素沙漠已经成为陕北的好江南。

寒坰之地，如此惊人的改天换地，着实令人眼花缭乱，目不暇接。因此，人们不能再以老眼光看待寒坰的巨变，应该相信，在社会主义的新中国，一切奇迹都可以创造。

2022 年 12 月 27 日 13 时 48 分

## 寒酸

旧时，形容穷苦读书人贫困潦倒的模样，常用寒酸二字，如：寒酸相、寒酸气，现在，也用来形容家境不富裕的样子。如：他仍然很寒酸。再如：先生一生俭朴，尽管有人讥笑他寒酸，他也毫不理会。又如：寒酸的地下室，作为她的婚房，她一点儿也不计较，她坚信，只要他们俩真心实意地生活在一起，日子一定会好起来的。

寒酸，一是，形容贫困窘迫，不体面，出自晚唐诗人杜荀鹤《秋日怀九华旧居》，诗曰："烛共寒酸影，蛩添苦楚吟。"

明代小说家冯梦龙《警世通言·宋小官团圆破毡笠》："宋金今日财发身发，肌肤充裕，容采光泽，绝无向来枯瘠之容，寒酸之气。"

明代小说家冯梦龙《东周列国志》第九十七回："（范雎）遂换去鲜服，妆作寒酸落魄之状，潜出府门，来到驿馆，徐步而行，谒见须贾。"

明代小说家凌蒙初《初刻拍案惊奇》卷二九："见赵琮是

个多年不利市的寒酸秀才，没一个不轻薄他的。"

现代作家陈残云《山谷风烟》第三章："周祺看得出来，那些地主婆娘和地主媳妇，故意装着一副寒酸相给人看。"

寒酸也用来形容穷苦的读书人。

明代小说家凌蒙初《二刻拍案惊奇》卷十一："寒酸忽地上金堦，立看许多渗濑。"堦，读 jiē，同阶。

清代作者朱锡《幽梦续影》："王寅叔云，黄白是市井家物，风月是寒酸家物。"

寒，是指寒冷，酸，是指酸腐之气。

古时候的穷人，一穿不暖，二不常洗澡，因为洗澡是奢华的享受（有钱人家洗香水浴，而穷人则是随便到河里冲洗一下了事），穷人洗不起，在河里洗不干净，就有一股体味，即汗酸臭。所以，寒酸是指一个人的贫苦模样。

旧时，人们常用贫穷寒酸、穷而迂腐，来讥讽贫穷的文人。

唐代诗论家司空图《力疾山下吴村看杏花十九首》，有诗句曰："还有寒酸堪笑处，拟夸朱绂更峥嵘。"

北宋文学家、诗人唐庚《张求》，有诗句曰："坐此益寒酸，饿理将入口。"

宋代诗人周吟轩《蒿》，有诗句曰："野蔬出芋惯寒酸，羹绿齑黄顿顿餐。"

南宋理学家、诗人魏了翁《鹧鸪天·十五日同宪使观灯马上得数语》，有诗句曰："儿童拍手拦街笑，只是寒酸魏梓州。"

南宋诗人朱复之《冬夜读书无油歌》，有诗句曰："生憎诗客太寒酸，略不分光到文字。"

当代诗人郑辉贤有诗句曰："雨打残荷惊宿鸟，寒酸满目惹人愁。"他还有诗句曰："寒酸自古无人管，冷暖从来有梦残。"

2022 年 12 月 27 日 15 时 50 分

# 寒影

寒影初回长日归，冬至之后，白昼渐长，黑夜渐短，同时，也开始进九了。

有首《冬九歌》说得很清楚："一九二九不出手，三九四九冰上溜。五九六九沿河看柳。七九河开，八九雁来。九九加一九，犁牛遍地走。"这首民谣说的是天相对于寒冷的反映，极其形象，极其准确。但是，这首民谣说的情形大多数是针对中国北方地区而言的，处于江南的上海，由于气候的独特性，并没有像《冬九歌》说得那么寒冷和萧瑟。

最早的进九歌顺口溜，书面见于《清嘉录》，据其记载的一首《数九歌》，十分风趣地描述了古人过冬的情形："一九二九，相唤弗出手。三九二十七，篱头吹觱篥。四九三十六，夜眠如露宿。五九四十五，穷人街头舞。六九五十四，苍蝇垛屋茨。七九六十三，布袖两肩摊。八九七十二，猫狗躺凉地。九九八十一，穷人受罪毕。"觱篥，读 bìlì，乐器名，胡人吹奏的一种木管乐器。衣竹为管，以芦为首，全长七寸，状似胡笳而九孔，其声甚悲。

寒影，即给人以清冷感觉的物影。

唐代诗人苏味道《咏霜》，诗曰："带日浮寒影，乘风进晚成。"

唐代诗人崔涯《竹》："谁怜翠色兼寒影，静落茶瓯与酒杯。"
唐代诗人戴叔伦《潘处士宅会别》："相邀寒影晚，惜别故山空。"

唐代诗人常建《送楚十少府》："微风吹霜气，寒影明前除。"

北宋政治家、诗人余靖《西山》，诗曰："鱼戏竹溪寒影碎，路穿松坞翠阴斜。"南宋官员、诗人曹勋《朝中措》，词曰："好是溪涵寒影，山影一棹还。"

元代诗人程钜夫《送尹生归江西》，诗曰："野岸晓光千棹急，平湖寒影数峰敧。"元代著名杂剧作家、元曲四大家之一的白朴《木兰花慢》组词第六首，词曰："移将鉴湖寒影，放微风，滟滟翠奁开。"

清代诗人张鉴《夕阳》，诗曰："记得红衫高骨马，九嶷寒影绕潼关。"

当代人衍化了寒影这一词汇，组成了寒江孤影。李连杰和周迅主演的香港电影《龙门飞甲》中有一句台词：寒江孤影，江湖故人，相逢何必曾相识。

说到寒江孤影的诗句，还应参见《新唐书·陆象先传》记载的一首诗："寒江孤影夜行舟，清风为伴月为友。残灯燃尽红尘意，人间烟火度春秋。"人生初始，妄想未泯，自然无忧。红尘一滚，欲望纷飞，贪嗔痴毒，因境而生。一念返照，虽入红尘，便超三界。

当代作者张晓红创作一首七言绝句《寒影》，诗曰："寒烟钓影一枝孤，飒掠花零叶尽枯。欲借东风吹碧透，却闻四野鬼神呼。"张晓红，女，笔名为潇潇，中华诗词学会会员，《中华诗词通讯》特邀撰稿人。

2022 年 12 月 28 日 6 时 40 分

# 寒暑

寒暑，意思是冬天和夏天，常用来表示一个整年。

在我的印象里，说到寒暑，往往与寒假和暑假联系在一起。寒假与过双节（元旦、春节）有关。大多数的寒假是在元旦后数十日，到春节之后的二十余日。暑假大多在七月初起始，直到九月一日开学。

以前每逢过暑假或寒假，作为学生的我们，确实是相当开心的，因为，可以从繁重的学业中脱身出来，放松一下身心。特别是暑假，由于时间比较长，约两个月，日子过得非常惬意和舒适，可以纵情地度过一个快活的假期，放松自己。暑假活动的范围比较广泛，内容也相当丰富。由于我特别喜欢游泳，暑假期间，无论是到泳池游水，还是到江河野泳，都乐此不疲。有时，参加集体游泳训练，花费五角钱，就可以到上海铁路分局红房子游泳池游上十多次，每次仅仅3分钱，非常适合我们小学生。我几乎每年都参加这类的游泳活动，每每暑假结束，浑身晒得乌黑，没有了丝毫的白肤色，而身体却健康了不少。这种暑期的游泳运动，对我的身体成长起到了很大的作用。

然而，大多数时间我是与邻居家的孩子，结伴到近郊的湖塘游泳，记得去的较多的是汶水路万荣路口上海冶金矿山机械厂的一处堆场，那里有一口上百平方米的湖塘，还有一个伸进湖塘近半的长方形钢架，可供我们爬上去跳水。我们经常赤足，步行五六公里，前往该处野泳。那里没有什么人监管，也没有什么社会组织限制，可随心所欲，真的是我们自由自在的天堂。

在游泳活动之中，我还认识了一些铁路系统小学的学生，如上海铁路分局职工子弟第一小学的何卫国。那时，他家居住在红房子电影院的斜对面，每次到铁路游泳池游泳，都可以遇到他。只要凭着家属医疗卡，花上五分钱购票，还可进入红房子电影院观看一场电影，花费不多，得益不小。

小时候，我看电影大多是在红房子电影院，小部分是在母校铁路五小操场上看露天影幕。前者如《摩雅泰》《老兵新传》《虎穴追踪》《铁道卫士》《秘密图纸》《狼牙山五壮士》《英雄虎胆》《三进山城》等，后者如《沙漠追匪记》《平原游击队》《金沙江畔》《铁道游击队》《小兵张嘎》《槐树庄》《李双双》《地道战》等。那些电影是我们童年时期少有的业余娱乐，那时，没有电视，没有手机，只能通过银幕来了解世界。

寒来暑去，暑去寒来，光阴已经过去了 60 多年，超过了一个甲子。然而，那些个温馨而甜蜜的往事，却依然栩栩如生地回放在我的眼前，让我每每想起来，就有着一种难以割舍的情结。

岁月可以逝去，往事难以忘怀，我的童年和少年时期的生活与乐趣永远与我同在。不能因为岁月的淬洗而磨灭，也不能因为时间的流逝而消失。因为，那里面有着我的童年时代生活的快乐，那里面洋溢着少年时代生活的美好。

2022 年 12 月 28 日 8 时 35 分

# 寒食

　　古代，在清明节的前一天，还有个寒食节。寒食节出自"割股啖君"的历史故事。晋国"骊姬之乱"后，公子重耳出亡。重耳逃入卫国国境时，头须偷光了重耳的资粮，逃入了深山。

　　重耳无粮，饥饿难行，介子推毅然割下了自己大腿上的一块肉，供养重耳。在重耳落难之时，介子推如此肝脑涂地，忠心耿耿，也成就了他的忠义之名，史称"割股啖君"。

　　当重耳当了晋文公后，介子推认为跟随重耳流亡，已经为国尽了忠，现在，重耳继位，该是为老母行孝的时候了。于是，他回到晋都，便托病不出，在家侍候老母。一天，母亲问他说："儿呀，你跟重耳逃难19年，历尽了千辛万苦，又有功劳，又有苦劳，为何不进宫找晋文公谈谈，难道荣华富贵就与我儿无缘吗？你就这样守着我在家过清贫的日子吗？"

　　介子推对母亲说："上天尚未断绝对晋国的恩宠，晋国必将有主，主持晋国者，除了重耳以外还能有谁呢？这都是上天的安排，那些跟从者却以为是他们的功劳，纷纷邀功请赏，岂不是骗人骗己吗？偷人家的财物还称其为盗，何况以贪求上天的功劳，归为己有呢？"于是，介子推背着老母，上绵山去了。

　　晋文公后来亲带广众人马，前往绵山寻访。谁知绵山蜿蜒数十里，重峦叠嶂，谷深林密，竟无法可寻。晋文公寻人心切，下令三面烧山，周围绵延数里，火势三日才熄灭，介子推始终没有出来。后来，有人在一棵枯柳树下发现母子的尸骨。晋文公悲痛万分，在介子推尸体前，哭拜了好一阵。安葬遗体时，人们发现介子推脊梁堵着个柳树树洞，洞里好像有什么东西，掏出一看，原来是片衣襟，上面题了一首血诗："割肉奉君尽丹心，但愿主公常清明。柳下作鬼终不见，强似伴君作谏臣。倘若主公心有我，忆我之时常自省，臣在九泉心无愧，勤政清明复清明。"

晋文公将一段烧焦的柳木，带回宫中，做了一双木屐，每天望着它叹道："悲哉足下。"此后，"足下"便成为下级对上级或同辈之间相护尊敬的称呼，据说就是来源于此。

公元前635年，晋文公率领群臣，素服徒步登山悼念介子推。行至坟前，只见那棵老柳树死而复活，绿枝千条，随风飘舞。晋文公望着复活的老柳树，像看见了介子推一样。他敬重地走到跟前，珍爱地掐下一枝，编了一个圈儿戴在头上。

介子推死后葬于介休绵山。晋文公重耳深为歔欷，遂改绵山为介山，并立庙祭祀，并定介子推死亡之日为寒食节，历代诗家文人有大量的吟咏缅怀介子推的诗篇。

介子推，后人尊为介子，春秋时期晋国（今山西介休市）人，生于闻喜户头村，长在夏县裴介村，因"割股啖君"，隐居深山，介子推"不言禄"之壮举，深得世人的怀念。

介子推忠君赴义，鄙弃功名利禄的气节，流芳百世，感人至深。后人不仅每年过"寒食节"，还修建了大量的祠堂庙宇来纪念和祭奠介子推，文人雅士登临题咏，寓兴抒怀的就更是不胜枚举了。

可惜，如今，寒食节几乎失传了，几乎没有什么人再过该节了。倒是清明节绵延久远。现在，唐代诗人韩翃的那首《寒食》还被人们不断传诵："春城无处不飞花，寒食东风御柳斜。日暮汉宫传蜡烛，轻烟散入五侯家。"

2022年12月28日12时55分

# 寒露

　　中国二十四节气中，有一个节气为寒露。寒露是第17个节气，也是秋季的第五个节气。寒露，斗指辛，太阳到达黄经195°。在每年的十月七日到十月九日交节。寒露，是深秋的节令，干支历戌月的起始。寒露又是一个反映气候变化特征的节气。进入寒露，时有冷空气南下，昼夜温差较大，并且秋燥明显。

　　盛唐诗人张九龄写有一首《晨坐斋中偶而成咏》，诗曰："寒露洁秋空，遥山纷在瞩。孤顶乍修耸，微云复相续。人兹赏地偏，鸟亦爱林旭。结念凭幽远，抚躬曷羁束。仰霄谢逸翰，临路嗟疲足，徂岁方睇携，归心亟踯躅。休闲傥有素，岂负南山曲。"

　　中唐诗人元稹写有一首《咏廿四气诗·寒露九月节》，诗曰："寒露惊秋晚，朝看菊渐黄。千家风扫叶，万里雁随阳。化蛤悲群鸟，收田畏早霜。因知松柏志，冬夏色苍苍。"

　　中唐诗人戴察写有一首《月夜梧桐叶上见寒露》，诗曰："萧疏桐叶上，月白露初团。滴沥清光满，荧煌素彩寒。风摇愁玉坠，枝动惜珠干。气冷疑秋晚，声微觉夜阑。凝空流欲遍，润物净宜看。莫厌窥临倦，将晞聚更难。"

　　这首五言排律写的是寒露季节的一个月明之夜，梧桐树上的露水引起了诗人浓烈的兴趣，并由此发出美好事物都是稍纵即逝的深沉感慨，表达了诗人对美好秋景的依依不舍。全诗对露水生成、形态、变化和消失的描写十分细腻，形象生动，把普通的露珠之妍丽展现得淋漓尽致，尽善尽美，真的是了不起。

晚唐诗人刘沧写有一首七律《秋日望西阳》，诗曰："古木苍苔坠几层，行人一望旅情增。太行山下黄河水，铜雀台西武帝陵。风入蒹葭秋色动，雨余杨柳暮烟凝。野花似泣红妆泪，寒露满枝枝不胜。"

寒露时节，令不少诗家文人悲伤凄哀，悲秋成为历代的一种时尚。悲秋也是对萧瑟的秋景发出的伤感，语出《楚辞·九辩》："悲哉，秋之为气也！萧瑟兮，草木摇落而变衰。"唐代诗人杜甫《登高》，诗曰："万里悲秋常作客，百年多病独登台。"近代文人郑振铎《山中杂记·蝉与纺织娘》："那末你的感触将更深了，那也许就是所谓悲秋。"

悲秋，是中国文人一种带有感情色彩的情结。这种情结，影响了中国古代大多的文人，特别是唐代诗人刘禹锡的那句"自古逢秋悲寂寥"，更是将逢秋悲寂寥作为一种普遍的情感。中国诗人大多怀才不遇，他们的政治抱负无法实现，不免要寄寓于他物以求自慰。秋天正是丰稔的季节，又是凋零的时期，看到那纷纷落叶，诗人一方面感叹岁月不饶人，另一方面也为自己的一事无成而慨叹，这样就会产生悲秋的情绪。

秋季，本质上乃"不似春光，胜似春光"的大好季节，是农业收获的季节，大可不必自寻烦恼，失意伤感地悲秋。

虽然，现在，已经进入了大雪节气，连冬至也过去了。下面再过小寒、大寒两个节气，就要过春节了。辞旧迎新，虎年过去兔年到，一年更比一年好。我真心希望，国泰民安，却疫复康，日子欣欣向荣，民生蒸蒸日上。

2022 年 12 月 28 日 10 时 56 分

# 寒伧

寒伧，穷困、寒酸的样子，也指不体面，不光彩、丢脸。现代作家老舍《龙须沟》第二幕第三场："她爱吃喝玩乐，她长得不寒伧——那时候我也怪体面——我挣的不够她花的。"现代戏剧家曹禺《北京人》第一幕："这间屋子的陈设尽量保持当年的气派，一点也不觉寒伧。"现代作家张天翼《包氏父子》："你去缴，你去缴！我不高兴去说情——人家看起来多寒伧！"

寒伧的同义词为寒碜，寒伧与寒碜的读音一致，意思相近。寒碜作形容词时，有丑陋、穷酸、难看的意思，也作丢脸，不体面。如：他的那些行为，真叫人寒碜。作动词时，意思是讥笑，揭人短处，使人失去颜面，如：叫人寒碜了一顿。

例如：人所有的寒碜、卑微、烦恼和痛苦，所有的委屈和眼泪，大都因为过分索求而造成的。

作家郭澄清《大刀记》开篇二："梁宝成赌气骂了一声：'呸！不嫌寒碜的骚货。'"

作家浩然《艳阳天》第六十五章："淑红妈一见马立本，就像吃了个苍蝇那么恶心。她立刻想起了那天晚上老头子从地里回来的时候，跟她说的那件寒碜的事儿。"

戏剧作家吴祖光《闯江湖》第三幕："典老婆还讲价钱？别寒碜我啦！"

作家苏叔阳《左邻右舍》第二幕："将来不能光是厂长给

职工戴花，职工也得评厂长，该戴的就得戴上，寒碜寒碜那些就知道抽烟儿、划圈儿、碰上问题就卸肩的干部们。"

作家邓友梅《追赶队伍的女兵们》："哪里是提意见，简直就是在众人面前寒碜她。"

寒伧，是普通话的说法，寒碜是中国北方的说法，而中国南方则很少用这寒伧、寒碜这两个词汇。上海地方的说法大多用：难看煞了、寒酸相、呒没腔调、粗俗、穷鬼（jū）等。虽然，上海话没有普通话与北方话说得那么直接明了，但是，却也十分通俗形象，让人听后，不禁莞尔一笑，让人回味无穷。

至于寒伧人或寒碜人，其意思是指通过言语挖苦、嘲笑或动作模仿等手段贬损他人，使人家感到羞耻，从而失去体面。这是一种有指向性的损人行为。

寒伧人或寒碜人究竟是什么意思？实际上，说的就是没有钱的低等人，或者出手极其吝啬的人，有时候也指那些非常节俭，即使正当的合理的消费，也不怎么舍得花钱的人或方式。例如：他包了一个八块钱的红包给别人当作生日礼物，而众人赠予的红包都在百元，这样就显得特别寒碜。再如：他这一套衣服穿上身，让人感觉非常寒碜，一点都不符合他的地位和身份。又如：这间办公室真寒碜，一把发出吱呀声响的木头椅子，一台陈旧不堪的办公桌、笔墨盒里放着几支脱了须的毛笔。还如：她那漂亮的花园，使我那几朵小花显得格外寒碜。

说一个人寒伧或寒碜，就是嫌鄙那个人的长相很是丑陋，穿着也极其低俗，被别人瞧不起。

2022 年 12 月 29 日 6 时 48 分

# 寒秋

　　落笔这一题目，我立刻就想起了毛泽东同志的词作《沁园春·长沙》，该词的起句，即为"独立寒秋，湘江北去，橘子洲头"。这首词作于1925年的秋天。同年2月，毛泽东同志偕夫人杨开慧、长子毛岸英、次子毛岸青，由上海回到湖南家乡韶山冲上屋场。1925年8月28日，毛泽东同志接到乡邻的报警信息，火速转移，于是，毛泽东同志秘密到了长沙，在长沙逗留一些日子后，于同年9月去了广州。

　　在长沙期间，毛泽东同志写下了这首词作。词的上阕是借秋景抒发革命激情。"独立寒秋，湘江北去，橘子洲头。"点明了季节和地点。季节是"寒秋"。地点是湘江中的"橘子洲头"。寒秋，意即深秋，与下句"层林尽染"相对应。湘江是发源于广西、流经湖南省的大江。"橘子洲"即湘江中的水陆洲，那是一座狭长的小岛，位于长沙市与岳麓山之间。我曾经到过长沙，居住在湘江南岸的岳麓山下。在橘子洲上，我领略了湘江浩浩汤汤的江水及游弋于水上的飞舟。那时正值春汛，江水浑浊不堪，黄色一片。

　　"看万山红遍，层林尽染；漫江碧透，百舸争流，鹰击长空，鱼翔浅底，万类霜天竞自由。"上述的山、林、江、舸、鹰、鱼都是具体形象的描写，而后，用了"万类霜天竞自由"一句，予以理性的概括，自然潇洒地勾画出一幅生机蓬勃的风景图。

毛泽东同志借秋景暗喻与赞美工农革命运动风起云涌的形势，寄托了自己热烈、乐观、奋斗的情怀。结句，毛泽东同志用"怅寥廓，问苍茫大地，谁主沉浮？"的设问，提出了革命领导权的重大问题，这是承续秋景而直接升华出深远的思考课题。

　　词的下阕是追忆往事，借往事抒发自己的革命激情。头两句是总写往事，但首句承上，次句则带有明显的启下性质。接着，诗人具体回顾："恰同学少年，风华正茂，书生意气。挥斥方遒，指点江山，激扬文字，粪土当年万户侯。"这些词句，表现出当年的革命青年关心国家命运，对于天下大事敢于"指点"，敢于议论，敢于提出自己的主张。毛泽东同志在青年时代结识的志同道合的朋友，德才兼备，奋发有为，勇于斗争，胆略不凡，是整个社会最有生气的革命力量。实际上，这也是对上阕的"谁主沉浮"的明确回答。"曾记否，到中流击水，浪遏飞舟？"这依然是回忆峥嵘岁月的内容，也是全词的收穴处。以设问的句式结束，既顺畅自然，又情思悠远，富于鼓动力。

　　词如其人，其人如心。毛泽东同志的这首词堪称壮志篇、抱负篇、情怀篇，亦可谓号召篇、希望篇、期待篇。它寓意深沉，蕴含着改造旧中国和力挽狂澜的志向、气魄和精神。不但热情地赞颂了工农运动和革命者奋发有为，敢于搏击，逆流勇进的气概，而且，提出了祖国的命运由谁主宰、革命领导权由谁掌握的重大问题。还呼唤革命者继续以高昂的大无畏精神，投身革命洪流，奋起反抗，推动革命高潮的到来。

　　这首词是将深刻的政治内容和完美的艺术形式自然结合的上乘之作，也是显示了青年毛泽东艺术才华的最佳词作之一。毛泽东同志题写这首词时，还不足32周岁，但是，毛泽东同志对这种传统的艺术形式已经运用得十分娴熟，不愧为精湛的革命诗词的典范。它融叙事、抒情、描写于一炉，事、景、情、志浑然一体。它雄放、开阔、崇高、乐观，意境邈远，豪情满怀，令人奋发。它写寒秋，却不悲秋、哀秋，而是赏秋、赞秋，赋予秋景以蓬勃的生气。它忆往昔，则斗志昂扬，气概非凡。它展望前景，则情怀火热，势不可挡，如江河，如鼓角。从起笔到收尾，笔势是那么雄劲，那么潇洒，又那么有分寸，那么倾吐自如。起承转合顺畅自然，一韵到底，一气呵成，全然是一个既不朦胧、迷茫，又蕴藉深沉、隽永，具有耐人寻味的完美的艺术境界。

寒秋，仅以毛泽东同志的早年词作举隅，说一点自己的学习感受，并以此表达毛泽东同志 128 周年诞辰的纪念。

2022 年 12 月 29 日 9 时 35 分

## 寒厉

写到寒厉，就有一种冷峻严厉的感觉。不由自主地冷汗从后背流下，浑身瑟瑟发抖，那种感觉真的是难以言表啊。

元代诗人叶兰《答清碧上人雪中见寄》，诗曰："朔风递馀霰，的厉敲蓬屋。寒厉布衣单，怀饥馨秋谷。炉餤吐微红，林影迷故绿。徘徊衔所思，索处慨幽独。忽感云中书，佳言重金玉。"餤，yàn，意思同焰，即火苗。

明代诗人邹智《岭南道中·其一》，诗曰："长衫大袖拥轻舆，搭飒乾坤一腐儒。平野时时火明灭，荒村往往扶竹疏。备倭将勇妖星落，穷海天寒厉鬼孤。不识不知朝又晚，几回惭愧送行夫。"

这两首诗中，虽然都有寒厉二字，前一首诗中的寒厉确实为单独的词汇，后一首诗中的寒厉，并非单独的词汇，而是词

214

组天寒与短语厉鬼狐，因此，就不能叫作寒厉。

明代旅游家徐弘祖《徐霞客游记》中《江右游日记》，有句云："自此愈上愈高，风气寒厉。"

现代革命先驱瞿秋白《饿乡纪程》十四："闪烁晶光的雪影映射着寒厉勇猛的初日，暗云掩依时，却又不时微微地露出凄暗的神态。"

徐弘祖的《徐霞客游记》，我购买过一本，并详详细细地阅读过。此书还存于我的书橱内。瞿秋白的《饿乡纪程》我曾经在南京东路新华书店总店外借处借阅过，并认认真真地拜读过。所以，这两本书于我而言，并不陌生。尽管，几十年过去了，仍然依稀记得它们的基本内容。

寒厉，一是形容严寒；二是指冷峻严厉。所谓严寒，一是指气候特别寒冷。二是指天气特别寒冷的时期。所谓冷峻，即冷酷严峻。谓严厉，即严肃而厉害。

处于江南、濒海临江的上海，常年天气相当温润。一般情况下，冬季极端的寒冷天气，城市温度没有低于 $-8℃$，郊区温度没有低于 $-12℃$。近年来，城市温度很少低于 $-6℃$，郊区很少低于 $-10℃$的。加之厄尔尼诺现象，全球气温普遍上升，连南北极的冰层都已经开始融化了，可想而知，地球面临的气温升高的形势极其严峻，且迫在眉睫，不能不令人担忧。早些年，还不时见到雪花飘舞，冰凌凝结的景象，近些年，也已经不复再见到了。当我问起孙儿吉吉，雪花是什么样子时，他竟然一问三不知。已经十岁的孙儿，就没有见到过下雪的情景，没有雪的印象了。而 20 世纪的 50~60 年代，几乎年年下雪结冰，最深的积雪几近三四厘米之厚，屋檐下面凝结的冰凌达到半米之长，垂至窗户口。积雪可以堆雪人，滚雪球，打雪仗，孩子们玩得不亦乐乎。

寒厉不见踪影的直接结果，就是冻疮几乎消失殆尽，现在，上海地区没有什么人再生冻疮的。谈起冻疮，如今的孩子们大多对它没有印象，也不知道冻疮究竟为何物。当然。北方一些高寒地区，由于天气特别寒厉，那里还有人罹患冻疮，就不足为奇了。

2022 年 12 月 29 日 13 时 15 分

# 寒苦

说到寒苦，就想到贫苦，寒苦比较贫苦，则更加穷苦。不仅贫，而且寒。贫加寒，贫寒交加，苦中更苦。

唐代诗人李白《怨歌行》："寒苦不忍言，为君奏丝桐。"李白《赠新平少年》："而我竟何为，寒苦坐相仍。"唐代诗人韦应物《酬韩质舟行阻冻》："寒苦弥时节，待泮岂所能。"唐代开元宫人《袍中诗》"沙场征戍客，寒苦若为眠。"

北宋大文豪苏东坡《监试呈诸试官》："我本山中人，寒苦盗寸廪。"北宋词人姜夔《昔游诗·其七》："荒村三两家，寒苦衣食缺。"北宋官员、诗人范仲淹《同年魏介之会上作》："寒苦同登甲乙科，天涯相对合如何。"北宋学者陈舜俞《诗一首》："寒苦谙冰雪，艰难识道途。"

南宋诗人陆游《夜行》："艰危穷自惯，寒苦老难禁。"南宋著名文学家洪迈《奉酬令德寄示长句》："闲官屋舍如幽栖，寒苦余业偿盐齑。"南宋中期著名诗人、学者、理学家赵蕃《对月》："月好若愁看，寒苦侵肌切。"

宋末元初诗人黄庚《题李蓝溪梅花吟卷》："寒苦一生

苏武雪，清高千古伯夷风。"元朝诗人、诗论家方回《以采菊东篱下悠然见南山为韵赋十首》："篆士见之笑，寒苦啼秋虫。"

寒苦，反过来，就是苦寒。以苦寒来形容环境艰苦，条件恶劣，表达勇敢坚毅者，战苦斗寒。现在，使用者相当多。名句："宝剑锋从磨砺出，梅花香自苦寒来。"说的意思，就是不经一番寒彻骨，怎得梅花扑鼻香。

梅花，是寒冬里最为坚韧的花卉，它能傲霜斗雪，不怕天寒地冻，不畏冰袭雪侵，当别的花朵枯萎零落、枝残叶败时，梅花却盎然挺立在严寒之中，它能"疏影横斜水浅清，暗香浮动月黄昏"，笑傲乾坤，屹立雪野。

梅花傲霜斗雪的精神、清雅高洁的情操，是中华民族的象征。梅花与别的花不一样，越是苦寒，越是精神，越是秀气。它是最有品格、最有灵魂、最有骨气的花中君子。

苦寒，说的是环境的艰辛，气候的严寒。苦寒之中的岁寒三友松、竹、梅，梅花的排位虽为最末，但是，它生性坚毅，不惧失败。风急雪骤之中的梅花，敢于顶风冒雪，吐芳展艳，体现了中华民族的伟大的精神品格。植物四君子：梅、兰、竹、菊，梅花忝列领头羊，更是以它的德行，领先于其他三种植物，受到历代文人墨客的崇拜和敬仰。毛泽东同志生前就以《卜算子·咏梅》的词作，歌颂过梅花："风雨送春归，飞雪迎春到。已是悬崖百丈冰，犹有花枝俏。俏也不争春，只把春来报。待到山花烂漫时，她在丛中笑。"

记得读中学时，空政文工团演出了歌剧《江姐》。其中歌曲《红梅赞》，风靡一时，几乎无人不唱，无处不歌。歌词全文如下："红岩上红梅开，千里冰霜脚下踩。三九严寒何所惧，一片丹心向阳开，向阳开。红梅花儿开，朵朵放光彩。昂首怒放花万朵，香飘云天外，唤醒百花齐开放，高歌欢庆新春来，

新春来，新春来。"至今，这首《红梅赞》仍然驿动在我的心坎上，始终没有泯灭。

2022 年 12 月 29 日 15 时 50 分

# 寒腊

　　所谓寒腊，即寒冬腊月。今天，已经进入二九的第一天了，也是中国传统的腊八节。腊八节，时为农历十二月初八，民间在这一天有喝腊八粥的习俗。

　　腊八粥，有的地方又称"七宝五味粥""佛粥""大家饭"等，腊八粥，是一种由多样食材组合熬制而成的粥。喝腊八粥，是腊八节的节日食物。腊八粥的传统食材包括：大米、小米、玉米、薏米、红枣、莲子、花生、桂圆和各种豆类（如红豆、绿豆、黄豆、黑豆、芸豆等）。

　　腊八这一天喝腊八粥的习俗，是从北宋开始的。清末民初文学家徐珂《清稗类钞》云："腊八粥始于宋，十二月初八日，东京诸大寺以七宝五味和糯米而熬成粥，相沿至今，人家亦仿行之。"南宋学者吴自牧《梦粱录》载："此月八日，寺院谓之腊八。"腊八风俗也受到佛教的影响，相传佛陀释迦牟尼在成佛之前，曾经苦修六年，每天只吃极少的食物，身体变得十分虚弱。尼连河边的两个牧羊女看到后，就拿着牛乳做成的乳糜给佛陀食用，让他恢复了精力。由此，佛陀认识到苦修并不能成佛。他走进尼连河中沐浴洗衣，并来到菩提伽耶这个地方的一棵菩提树下，跌坐 48 天之后，正好在腊月八日这一天开悟成佛。因此，腊月八日便成为佛教的一个重要节日，信众用浴佛和食用腊八粥这些做法来表达对佛陀的纪念。跗，fu 音，阴平。意思一是碑下的石座。二是，同跗，读 fū，意思是脚背。

清代《房县志》卷十一《风俗》称："腊八日，以米和麦豆及诸蔬果作粥，谓之腊八粥。果木有不实者，以斧斫树著粥于穴，问曰：'结不结，枝压折。'谓之'喂树'。"

腊八这一天，各寺院举行法会，效法佛陀成道前牧羊女献乳糜的典故，用香谷和果实等煮粥供佛，名为腊八粥。也有寺院于腊月初八以前，由僧人持钵，沿街化缘，将收集的米、栗、枣、果仁等煮成腊八粥，散施给穷人。大家认为吃了可以得到佛陀的保佑，所以，贫穷人家称它"佛粥"。一般寺院的佛粥既美味且量多，以满足来寺院参加纪念法会信众的需要。有些信众还专门奔"粥"而来，认为腊八粥是供养佛陀的，十分吉祥，不仅自己食用，还带回家供家人享用。年复一年，寺院做腊八粥的传统便广泛传播到民间，由此，在我国北方地区（包括部分南方地区）逐渐形成了过"腊八节"的习俗。

关于腊八粥的做法，宋末元初词人周密在《武林旧事》中载云："用胡桃、松子、乳蕈、柿、栗之类作粥。"清代满族诗人富察敦崇在《燕京岁时记》中载清代的做法则更为复杂："腊八粥者，用黄米、白米、江米、小米、菱角米、栗子、红豇豆、去皮枣泥等，合水煮熟，外用染红桃仁、杏仁、瓜子、花生、棒穰、松子及白糖、红糖、琐琐葡萄，以作点染。"

从清代开始，每年的腊八节，北京的雍和宫都要举行盛大的腊八仪式，由王公大臣亲自监督进行。《燕京岁时记》载："雍和宫喇嘛于初八日夜内熬粥供佛，特派大臣监视，以昭诚敬。其粥锅之大，可容数石米。"清人夏仁虎《腊八》一诗就是描述这一盛况的："腊八家家煮粥多，大臣特派到雍和。圣慈亦是当今佛，进奉熬成第二锅。"

　　清代苏州文人李福曾有诗云："腊月八日粥，传自梵王国。七宝美调和，五味香糁入。"糁，shèn，意思是谷类磨成的碎粒。

　　清代诗人孙枝蔚《秋蝗》，诗曰："收获望明年，除汝伏寒腊。"

　　可见，腊八节，在中国古代还是为人们重视的，当作年前一次重要的节日。迄今，现代人也会过腊八节，哪怕熬煮一锅腊八粥，让全家人暖暖和和地喝上一碗也好。今天，我老伴半夜用电饭煲熬煮了一煲腊八粥，让我们俩开开心心地享用，愉快地度过今年的腊八节。

2022 年 12 月 30 日 8 时

# 寒谷

　　寒谷，为山谷名称，又名黍谷，在今北京市密云区。相传为邹衍吹律生黍的地方。邹衍，战国末期齐国人，阴阳家代表人物、五行创始人。后来，寒谷常被人用以对别人提携奖掖的谢词。寒谷，另有一义，即阴冷的山谷。

　　古代写有寒谷的诗句，着实不少。

　　唐代诗人王涯《琴曲歌辞·蔡氏五弄·游春辞二首》，诗曰："曲江绿柳变烟条，寒谷冰随暖气销。"

　　北宋诗人姚嗣宗《岩怀古》，诗曰："寒谷长留千秋气，畅岩别是一壶天。"

　　北宋诗人李处权《岁晚诸君送酒赋长歌以谢之》，诗曰："寒谷可以向阳春，浇风亦使还其淳。"

　　南宋初年诗人王洋《和张平甫韵》，诗曰："寒谷用来不识春，可怜金殿解宫轩。"

　　南宋诗人胡仲弓《和颐斋梅花韵》，诗曰："寒谷有春意，南枝向北山。"

　　南宋诗人陈著《张时斋书生也坐以星学资身赠其远行》，诗曰："寒谷春难回，涸辙水难激。"

　　南宋诗人张道洽《池州和同官咏梅花》，诗曰："朔风吹石裂，寒谷自春生。"

　　南宋诗人王迈《陈侍郎见激字韵和以见寄复用韵谢》，诗曰："当偕巨轶什袭藏，寒谷先期有春色。"

　　南宋诗人华岳《送赵石秋二首其一》，诗曰："圜扉月照金波夜，寒谷花开玉树春。"华岳《冬暖》，诗曰："谁将暖律吹寒谷，一夕春回几信风。"

　　南宋诗人裘万顷《用前韵谢伯量过访山中》，诗曰："春风顿觉生寒谷，夜榻惟愁庭晓钟。"

　　南宋诗人黄榦《谢潘谦之二首其一》，诗曰："绨袍恋恋故人情，寒谷潇潇春意生。"榦，音、义，均同干。

　　南宋诗人袁说友《潜圣汪君辱借诗编作小诗归之》，诗曰："谁忧玄豹老云雾，寒谷空蒙光欲炳。"

　　南宋诗人刘克庄《仓使和诗出奇不穷再次韵四首其一》，诗曰："老思迟于寒谷签，更烦邹律为吹丰。"刘克庄《简竹溪二首其一》，诗曰："苦吟寒谷应生黍，罢讲诸天亦雨花。"

　　南宋诗人李石《至喜亭》，诗曰："雪霜寒谷残年后，云雨阳台昨梦空。"

　　南宋著名理学家、思想家、诗人魏了翁《嘉泰二年题资州醮坛山星斗阁至是同王资州贾大安杨季持诸公登山用前韵其二》，诗曰：水归寒谷敛秋练，木落前峰明晓鬟。醮，jiào，指古代婚礼时用酒祭神的一种礼仪。

　　宋末元初诗人家铉翁《孔同知孔圣衣裔垂念逆旅用意勤甚诗以谢之》，诗曰："寒谷回春温，古道见颜色。"

　　明代诗人卢熊《白云海》，诗曰："雨雪沾衣去家远，寒谷正待嘘春和。"

　　明代诗人吴芾《生朝有感》，诗曰："渐看寒谷回春律，愈使衰翁感岁华。"

　　为什么那么多的中国古代诗人将寒谷二字用于自己的诗作？这是古人希望寒谷生春。源见"邹衍吹律"，表示寒谷生春，带来温暖，带来生机。明代著名心学学者王阳明有："天际尘清，寒谷生春。"明代学者汪廷讷《狮吼记·赠妾》："何年弧矢得悬门。是寒谷生春。"他们的这些阐述和言论，均意味着寒尽暖回，冬去春来。

2022 年 12 月 30 日 10 时 48 分

# 寒炉

　　古代，在寒冷的冬季，人们是没有空调取暖的，只是依靠火炉燃木炭或烧柴草取暖。那时，各种各样的火炉应运而生。因为在寒冬使用，这种火炉亦被称为寒炉。

　　寒炉一词出自晚唐诗人罗邺《冬夕江上言事》，诗曰："僻居多与懒相宜，吟拥寒炉过腊时。"

　　南宋诗人陆游《即事》，诗曰："雅闻岷下多区芋，聊试寒炉玉糁羹。"糁，shēn，谷类磨成的碎粒。这两位不同时期的诗人均用了寒炉，可见，古人使用寒炉多为严冬时节取暖之用。

　　唐代著名诗人白居易晚年隐居洛阳时，曾经写过一首小诗，流传甚广甚久。那首诗的题目叫作《问刘十九》，诗曰："绿蚁新醅酒，红泥小火炉。晚来天欲雪，能饮一杯无？"全诗的意思是，酿好的淡绿色的米酒炖在烧旺了小小的火炉上。天色将晚，雪意渐浓，诗人询问式地邀约好友刘十九，能否一顾寒舍，与我共饮一壶热酒？此诗，描写诗人在一个飞雪欲来的傍晚，起意邀请朋友来家喝酒，共叙友情的场景。角度选择极其独特，写作方式十分有趣。

　　刘十九是白居易在江州任司马时的朋友。白居易另有一首《刘十九同宿》，诗曰："红旗破贼非吾事，黄纸除书无我名。唯共嵩阳刘处士，围棋赌酒到天明。"这首诗里说刘十九是嵩阳处士。无论刘十九是贬谪时的挚友，还是隐居时的处士，刘十九都是白居易的深交，否则，是不会在大雪将至之时，盛情邀约其聚会酌酒的。刘十九，指的是刘禹铜，据说其是诗人刘禹锡的堂哥。刘禹铜是河南嵩阳人，为洛阳富商。后经考证，刘禹锡没有兄弟。刘禹铜与刘禹锡名字同为一辈，实属偶然。

　　白居易与刘十九交往颇多。元和十二年（817）冬，刘十九前往江州探望白居易。白居易非常高兴，两人郊游饮宴，下棋吟诗，好不快活。友谊的温暖抵过寒冬的凛冽，更能抚慰白居易仕途不顺，于是白居易开怀作诗以记。也有一种说法，说刘十九当时并没有赴宴。此说认为，《问刘十九》乃白居易晚年怀念好友时所作。刘禹锡为唐朝大臣、文学家、哲学家，有"诗豪"之称。其自言系出中山，其先为中山靖王刘胜（一说是匈奴后裔）。刘禹锡诗文俱佳，涉猎题材广泛，与柳宗元并称"刘柳"，与韦应物、白居易合称"三杰"，与白居易合称"刘白"。留下《陋室铭》《竹枝词》《杨柳枝词》《乌衣巷》等名篇，传有《刘梦得文集》《刘宾客集》。

　　据考证，《问刘十九》作于淮寇初破之时。应该在元和十二年（817）农历十月。也就是中唐名将李愬雪夜入蔡州，大破淮西叛军之时。那么，此时，与白居易作《问刘十九》的时间非常接近。很有可能白居易与刘十九同住一地。

《问刘十九》，仅仅 20 个字，没有深沉的寄托，也没有华丽的辞藻，字里行间却洋溢着热烈欢快的情调和温馨炽热的友谊，表现了温暖如春的诗情。

这首《问刘十九》以极其简练自然的笔触描摹出日常生活之美。白居易凭借着独特的视角和奇绝的风格，为我们昭示了生活之中的诗意。因此，这篇佳作读来令人大感快慰。

2022 年 12 月 30 日 15 时 40 分

# 寒假

今天，已经是 2022 年的最后一天了，即为岁末。明天，将进入 2023 年的第一天，即为年首。岁末年首，应该稍微放松一下，过一个愉快的元旦假期。同时，也应该做一个盘算和规划，为未来打下一个坚实的基础。

现在，读书郎都有寒暑两个假期，即寒假、暑假。寒假时间短一些，仅一月左右。按照惯例，大约每年农历腊月初十，各学校开始放假，至元宵节后，多数学校寒假便结束了。但是，在寒冷的中国东北或其他高纬度地区，有时假期可达 45 天左右，多者甚至会达两个月之久。

寒假期间，节日较多。如除夕、春节、元宵节等。接连不断的节日，给人们带来节假的喜庆，给孩子带来欢乐。

眼下，仍然处于疫情期间，已经无法精准地确定寒假的时间了。学生早就待在家中学习了，如果加上居家的时间，今年的寒假时长真的惊人。按照往年的常规，暑假时间长一些，达两个月之久；寒假短一些，为一个月左右。2023 年全国各地中小学寒假时间已经确定，上海市寒假放假时间定为从 2023 年 1 月 18 日开始，到 2 月 14 日结束，时长 27 天，与往年相当，但寒假时间有所提前。

对于孩子而言，提前放假自然是一件喜事。可对于家长而言，却有些措手不及。有的家长说，放假时间提前，家长还要上班，家中没有人管孩子，怎么办？甚至，有的家长说，网课已经导致孩子成绩以及学习状态直线下降，放假又提前了，在校读书时间就更少了，建议取消寒假，让孩子利用寒假的时间补课，让孩子将学习成绩补回来。家长的这些担忧确实可以理解，但是，学校又能怎么办呢？无论是居家上网课，还是提前放寒假，都是出于对孩子健康成长的全面考量。而且，家庭教育对于孩子的影响才是至关重要的。

我家孙儿在读小学三年级，按照上海市的放假安排，即从 2023 年 1 月 18 日到 2 月 14 日，正式放寒假。加上断断续续的在家上网课，或者自学，处在家中的日子实在是太多了，课堂授课的时间真的是太少了。不能与老师面对面地接触，也没有利用学校的设施和场地进行体育教育和训练，对于孩子的健康成长也是极为不利的。

而放寒假，对于我们那一代人，却是一种快活。我在读小学和中学期间，每逢放寒假，异乎寻常的快乐，感到浑身轻松了许多，好像顿时放下了扛在肩上的重荷，无比愉悦。

对于我这样的 73 岁老人而言，放不放寒假，真切地说，已经没有什么实际意义了。因为，生活就是在放假，整日里，无所要事，只能涂抹一点文字，倾吐胸中的些许块垒，表达心底的某种情愫。

对全年做一个粗略的盘点，看看即将过去的 2022 年，究竟做了些什么，究竟有多少收获，还是很有必要的。一个人总不能只是吃喝拉撒，那不就成了低级动物了吗？

2023 年，即将到来，虽然，疫情一时半会儿不能结束。但是，人民总是要正常生活的，国家总是要发展经济的，祈望未来前景光明，希冀人民福祉普惠。

2022 年 12 月 31 日 8 时

## 寒系列文后记

自今年 12 月 3 日起始，迄今已经完成了寒系列文 50 篇。前后用时 29 天，平均每天 1.72 篇。实际上，每天至少写作一篇，其中，有两天均写作四篇，还有几天写作两篇。这样累计起来，就是 50 篇了。

从今年 9 月 11 日起，先后完成了 50 篇秋系列文、32 篇冬系列文，47 篇寒系列文，共计 129 篇，这是在 103 天的时间内陆续撰竣的。

今年全年共计写作了 434 篇文章，日均 1.2 篇，创下了我退休之后开始写作以来的最新纪录，也可能是我以后再也不可能达到的纪录了。

完成了冬、寒系列文，气候上的冬季依然没有完全结束，但是，我已经不打算再写作冬、寒之类的文字了。

从 2023 年起，我将把主要精力放在整理全部文稿上，并结集出版我的文集，为一生的文字生涯做一个总结。尽管还会写作一些文章，但是那已经不再是十分迫切和紧要的事情了，只是聊补生活的闲暇，打发时间而已。

明年，我将 74 岁了。年岁不饶人，精力也不如前了，不可能再以丰沛的精神来创作更多更好的作品了，因此，本文将是我揖别文字生涯的宣告。

遗憾的是，我原先打算创作的长篇小说《黑云》，也无力再写，这确实是一个极大的缺憾。但是，缺憾也是人生的一个组成部分，那就让这点缺憾存在下去吧！我只能带着这个缺憾继续平静地生活。

再见，2022 年。

再见，朋友。

2022 年 12 月 31 日 9 时 25 分